アラフォーおっさん異世界へ!!

でも時々実家に帰ります

平尾正和 Masakazu Hilao

ill 吉武 Yoshitake

口絵・本文イラスト
吉武

装丁
オグエタマムシ（ムシカゴグラフィクス）

ロロア
敏樹が異世界で
世話になっている、
蜥蜴《とかげ》の獣人
「三六計逃げるに如《し》かずってね」
「私……、トシキさんとも、お別れしたくない……」
大下敏樹《おおしたとしき》
独身・実家暮らしの
40歳在宅ワーカー。
目立った特徴はない
アラフォーおっさん異世界へ!!
でも時々実家に帰ります

「一緒にいてくれますよね……？」

何を思ったのか、
マットレスを別に
用意しているにもかかわらず、
ロロアが布団をめくって
敏樹の隣に潜り込んできた。

シーラ
山賊に捕まっていた
犬の獣人。
身体能力が高い
「ねぇねぇ、このカッコどう？
変じゃない？」
「なーに興奮してんだよ、
このエロおやじ」
ファラン
山賊に捕まっていた
商人の娘

CONTENTS

プロローグ

『おめでとうございます‼　あなたは一五億円獲得の権利を得ました‼』

「はぁ……」

くだらないメールを開いてしまったことを少し後悔しつつ、PCモニターを眺めていた男は軽いため息を漏らした。

大下敏樹《おおしたとしき》、四〇歳。

しがない在宅ワーカーである。

身長は公称一七〇センチ――厳密には一六九センチ――、体重は五五～六〇キロを行ったり来たりという、ザ・中肉中背で、顔は可もなく不可もなしといったごくごく平凡な容姿の持ち主だ。

敏樹はいつもの通り自宅での業務を終え、業務システムからログアウトしたあと、これまたいつものように私用のウェブメールサイトにログインし、メールチェックを行なっていた。

そんな中、いつもなら一顧だにせずごみ箱行きになるであろう〝厳正なる審査の結果あなたは選ばれました‼〟という件名のいかにもなメールを、ついうっかり開いてしまったのであった。

◇　◆　◇　◆

おめでとうございます‼　あなたは一五億円獲得の権利を得ました‼
大下　様のメインバンクへの振り込み手続きを行ないますので、下の『受け取る』ボタンをクリックしてください。
何らかの事情により受け取りを拒否される場合は『受け取らない』をクリックした上で、本メールは破棄してくださいませ。
大下　様におかれましては、ぜひ一五億円を手にしていただき、充実した人生を送っていただければと思います。

世界管理局　町田《まちだ》

◇　◆　◇　◆

「……にしても、今どき珍しくゴテゴテしたメールだな」

長時間部屋にこもってひとりで仕事をする敏樹には、独り言の悪癖があった。

自分以外誰もいない仕事部屋で、誰に聞かせるでもなくつぶやいた言葉通り、そのメールは近年珍しくＨＴＭＬ形式で装飾された派手なメールであった。

メールソフトでＰＣ内にメールを取り込んでいた頃はウィルス感染などを用心する意味でテキストメールしか受信していなかった敏樹であったが、数年前からウェブメールに切り替えて以来とくにそのあたりの設定を気にすることはなかった。

そういえばネットショップなどからの広告メールには画像が表示されていたので、ＨＴＭＬ形式のメールも表示できるようになっているのだろう。

しかし、メールの表示設定云々《うんぬん》はともかくこの手のメールというのはできるだけ多くの人に読んでもらう必要があり、それこそ携帯メールなどで読んでもらうにはテキスト形式のほうが望ましい。

さらに言えば、文面もダメダメである。

こういうメールはもっと読み手を引きつける状況設定が必要なのだ。

例えば、〝夫に先立たれて多額の遺産だけが残ったが人生に張り合いがないので第二のパートナーを求めている〟だとか、〝表に出せない訳ありの金だが一時預かってもらえるだけで数割の手数料を払う〟だとか、何かしらの理由付けは必要だろう。

〝厳正なる審査の結果あなたは選ばれました〟だけでは、どんな馬鹿であれひっかかるはずもない。

「ったく、わかってないなぁ……」

と、どこの誰ともしれない悪質業者と思われる送信者へのダメ出しの言葉をつぶやきつつ、PCモニター上でチカチカと明滅する『受け取る』『受け取らない』というボタンを見ながら、敏樹はひとりあきれかえっていたのだった。

「こんなもん無視だ無視」

『受け取る』『受け取らない』のどちらをクリックしたところで、どうせ変なサイトに飛ばされるか、個人情報を抜き取られるか、悪質なソフトを仕込まれるか、といったところだろう。

こういうメールに対して、真剣に向き合うのは時間の浪費である。

そう思い、敏樹がメールを削除すべくトラックボールに手をかけたところで、部屋の壁に設置している電話の子機から内線着信音が鳴った。

敏樹は現在実家で母親と二人暮らしである。

在宅業務とはいえ、ウェブ上にある業務サーバーへの接続が必要であり、そういうシステムが組まれた部屋に、たとえ家族であっても敏樹以外の者が足を踏み入れるのはセキュリティ上好ましくない。

なので敏樹が業務中この部屋は施錠され隔離されており、用があるときはこのように固定電話の内線機能を使って呼びかける必要があった。

敏樹はトラックボールから手を離して立ちあがると、部屋の出入り口脇の壁に設置された電話機の元へ向かった。

「はいよ」

『あ、敏樹？　仕事終わった？　晩ご飯できてるわよ？』

「あー、うん。ありがとう、すぐいくわ」

内線を切ったあと、敏樹はあいかわらず『受け取る』『受け取らない』のボタンが明滅しているPCモニターのほうを見た。

「……あとでいっか」

業務用のPCは五分操作がなければ自動でロックがかかる仕様になっており、かつこの部屋には外から施錠できるようにもなっている。

であればこのまま部屋を出ても何ら問題はなく、せっかく出入り口近くまで来たのだからと、敏樹は部屋を出たあと、ポケットから鍵《かぎ》を取り出して施錠した。

このとき、数歩もどってトラックボールをちょいと操作するだけの手間を惜しんだことが、敏樹の運命を大きく変えることになる。

彼は見落としていたが、メールには続きがあった。

追伸
本メールは開封後一時間経過しますと、自動的に『受け取る』のほうが選択されます。あしからずご了承くださいませ。

◇　◆　◇　◆

『振り込み処理が完了しました。ありがとうございました』

「…………は？」

仕事部屋に戻ってＰＣのロックを解除したあと、ＰＣモニターに映し出された文言に思わず敏樹は絶句した。

あのあと夕食を終えた敏樹は、ダイニングルームのテレビから流れていたバラエティ番組を見るともなく眺めながらぼんやりと過ごし、一時間半ほどでここへ戻ってきていた。

「ちょ、え？　うそだろ？」

敏樹は混乱しつつも、該当メールを削除し、ブラウザを閉じたあと、ＰＣ本体からＬＡＮケーブルを抜き、慌ててウィルス対策ソフトを立ち上げてPC内の詳細なスキャンを開始した。

「ありえないだろ……」

咄嗟《とっさ》にウィンドウを閉じてしまったので細かい部分までは思い出せないが、たしかメール本文画面の文言が変わっていたはずだ。

本来こういった場合、処理完了を知らせる新着メールが届くはずである。

メール文中のリンクからウェブページに飛んでいるのならともかく、受信後のメール本文が切り替わるなどということは通常考えられない。

「なんか仕込まれたか？」

慌てて閉じたので見間違いということもあるかもしれないが、再確認しようにもあのメールは削除してしまったし、なにより今の状況でPC内スキャンが終わるまでの間にネットにつなぐなど、無謀であろう。

自宅で業務を行なう以上、セキュリティにはそれなりの注意を払っている。

日々のPCスキャンはもちろん、メールの取扱いにもそれなりの注意を払っていたので、悪質なソフトを仕込まれるリスクはかなり低いはずなのだが……。

「そういや……振り込み処理完了とか書いてたよな？」

敏樹はスマートフォンを立ち上げると、自宅回線につながるＷｉ－Ｆｉを無効にし、キャリア回線に接続し直した上でネットバンクアプリを立ち上げた。

専用アプリから自身の口座へとアクセスし――、

「ぶほっ!!」

SoftPunk 4G
ログアウト
○○銀行
前回ログイン日時
○○○ 支店
残高別普通 ○○○○○○○
1,500,012,072円
口座一覧
(残高照会)
振込
振替
入出金明細

思わず吹き出してしまった。

一，五〇〇，〇一二，〇七二円
「これ……残高、だよなぁ……？」

敏樹が使っているネットバンクの画面は、ログイン後に預金残高が表示されるようになっていた。

各種支払いを終えたあと、小遣い程度の額が残っていたのは覚えている。

しかし、こんな額の預金が入っている覚えはない。

というか、過去一度もこれほどの額のお金を口座に入れたことがない。

「……マジか？」

しばらく呆然《ぼうぜん》としていた敏樹だったが、一分程度で気を取り直し、まずはＰＣモニターを見た。

スキャンの進捗《しんちょく》度が五割程度で、まだかかりそうだと判断した敏樹は、財布をひっつかんで部屋を出た。

そのまま歩き出しそうになるのをなんとか踏みとどまり、仕事部屋に施錠したあと急いで家を出る。

ガレージに入ったところで車のキーを忘れたと気づき、舌打ちしつつ、サドルに埃《ほこり》の溜《た》まった自転車を引っ張り出してペダルをこいだ。

自宅から最も近いコンビニエンスストアは、徒歩で五分強。

街灯も人の姿もない薄暗い田舎道を、敏樹は必死に走った。田舎道を抜け、県道へ、そしてさらに国道を目指し……結果、二分少々で目当てのコンビニへとたどり着いた。

「ぜぇ……ぜぇ……」

日頃の運動不足のせいもあり、三分に満たない有酸素運動で息を切らせながら、敏樹は店に入ってすぐのところにある銀行ATMの前に立った。

そして財布からキャッシュカードを取り出しATMへ投入。

『残高照会』を選択し、暗証番号を入力した。

「……マジか」

やはり残高は一五億円と少しだった。

ATMの画面上に表示された『続けて取引を行なう』というボタンをしばらく見つめたあと、敏樹は『取引を終了する』をタップした。この一五億円という金の出所がはっきりしない以上、手を出すのは危険と判断したからだ。

仮に銀行側のミスで残高に異常が発生した場合であっても、突然増えた金を引き出したりすると何らかの罪に問われると聞いたことがある。

敏樹はスイーツコーナーでシュークリームを手に取り、レジでホットコーヒーを購入した。

レジ袋に入ったシュークリームを手に提げつつ、コーヒーを飲みながら帰路に着く。

通常であれば最寄りの銀行支店を訪れて確認する必要があるのだが、敏樹のメインバンクは現実に支店を持たないネットバンク専用の銀行なので、PCスキャンが終わるのを待って銀行に問い合わせるか、明日改めてサポートデスクに電話する必要があるな、などと考えながら、とぼとぼと暗い夜道を歩き続けた。

「あ……自転車」

そして家に着いたあと、自転車をコンビニに置いたまま歩いて帰ってしまったことに気づいたのであった。

＊＊＊＊＊＊＊＊

結局あのあと、敏樹は玄関まで戻ってキーを取り出し、車でコンビニへ行って自転車を積んで帰った。

車のシートを倒し、あくせくと自転車を積み込みながら〝もしかして歩いて取りに来たほうが楽だったんじゃね？〟などと思いつつ、無事自転車の救出に成功していたのであった。

――ピンポン

翌日、ドアチャイムの音で敏樹は目覚めた。

――ピンポン

再びドアチャイムが鳴る。そろそろ母親が応対してくれても良さそうだが……、と思いつつ敏樹は布団をかぶり直した。

――ピンポン

さらにもう一度ドアチャイムが鳴ったとき、ようやく敏樹は、今日母親が出かけていることを思い出した。

たしか近所の人たちと少し離れた町へランチに行くとかなんとか、そんな話を昨夜寝る前に聞いた覚えがある。

――ピンポン

「あー……はいはい」

だるそうにつぶやきながらスマートフォンに手を伸ばし、ドアホンと連動させたアプリを起動すると、モニターに見知らぬ女性が映っていた。

「セールスか？　宗教ではなさそうだけど……」

モニターの向こうにいるのはおそらく自分と同世代の女性。

ビジネススーツに身を包んだキャリアウーマン風の格好で、容姿は十人並みといったところか。

「はい」

『応答』ボタンをタップ。

用件次第ではこのままお帰り願おう。

『恐れ入りますが、大下敏樹さまはご在宅でしょうか』

「どちらさまでしょう？」

『私《わたくし》、町田と申します。大下さまに折り入ってお話がございます』

「いや、どこの町田さんだよ……あ」

心の中でつぶやいたつもりが声に出てしまった。

そして声に出した結果、町田という名前に見覚えがあるような気がしてきたのだが、はて、どこで目にしたのだったか……。

『ふふ。昨日のメールについて、と申せばお察しいただけます？』

「え……？」

モニターの向こうに立つ女性は、なにやら怪しげな笑みを浮かべていた。

「世界管理局……？」

女性に渡された名刺を見ながら、敏樹は眉《まゆ》をしかめた。

「日本にそんな組織が？」

「あ、日本とか関係ないです。町田っていうのも仮名ですし」

「はぁ⁉　いくらなんでも怪しすぎるだろアンタ‼」

特に悪びれる様子もなく答えた町田と名乗る女性に、敏樹は思わず怒鳴り声を上げてしまった。

結局あの後ドアを開けて応対すると、あれよという間に家に上がりこまれたので、敏樹は仕方なくダイニングに通していたのである。

今はダイニングテーブルを挟んで敏樹と向かい合う形で座っている。

改めて見る町田の容姿だが、身長は一六〇センチ前後で、体型といい容貌《ようぼう》といい、どこにでもいそうな女性である。

服装はタイトスカートのビジネススーツでビシッと決めている割に、下ろせば肩まではあるだろう癖のあるダークブラウンの髪は雑に後ろでひっつめられているだけという、少々バランスの悪い格好であった。とはいえ、対する敏樹はラフなジャージ姿なので偉そうなことは言えないのだが。

「ありゃりゃ？　全部ご承知の上で私を通したのでは？」

「全部ご承知ってなにをだよ‼　アンタを通してしまったのはアンタの口がうまいのと俺がちょっと寝ぼけてたからだよ。なんなら今すぐお帰りいただきたいんだけど？」

「あははー。そんなことより喉渇《のど》いちゃったんですけど？」

「怪しい上にずうずうしいな！　お前もう帰れよっ‼」

「あらー、いいんですかぁ？」

そう言いながら、町田と名乗る女性は上目遣いに窺《うかが》うような視線を敏樹にむける。

「大下さん、ちゃんとメール読んでないみたいですけど、私がこのまま帰ったとしてあの一五億円、どうされるんです？」

「う……」

「まー私も帰れと言われて居座るほど面の皮が厚いほうじゃありませんし？　残念ですが今日のところは――」

「待った、わかった」

ふてくされたような表情を浮かべつつ、立ち上がろうとする町田を慌てて制した。

彼女が何者であるにせよ、今のところ自分に危害を加える様子はなさそうである。

ならば、何らかの事情を知っていそうなこの町田という女性から、聞き出せることは聞いておくべきであろう。

「……コーヒーでいいですか？」

立ち上がりながら敏樹は尋ねた。

「あ、はい。水出しのアイスコーヒーに生クリームとシロップたっぷりで。あ、生クリームは生乳由来のものでお願いしますね。なければ牛乳でもいいですけど、低脂肪は――」

「んなもんねぇよっ‼　ウチはインスタントのホットだけだ‼」

「えー……。私、濃いめのホットコーヒーを氷で薄めるタイプのアイスコーヒーって、あんまり好きじゃないんですよねー。やっぱりアイスコーヒーは水出しに限──」

「だからんなもんねぇって‼　言っとくけど氷で薄めるやつも淹《い》れないからな。そもそもウチにはガムシロップがねぇ‼」

「うわぁ……。じゃあしょうがない、何か冷たくて甘い物をお願いします」

「ったく、充分面の皮は厚いじゃないか……」

敏樹は不満のつぶやきを漏らしつつキッチンへ向かい、冷蔵庫を開けた。

「あー、すんませんけどね。冷たくて甘い物だと甘酒ぐらいしかないですわ」

「甘酒？　冷たい甘酒って美味《おい》しいんですか？」

「一般的にはどうか知りませんがね。こいつは冷たくても美味しいですよ」

そう言いながら、敏樹は冷蔵庫から取り出した甘酒のボトルを町田に向かって掲げた。

それは敏樹の母親が好んで買ってくる地元の麹室《こうじむろ》で作られた物で、米麹《こめこうじ》と白米以外の余分な物が入っていない、少し高級な甘酒であった。

米粒が入っているおかげか腹持ちがいいので、敏樹は間食代わりによく飲んでいる。

「じゃあそれで」

敏樹はグラスに甘酒を注ぎ、町田の前に置いた。

「……美味しい」

「でしょう？」

グラスに口をつけ、少し口に含んだところで目を瞠《みは》り、そのまま一気に飲み干してしまった上での町田の感想であり、それに対して敏樹は少々得意げに返した。

「おかわりください」

「どうぞどうぞ」

それほど郷土愛の強くない敏樹ではあるが、それでも地元産の物を気に入ってもらえるというのはうれしいものである。

「ぷはぁー。ごちそうさまでした。あ、おかわり入れといてください」

「はいはい」

甘酒が自分のグラスに満たされるのを確認した上で、町田は姿勢を正して敏樹に向き直った。

「さて、改めまして大下さん、当選おめでとうございます」

「えっと……、すいません。結局どういうことなんです？　あの一五億円は俺がもらってもいいものなんでしょうか？」

敏樹はアラフォー社会人なので、ちゃんと話を聞くとなった以上、敬語に切り替える程度のことはできるのである。

「もちろんですとも」

ためらいがちに尋ねた敏樹に対し、町田はさも当たり前のように、真顔でうなずいた。

「メールにあったとおり、大下さんは選ばれたんです。選ばれ、受け取った以上、あのお金は自由にしてくださってかまいません」

「いや、ちょっと待って！　そこだよそこ‼　俺、最初は詐欺だと思ってたから無視するつもりだったんだけど？　いや、ほんとに貰《もら》えるんならありがたく頂戴《ちょうだい》しますけど……」

しかし、ちょっとしたことでしゃべり方が雑になってしまうのは、あまり他者とのつながりがないフリーランサーゆえであろうか。

「あら？　でも受け取りを選択されてますよね」

「いやいや、俺はそんなもん選んだつもりはありませんよ？　メール受け取ったあと、メシ食って部屋に戻ったら〝振り込み処理が完了しました〟って……。いやくれると言うなら貰いますけど」

「開封後一時間以内に選択されない場合は〝受け取る〟のほうを選択されますよって、ちゃんと書いてあったと思いますけど？」

「読んでねぇよっ‼」

思わず叫んでしまったあとで、敏樹は失言に気づいた。もしかしてちゃんとメールを読まず、内容を理解していなかったことが明らかになったいま、一五億円の権利を失ってしまうのではないかと。

人間、棚からぼた餅《もち》が落ちてくる前なら容易に無視できるのだが、いざ餅を手にしてしまうとなかなか棚へ戻そうという気にはなれないものだ。

「あー、やっぱりメールを最後までちゃんと読んでなかったんですねー」

「あ……、いや、その……」

「ま、だからって今さらなかったことにはできませんし、一五億円の所有権は大下さんにあるんですけどね」

ほっと一息ついたところで、改めて敏樹は戸惑ってしまう。そんな大金をほいほいと受け取ってしまってもいいものだろうかと。

数万円、せめて十数万円程度であれば〝ラッキー！〟と思って受け取ってしまいそうだが、一五億円などという額はあまりにも現実離れしており、それを正当に受け取る権利を有したからといって一体どういう感情で受け止めればいいのかまったくわからないのである。

「あ、ご心配なく。あのお金は非課税ですから、確定申告なんかでの所得申告は必要ありませんから。一五億円まるまる大下さんの物です」

「は、はぁ……」

敏樹の微妙な表情を見て勘違いしたのか、町田が諭すように説明してくれたが、彼は結局微妙な表情のまま曖昧《あいまい》に返答するしかなかった。

「ですので、あのお金を使って豪遊してもいいですし、堅実に使って一生を裕福に暮らしてくださってもかまいません。大下さんがあと百年生きるとしても、年に一,五〇〇万円使える計算ですからね」

「……いや、あと百年も生きられませんから」

「あははー、そりゃそうか」

町田は敏樹がかろうじて発したつっこみに軽く答えながら、グラスをあおって甘酒を一気に飲み干した。

「まぁとにかくです。こちらの世界で好きに使っていただいても結構ですし、異世界行きの際にスキルポイントしてスキル習得へ割り振ってもらっても結構ですので、お気に召すままご自由に、というところでしょうかね。あ、おかわりください」

トンとダイニングテーブルにグラスが置かれたあとも、敏樹はしばらくの間、呆然《ぼうぜん》と町田を見つめるだけで、甘酒のおかわりを注ごうとしなかった。

「あの、大下さん、おかわりを……。なんでしたらグラス半分でもいいので……」

「あ、いやすいません」

そこでふと我に返った敏樹は、慌ててボトルの蓋《ふた》を開け、グラスに甘酒を注いだ。

「あ、どうもです」

注ぎ終えたあとのボトルに蓋をし、テーブルに置いたあと、敏樹はうつむき加減に少し大きく息を吐いた。

そして肺の中がほとんど空っぽになったところで大きく息を吸いながら顔を上げ、ちょうどいい具合に肺が膨らんだところで、町田のほうへ視線を向けた。

「異世界……？」

「え、あ、はい。異世界です」

少し怪訝《けげん》な表情で敏樹の様子を見ていた町田は、敏樹の言葉に少し慌てながらそう応えた。

〝俺はいま一体どんな表情をしているんだろう？〟と珍しく口に出さず心の中でつぶやいた敏樹は、ただ町田をじっと見据えて首をかしげた。

「大下さん……？　大下さーん？」

ずいぶん間抜けな表情で町田を見つめる敏樹に声をかけながら、彼女は彼の目の前でひらひらと手を振った。

「はっ⁉　あ、ああ……すいません」

「ああ、いえいえ。大丈夫ですか？」

「ええ、まぁ……」

「よかったです……。大下さん、急にぽかんとして黙っちゃうんですもん。びっくりしましたよ」

「すいません、ご心配おかけして……。で、改めて確認ですが、異世界……？」

「はい、異世界」

「一五億円で、異世界……？」

「はい。そうですね」

真顔で淡々と答える町田をしばらく見つめたあと、敏樹は軽くうつむき、自身の額に手を当てた。

「あの、すいません……。俺、馬鹿になったんでしょうか？」

「どうしたんです、急に？」

「いや、なんというか、全然理解できないんですよ……。異世界、と言われても何が何だか……」

「あはは｜。そりゃ私の説明が足りないからでしょうねー」

「だったらちゃんと説明しろよっ‼」

「ちょっとー、急に怒鳴んないでくださいよー。びっくりするじゃないですかぁ」

と言いつつも、一切怯《おび》えた様子のない町田である。

「そもそも、大下さんがちゃんとメールを読まないのが悪いんですよー？」

そして悪びれる様子もなく、口をとがらせる始末である。

「あんなクソ怪しいメール、誰が読むかよっ‼」

「あははー、ですよねー」

町田はその怒鳴り声をさらりとかわすように応えたあと、表情を改めて敏樹に向き直った。

「では、改めて説明させていただきますね。あの一五億円の権利には、お金だけでなく異世界行きの権利も含まれております」

「いや、だから。その異世界ってのが意味わかんないんだって‼」

「へぇ、ほんとに意味わかんないです……？」

「う……」

町田から疑うような視線を向けられ、敏樹は思わず言葉を詰まらせた。

彼はオタクというほどファンタジー世界に造詣《ぞうけい》が深い訳ではないが、それでもアニメや漫画、ライトノベルなどでそれなりに流行《はや》っている〝異世界もの〟と呼ばれるいくつかの作品を知っていた。

〝異世界もの〟とは現代日本に住む一般人が突然、剣と魔法のファンタジー世界に連れて行かれるというものである。

それは例えば異世界の魔法使いに召喚されるというものであったり、事故や事件で死んだと思えば前世の記憶を持ったまま異なる世界の住人として生まれ変わっていたり、何の前触れもなくいきなり見たこともない場所にいたり、等々……。

しがない在宅ワーカーとしてあまり張り合いのない人生を歩んでいる敏樹にとって、そういった異世界への憧《あこが》れは決して弱いものではなかった。

人は誰しも〝ここではないどこか〟に憧れているのだ。

事実、先ほどからとぼけてはいるものの、敏樹の胸は高鳴りっぱなしであり――、

「ま、なにをどう取り繕っても、口元が緩みっぱなしで説得力ゼロです」

「おぅふ……」

と、町田に指摘され、顔が熱くなるのを感じる敏樹であった。

町田はそんな敏樹を一瞥《いちべつ》すると、またグラスをあおって甘酒を飲み干した。

「大下さん、おかわり」

「あ、はいはい」

トクトクと甘酒がグラスに注がれる。

「さて、異世界への造詣もそれなりにお持ちのようですし、長々と説明するのもあれなんで、実践といきましょうかね」

するといつの間に取り出されたのか、町田の手にはタブレットＰＣが持たれていた。

画面サイズ七インチ程度の、ほどよい大きさのものである。

「えーっと、まずは難易度設定から……っと」

町田はなにやらぶつぶつとつぶやきながら、タブレットを操作し始めた。

「さて大下さん。まずは難易度設定なんですが、パラダイス、ベリーイージー、イージー、ノーマル、ハード、ベリーハード、ナイトメアの七段階から選択できますけど、どれにします？」

「ちょっと⁉　いきなり難易度設定とかいわれても意味わかんないんですけどっ‼　っていうか、異世界の説明もっと詳しくっ‼」

「まぁまぁ。案ずるより産むが易しってやつですよ。説明するのめんど――、いや、言葉で説明するより実際に体験したほうが、ねぇ？」

「いや、いま明らかに〝説明するのめんどくさい〟って言おうとしたよね？」

「まぁまぁ落ち着いて落ち着いて。興味ありますよね、異世界？」

「あ……、いや、まぁ……」

「とりあえず難易度の説明しますねー。難易度によってポイントレートが変わりますのでそのあたりを加味してご検討くださいね」
「いや、だから、もうちょっと詳しい説明をですねぇ……」
敏樹が何を言ったところで聞く耳を持たないとばかりに、町田は難易度の説明を始めた。
かなり重要な部分であると直感的に悟った敏樹は、言いたいことをひとまず棚上げし、町田の説明に耳を傾けることにした。

【Paradise／パラダイス】
ポイントレート：一〇〇〇分の一
王家に連なる貴族のイケメン三男に転生します。ただ生きているだけであらゆるジャンルの美女に囲まれる極楽ハーレムを形成できる、夢のような人生を送れます。

【Very Easy／ベリーイージー】
ポイントレート：一〇〇分の一
上級役人の父を持つ雰囲気イケメン次男に転生します。優秀で兄弟愛の強い兄を補佐するだけの簡単な人生。上級役人や名士の令嬢を中心としたハーレムを形成できますよ。

【Easy／イージー】
ポイントレート：一〇分の一

そこそこ裕福な名士のフツメン長男に転生します。家を継いで内政に励むもよし。優秀な弟に跡継ぎを譲り気ままに生きるもよし。富裕層の平民を中心としたハーレムを形成できます。

【Normal／ノーマル】

ポイントレート：一倍

豪商の奉公人として基礎知識を持った状態で転移します。大らかで愛らしい当主の娘を射止めれば、あとは奉公人や庶民のハーレムも夢じゃないですよ‼

【Hard／ハード】

ポイントレート：一〇倍

着の身着のまま辺境の都市に転移します。習得スキルで人生が大きく変動する冒険モードです。冒険者として名を馳《は》せ、ハーレムパーティーを作るもよし、商人として名を上げ、奴隷ハーレムを作るもよしという、ザ・異世界転移です。

【Very Hard／ベリーハード】

ポイントレート：一〇〇倍

人里離れた僻地《へきち》に転移します。スキルと行動の選択次第で開始早々に詰むことも？　ハーレムが出来るかどうかはあなたの努力次第‼

【Nightmare／ナイトメア】
ポイントレート：一〇〇〇倍
魔物がはびこる魔境に転移します。ハーレム？　生きて人里に出られれば御の字ですよ。

「いや、なんでハーレム基準？」

「あれ、興味ないです？　ハーレム」

「い、いや……、なくはないですけど……」

「まぁ、大下さんはどちらかというと俺「Tueee!!系のバトルもののほうが好みでしたっけね」

「な、なぜそれを……？」

「なんででしょうねー？」

と、口元を押さえからかうような笑みを浮かべる町田に対し、敏樹は顔を真っ赤にしながらもさして文句も言えず、ただ目を逸らすばかりである。

「とりあえず私的におすすめなのはハードなんですけどねー。多少過酷ですけど選択の幅が一番広いですし」

町田が真面目に話し始めたことで少し落ち着きを取り戻した敏樹は、軽く咳払《せきばら》いをしたあと、町田に問いかけることにした。

いろいろと疑問の尽きない状況ではあるが、とりあえず重要と思われるところを訊《き》いておいたほうがいいだろう。

「えーっとですね。ポイントレートってなんです？」

「そのまんまですね。現在大下さんは一五億ポイントを所持しています。ノーマルで始めるとそのまま一五億ポイントを使えますが、例えば私おすすめのハードを選べば一五〇億ポイントからスタートできます」

「……すいません、そのポイントの相場がよくわからないんですが、そもそも一五億ポイントって多いんですか？　少ないんですか？」

一五億といわれれば膨大な数値のように思え、実際日本円にすれば一生遊んで暮らせる額といっても過言ではないほどの大金である。

しかし一円と一ドルでは全く価値が異なるのと同様に、ここでいう一ポイントがどの程度の価値なのかで一五億ポイントというのが反則級《チート》に多いものなのか、それとも通常の域を脱しないものなのかが変わってくるのだ。

「そうですねぇ。ポイントというのは異世界人の方にのみ利用可能なシステムなのでなんともいえないんですが、現地の方の才能なんかをポイント換算した場合、天才と呼ばれる人で初期値が百万ポイントぐらいですかね。一般的には数千～数万ポイントぐらいでしょうか」

「いや、チートじゃん‼」

「はい、チートです」

敏樹の驚きに対し、町田はあいかわらず淡々と答える。

「あくまで初期値が、ですけどね。生まれてから先の人生でいろいろな努力や経験で得られるものをポイント換算した場合、一般的な生涯獲得ポイントは一～三億ぐらいでしょうか。まれに英雄など波瀾万丈《はらんばんじょう》な人生を歩んだり、何らかの幸運に恵まれたりすると、一〇〇億ぐらい稼ぐ人もいますね」

「うわぁ……、なんだか生涯収入みたいですねぇ……。ってか、やっぱ一五億ってチートですね。普通の人が一生かけても獲得し得ないほどのポイントを、いきなりポンともらってもいいものなんでしょうか？」

するとと町田は、不思議なものを見るような視線を敏樹に向けた。

「あのね、大下さん」

「……はい」

「この世界で、何の前触れもなくいきなり一五億円という大金を手に入れることって、普通にあります？」

「……いえ、ないです」

「ですよね？　いまそれくらい異常なことが起こってるんです。なので、あんまり細かいこと気にしちゃいけませんよ？」

異常事態が発生しているのだから深く考えるなというのはなんとも乱暴な意見だと思ったが、といって〝意味わからんのでやっぱりなかったことにしてください‼〟と言える勇気もない敏樹である。

言いたいことは山ほどあるが、ここはぐっとこらえることにした。

もう少し町田の説明を聞いた上で、どうしても異世界行きに踏み出せないとしても、一五億円というお金は手元に残るらしいので、多少の不満や矛盾に目をつむることぐらいどうということないだろう。

「じゃあ、難易度はどうします？　おすすめのハードでいいですか？　いいですね？」

「あ、いや、じゃあベリーハードで」

特にこだわりがあっての発言ではない。ただ、このまま何でもかんでも町田の言い分に流されるというのも癪《しゃく》に障るので、ほんの少し抵抗してみただけである。

「おおー、冒険しますねぇ。じゃあスキルもいいのが結構とれますよ……っと。で、ここから……スキル習得っと」

再び町田がタブレットPCの操作を始める。

「では大下さん。なにか〝こういうスキルがほしい〟みたいなのってあります？」

「まぁ、異世界ものの定番スキルといえば…………アイテムボックスとか？」

「アイテムボックスですねー。じゃあ上位スキルの〈格納庫《ハンガー》〉でもとっておきましょうかね」

と言いながら、町田はタブレットPCの画面をポン、ポン、とタップしていく。

「あ、それから言葉が通じないのは困るので、翻訳スキル的なものも……」

「言語関係ですねー。じゃあ〈言語理解〉で全言語会話読み書き対応っと」

「そうだ。異世界ってモンスター的なものは出ますか？」

「出ますよー。大下さんが行く世界では魔物と呼ばれてますねー」

「その、魔物と戦闘になることは？」

「もちろんあるでしょうねー」

「だったら、なにか死にづらくなるようなものを……」

「でしたら……、〈無病息災〉いっときますかー。こんなもんでいいです？」

「あ、そうだ、鑑定も‼」

「鑑定？　あー、鑑定ですかぁ……。うーん、鑑定………、じゃあ『情報閲覧』の権限をつけておきましょうかねぇ」

続けてタブレットＰＣを操作したあと、町田は敏樹のほうを見てにっこりほほ笑んだ。

「はい、じゃあこれ」

そして手に持ったタブレットＰＣを敏樹に渡した。

「えっと……」

「インターフェースはこちらの世界のタブレットＰＣに近いものにしてますから、すぐ使えると思います」

「はぁ……」

いきなりタブレットＰＣを手渡され、訳がわからないという表情で間の抜けた返事をした敏樹のことなど無視するように、町田はさらに続けた。

「これ使ってスキルの習得や解除ができますから、試しに使ってみてください。使用期限はそうですねー……、一ヶ月ぐらいですかね」

「……一ヶ月経《た》つとどうなるんです？」

細かい疑問は星の数ほどあるのだが、いくら訊いたところで時間の無駄だろうと判断した敏樹は、訳がわからないなりにも引き続き必要と思われることだけを訊いておくことにした。

「お返しいただきます」

「……取りに来られる？」

「いえ、ぽわんと消えてなくなると思ってください」

「……よくわかりませんがわかりました」

やれやれと息を吐きながら敏樹は自分でも意味がよくわからない返事をし、タブレットＰＣを受け取った。

受け取ったタブレットＰＣに目を落とし、そのあと顔を上げると、町田はいままでに見せたことのないような満面の笑みを浮かべていた。

その表情に、敏樹は微《かす》かな胸の高鳴りを覚えたが、次に発した町田の言葉により一気に血の気が引き、別の意味で鼓動が速まることになる。

「それでは早速いってみましょー‼」

「へっ⁉」

「〈格納庫〉に役立ちそうなものをいろいろ入れておきますので、適宜使って生き延びてくださいねー」

「ちょ、アンタ一体なに言って――⁉」

「それでは気をつけていってらっしゃーい」

タブレットＰＣのモニターが白く輝き始め、やがてその光はモニターからも溢《あふ》れ出し、敏樹の視界を覆った。

「いてっ‼」

視界が完全にホワイトアウトしたあと、敏樹は突然尻《しり》に衝撃を受け、思わず声を上げてしまった。

「え？　え？」

ほどなく視界が戻り、自分が尻餅《しりもち》をついたのだと気付くのに十秒ほど要してしまう。

「あれ……？　椅子が……」

先ほどまで座っていた椅子がなくなり、その結果尻餅をついてしまったらしい。

しかし、なくなったのは椅子だけではない。ダイニングテーブルもなければ先ほどまで話していた町田の姿もない。

それどころか、ここは屋内ですらなかった。

ついた手に伝わる感触はつるつるとしたフローリングのものではなく、雑草が生えた地面のボコボコとしたものであり、辺りを見回して目に映るのは鬱蒼《うっそう》と生い茂る草木ばかりであった。

「うそだろ……？」

どうやら敏樹は見知らぬ森に飛ばされたようだった。

一章　おっさん、異世界に立つ！

「はぁっ、はぁっ……」

　薄暗い森の中、獣道すらない場所を息を切らせながらタブレットPCを片手に全力で走る敏樹の姿があった。

「ゲギョゲョッ?!」「ゴギョッゴギョッ!!」

　なんとも言えぬ不快なわめき声が少し離れた位置から聞こえるのを確認した敏樹は、さらに走るスピードを速めた。

　かれこれ五分ほどは全力で走り続けており、そこからさらに数分走ってようやく先ほどの喚き声が聞こえなくなった。

「はぁ……はぁ……。撒《ま》いたか……」

　いつもより小さな声でつぶやいたあと、敏樹は近くにあった木の幹にもたれかかり、そのままずるずると腰を下ろした。

＊＊＊＊＊＊＊＊

　時は少し前に遡《さかのぼ》る。

実家のダイニングルームで町田と話していた敏樹だったが、気がつけば見知らぬ森にいた。

突然椅子がなくなったせいで尻餅をついた敏樹は、手で尻を払いながら立ち上がり、その時点で靴を履いていないことに気付いたのだ。

「なんなんだよ、もう……」

ボコボコとした地面の感触を靴下越しに感じながらも、敏樹は薄暗い森を用心深くゆっくりと歩いた。

ここがどこであるのか、その答えをなんとなく察しながらも、敏樹は理解するのを恐れるように思考を停止し、とにかくどこか開けた場所に出られないものかと森を歩いていた。

そんなときである。

「ゲギャゲギャ」「ゴギョ……」

鳥とも獣とも判断のつかない鳴き声のようなものが聞こえてきたのであった。

「……意外と近いな」

敏樹は近くにあった木の幹に身を潜め、声（？）のするほうをのぞき見た。

「うわああああっ‼」

そして目にしたものの異様さに、思わず叫び声を上げてしまった。

敏樹の視線の先には二足歩行で歩く人型とおぼしき二匹の生物（？）がいた。

身長（体高？）は一三〇〜一四〇センチ程度で、同程度の人間に比べるとかなり頭が大きく見える。

体格は肩幅が狭く、腰回りも細いので一見華奢《きゃしゃ》に見えるが、身長の割に長い腕や、逆に短い脚にはかなり発達した筋肉がついており、胸板や腹筋もそれなりに厚い。

なにより異様なのはその肌の色であり、緑色——というにはあまりに汚らしく、強いて言えばどぶ色とでもいったところか——には体毛のようなものは見えず、衣服をまとっている様子もないので、股間《こかん》には見たくもないものがぶら下がっており、それがなお一層嫌悪感をかきたてる。

目はぎょろりと大きいが瞳《ひとみ》は異様に小さく、鼻は削り取られたように低い。

口元には不揃《ふぞろ》いな歯や牙《きば》が見え隠れしており、その容姿は〝醜悪〟の一言に尽きるものであった。

「グギャギャッ」「ギギーッ‼」

そして大声を上げてしまったことで敏樹の居場所が相手にばれてしまったようである。

「しまった……‼」

ファンタジー、あるいはホラー作品などにおいて、身を潜めているにもかかわらず恐怖のあまり声を上げてしまうキャラクターを馬鹿にしていた敏樹であったが、いざ普通のおっさんが訳のわからない森にいきなり飛ばされたうえ正体不明の醜悪な生物を目にした日には叫ばずにはいられないということを、経験したくもない実体験をもって悟らされてしまった。

「くそっ‼」

敏樹は、自分を指してなにやらわめき声を上げている二匹の生物から逃げるべく走り出した。

それぞれの手には、木切れの枝を落としただけのような粗末な棒が持たれていたが、あの筋肉質な身体《からだ》から繰り出される木の棒によるフルスイングが一体どれほどの威力になるのか、想像しただけでも背筋が凍る思いである。

「足、いってぇ……」

靴を履かずにでこぼことした状態の、しかも小石や木切れがころがっているような地面の上を走るのは、苦痛以外の何物でもなかった。

しかしそんなことを気にしている暇があれば、連中から一メートルでも距離を稼ぐべきであろう。

最初は痛かった足の裏も、やがて感覚が麻痺《まひ》したのか数分で痛みを感じなくなった。

これがアドレナリン分泌による一時的な作用であれば、立ち止まったときにどれほどの痛みに襲われるのか、そして足の裏がどれだけ傷だらけになっているのか……。

どこか冷静にそんなことを考えながら、敏樹はひたすら走り続けた。

どうやら先ほどの生物はそれほど走るのが速くないようで、順調に距離を稼ぐことが出来た。

こうやって考え無しに走っている最中、他の生物に遭遇しなかったのは幸運と言えるだろう。

やがてわめき声が聞こえなくなり、敏樹は木にもたれかかってしゃがみ込んだのであった。

「くそう……、この歳《とし》でここまで全力疾走すると、さすがにキツ――」

そこで敏樹は自分の息があまり切れていないことに気付いた。

胸に手を当て呼吸を整えようとしたのだが、そうするまでもなくしゃがみ込んだ時点で荒れた呼吸は治まっていき、胸に当てた手から伝わる鼓動も、徐々に落ち着いていった。

「――くない？　なんで？」

一〇分にも満たない全力疾走、といえばたいしたことがないように思われるかもしれないが、敏樹は短距離走並みの速力で走っていたはずである。

十数秒の一〇〇メートル全力疾走だけでもかなり疲れるはずだが、敏樹はここまでその何倍もの時間を舗装されていない森の中という悪環境の中を、全力で走り続けたのである。

にもかかわらず、疲れはほとんどなかった。

「そうだ、足の裏っ」

ここまで靴下のみで走ってきた足の裏は、さぞひどいことになっているだろうと思い、敏樹は恐る恐る右足を持ち、その裏を自分のほうに向けた。

「うへぇ……」

そして予想通り、足の裏はひどいことになっていた。

靴下は所々破れて穴が開き、血がしみこんでいる部分もあり、むき出しになった足の裏には、泥混じりの乾いた血がこびりついていた。

「ん……？　あんま痛くないな」

まだアドレナリンがドバドバでているのだろうか、などと疑問に思いつつも、敏樹はこびりついた血混じりの泥を恐る恐る払ってみたが、少しくすぐったいだけで痛みは一切感じなかった。

「どうなってんだ……？」

次は強めにゴシゴシとこすってみたが、少なくとも穴の下から露出した部分に傷のようなものはなさそうである。

さらに敏樹は靴下を脱ぎ、汚れていない足首の部分でゴシゴシと足の裏をこすったが、すべての汚れが取れたわけではないものの傷のようなものは確認できず、それは左足でも同様だった。

「でも、血は出てたんだよなぁ……？」

つまり、一時は出血するほどの傷があったものの、この短時間で治ったということになるのだろうか。

「ゲギョ」「ギギギ」「グギャギャ」

「っ⁉」

そんな中、再び例のわめき声が聞こえてくる。

思わず叫びそうになった敏樹だったが、なんとか息を呑《の》むだけにとどめることができた。

しかし、かなり距離を稼いだように思えたが、もう追いつかれたのだろうか？

（さっきの連中とは別のやつか？）

冷静になって聞いてみれば、その喚き声には先ほどのような殺伐とした雰囲気はない。

それに、その声色から察するに少なくとも三匹いるようなので、おそらく別の個体であろう。

（いや、さっきよりヤバいじゃないかよ！　頼むから向こうに行ってくれ……‼）

しかし敏樹の願いもむなしく、その声はじわじわと近づいて来る。そして祈るように手を組み、視線を落としたところで、視界の端に映り込むものがあった。

（あ……タブレット……）

少し落ち着こうと視線を下げた敏樹の目に、地面に置かれたタブレットＰＣが目に入った。

おそらく足の裏を見ようとしたとき、無意識のうちにそこへ置いていたのだろう。

敏樹は町田の言葉を思い出しながら、おもむろにタブレットＰＣを手に取り、そして考える。

これを操作するに当たって、ひとつだけ認めなくてはならないことがある。

――ここが一体どこであるかということを。

（異世界…………だよなぁ）

先ほど見たような、そしていままさに近づきつつある正体不明の存在……。

（正体不明？　違うだろ……）

子供のような体格で緑っぽい肌をした醜悪な存在。

その姿をあらためて思い浮かべたとき――いや、一目見た瞬間から敏樹の頭にはひとつの名詞がはっきりと浮かんでいたのだ。

（どう考えてもありゃ〝ゴブリン〟だろうがっ‼）

ゴブリンなどという異形のモンスター――この世界では魔物と呼ぶのだったか――が存在する以上、ここが異世界であることに間違いはないのである。

そしてそうとわかった以上、日本での常識は捨てるべきであろう。

例えばここまで全力疾走で疲れなかったのも、足の裏に何の傷跡も見えないのも、何らかの力が作用していると考えられる。

（スキルの効果だろうな）

たしか町田がタブレットPCを操作して習得させてくれたスキルの中に、〈無病息災〉というものがあったはずだ。

死ににくくなるようにという敏樹の要望を受けて習得させてもらったものだが、いかにも疲労や怪我《けが》が自然回復しそうな名前ではないか。

敏樹は手にしたタブレットPCを見る。これを使ってスキルを習得できると、町田は話していた。ならばこの場を切り抜けるためのスキルを、いま習得すればいいのではないだろうか？

（よしっ、いくぞ）

敏樹がタブレットPCの画面部分をタップすると、ホーム画面のようなものが表示され、いくつかのメニューから『スキル習得』を選択した。

（………多過ぎだろ）

画面上には膨大な数のスキルが表示されていた。

その中から、この状況に合うスキルを選択するのは、なかなか容易ではなさそうである。

（落ち着け、俺。最悪走って逃げればいい。多少傷を負っても多分大丈夫だ。〈無病息災〉とやらを信じよう）

となれば、次に考えるべきは〝どうやってこの場を切り抜けるか〟という行動方針だ。

先ほどのように走って逃げるのか、あるいは戦って倒すのか、もしくは隠れてやり過ごすのか。

逃げるのであれば移動系スキルを、戦うのであれば戦闘系スキルを、隠れるのであれば隠密系のスキルをという具合に考えていけば、うまく切り抜けられそうである。

ゴブリン達の足が遅いのはわかっているので、逃げるのは見つかってからでもいいだろう。

であれば先制攻撃を仕掛けるべく戦闘系スキルを習得するか、あるいはこのままやり過ごすかのどちらかであるが。

（スキルって習得してすぐ使えるものかな？）

例えば戦うとして、武器を持っていないいまの状態だと格闘技関連のスキルを習得することになるのだろうが、スキルを習得してすぐの状態で思い通りに身体は動くだろうか？

まともに鍛えていないこの身体が、高度な武術についていけるとは到底思えないのだが……。

そしてなにより――、

（あれ、素手で殴れるか？　ってか、触れるか？）

敏樹は先ほど目にしたゴブリンの醜悪な姿を思い出す。

（無理無理‼　よし、隠れてやり過ごそう。じゃあ隠れるのに役立ちそうなスキルはっと……おおっ⁉）

特に操作したわけではないが、敏樹がそう思考したことでスキルが自動的に絞り込まれた。

どうやらこのタブレットＰＣ、とんでもない代物のようである。

（えっと……〈擬態〉〈気配遮断〉〈臭気遮断〉〈音遮断〉……ん、待てよ？）

表示されたスキル一覧に目を通していた敏樹だったが、ふとその表示形式がＰＣでいうところのファイルマネージャーに近いものであることに気付いた。

すなわち、〝大カテゴリ〟〝中カテゴリ〟〝小カテゴリ〟といったツリー形式になっているのである。

先ほど見ていた隠密系スキルは小カテゴリの下に位置するものであり、そのツリーを遡《さかのぼ》っていくと、一番大元にあったのは〈影の王〉というスキルであった。

（大は小を兼ねるというし、とりあえず〈影の王〉にしとくか。ちょっと中二臭いけど……。えっと、ここにチェックでいいんだな？）

各スキル名の左に四角いチェックボックスがあり、そこをタップするとレ点のチェックが入った。

（おおう⁉）

チェックを入れた瞬間、敏樹はそのスキルの使い方を直感的に理解できた。

そしてその感覚に従い〈影の王〉を使用すると、自分の存在が一気に薄れるのを感じた。

うまく言葉に出来ないが、いまの状態で誰かが自分に気付くのは困難だろうということだけはわかる。

「ゲギギ」「ガガ、ゴ」「ググ」

そのとき、ゴブリン達の声がかなり近くから聞こえてきたことに敏樹は気付いた。どうやらスキル習得に集中するあまり、そちらの警戒がおろそかになっていたようである。

（まずい。隠れる時間がない）

そこで敏樹はスキルの力を信じることにし、木にもたれかかってしゃがんだままじっとしていることにした。

不快な声と、足音が近づいてくる。

そしてゴブリンは…………、敏樹のすぐ脇を通った。

「っ‼」

予想外の近さに、敏樹は思わず息をのんでしまう。

そしてそれに気付いたのか、三匹のうちの一匹が立ち止まった。

「ゲギゲギ？」「ゴゴ……」

他の二匹もそれにつられるように立ち止まり、三匹のゴブリンがキョロキョロとあたりを警戒し始める。

敏樹は声を漏らさないよう口元を押さえながら、すぐ近くでその様子をうかがっていた。

一番近くにいるゴブリンとの距離は一メートルもなく、しゃがんでいる敏樹の視界の大半をゴブリンの小汚い尻《しり》が占めていた。

（く、臭ぇ……）

すぐ目の前に異形の魔物がいるというのはかなりの恐怖を伴うものであったが、それを上回るほどゴブリンから漂ってくる悪臭は不快であった。

生ゴミのような臭いと生乾きの雑巾《ぞうきん》のような臭い、そして糞尿《ふんにょう》が腐ったような臭いが混じり合った悪臭によってもたらされる吐き気と、敏樹はしばらくのあいだ戦うことになった。

「ゴギョ……」

一番近くにいたゴブリンが振り返った。そのゴブリンはしばらくの間あたりを見回していたが、やがてその視線が下を向く。

(……っ‼)

視線から察するに、そのゴブリンは確実に敏樹を捉《とら》えているはずである。

しかしそのゴブリンは敏樹に対して何かアクションを起こすでもなく、目をキョロキョロと動かしていた。

何度か目が合ったような気はするが、敏樹の視線を受けてゴブリンの目の動きが止まることはなかった。

(〈影の王〉が作用してるのか……?)

ここまで接近された以上、ただ逃げ出すというのは困難であろう。ならば〈影の王〉スキルがうまく作動し、相手に気付かれていないと信じるしかあるまい。

(頼む……、さっさとどっかに行ってくれぇっ……‼)

敏樹の願望とは裏腹に、目の前のゴブリンは執拗《しつよう》にあたりを見回していた。そしてゴブリンはクンクンと鼻を鳴らしながら、徐々に敏樹へと近づいてくる。

（こ、怖《こえ》ぇー……）

やがてその醜悪な顔が目と鼻の先にまで近づいてきた。

すぐ目の前にいるにもかかわらず、ゴブリンの視線が定まらないのは〈影の王〉に含まれる〈擬態〉の作用であろうか？

（にしても……臭すぎるだろっ‼）

先ほどから漂う体臭とおぼしき臭いにくわえ、口から漏れる吐息の臭いもまたひどいものだった。卵か、あるいは乳製品が腐ったような臭いが、先ほどの悪臭に上乗せされているのである。

長い間嘔吐《おうと》感を我慢しているせいか、すでに敏樹の目からは涙があふれ出し、鼻水が口元を押さえた手を汚していた。

「ゴゲゴゲ」「……グギョ」

少し離れた場所にいたゴブリンがなにやら喚《わめ》くと、敏樹の日の前にいたゴブリンは身体を起こし、振り返った。

ようやく目の前から醜悪な顔がなくなったことに、思わず安堵《あんど》の息を吐きそうになるが、敏樹はそれをぐっとこらえる。

「グギョギョ」「……ゴギッ」「グゲゲゲ」

そして一匹のゴブリンが、先ほど敏樹の目の前にいたゴブリンを軽く小突きあげると、もう一匹のゴブリンがそれをからかうような仕草を見せ、そのまま三匹のゴブリンは敏樹から離れるように歩いて行った。

「んぐ……おえええええ……」

ゴブリン達が見えなくなるまで口元を押さえながら耐えていた敏樹だったが、どうやら助かったらしいことを確認する前に、盛大に吐いた。

「はぁ……はぁ……。なんなんだよ……くそっ……」

吐くために四《よ》つん這《ば》い――正確にはタブレットPCを胸に抱き、両膝《りょうひざ》と片手をついた姿勢――になっていた敏樹は、〈影の王〉を解除してよろよろと立ち上がり、数メートルだけ歩いたあと、さっき身を預けていたのとは別の木にもたれかかった。

出来ればあのまま座り込みたかったが、自分が吐いた吐瀉《としゃ》物から少しでも距離を置きたかったのである。

ぐったりと木に背を預けるような形で脚を投げ出して座ったあと、敏樹はようやく安堵したように大きく息を吐き出した。

そしていくら全力疾走したところで疲れることのなかった自分が、とてつもない疲労感に襲われていることに今更ながら気づいた。

「はは、異世界かぁ……」

突然見知らぬ森に飛ばされ、ゴブリンとおぼしき魔物に追い立てられ、スキルを使ってやりすごした。

現代日本で――いや地球上のどこにいようとも――このようなことが現実に起こるのはありえないだろう。

折り重なる木々の葉の隙間から見える空をぼんやりと眺めながら、敏樹は力のない笑いをこぼすのだった。

＊＊＊＊＊＊＊＊

〈影の王〉スキルで三匹のゴブリンをやり過ごしたあと、木にもたれかかって座り込んだ敏樹は、数分で平静を取り戻した。

そして落ち着いてくると、吐瀉物の残滓《ざんし》が残る口内の不快感がこみ上げてくる。

「水……どっかにないかな……」

そう思った瞬間、敏樹の手の中に五〇〇ミリリットルのミネラルウォーター入りペットボトルが現れた。

「は……？」

敏樹は手の中に現れたペットボトルをまじまじと見た。

それは日本で当たり前のように売られている、ごくごく普通のミネラルウォーターであった。

「……魔法？　…………いや、アイテムボックスか!!」

そこでようやく敏樹は、アイテムボックス的なスキルを町田に要求したことを思い出した。

たしか〈格納庫《ハンガー》〉といったか。

「そういや〝役に立ちそうなものを入れておく〟って言ってたよな」

敏樹は〈格納庫〉とやらに何が入っているのか確認すべく、とりあえず念じてみた。

「ん？　おお……？　おおっ!!」

それは奇妙な感覚だった。

すぐ近くに大きな倉庫があり、その中にいろいろなものが収納されている。

ものすごく広い倉庫にいろいろなものが収納されているにもかかわらず、少し手を伸ばせば必要なものをすぐに取り出せることが、なぜか理解できた。

ともかく敏樹は手にしたペットボトルの蓋《ふた》を開け、口の中を何度かゆすいだあと、残りの水を飲み干した。

そうやって一息ついたところで、再び〈格納庫〉の中身を確認する。

「あー、結構いろいろ入れてくれてんなぁ」

〈格納庫〉の中には水のペットボトルの他に、数種類の携行食、調味料が一通りと調理道具一式、着替えとなりそうな下着類、タオルやティッシュペーパーなどの生活用品、何かと使えそうなブルーシート、寝袋、ロープ、はさみやカッター、ペンとメモ帳などの文具類、金槌《かなづち》や鉈《なた》、のこぎりなどの工具類に加え、鍬《くわ》や鎌などの農具類も収められていた。

「……お、靴もあるじゃないか‼」

収納物は念じれば即時手の中に現れるようである。

「……靴、これしかないのかよ」

それはまだ敏樹が田舎に帰る前、都会で会社勤めをしているころ、ボーナスと言うにはあまりに少ない額の寸志が出た際、先輩社員に勧められて買ったドイツ製の革靴である。

それなりに高価な品で、もう十年近く履いているがまだまだ使えそうなほど作りはしっかりしており、履き心地もかなりいい。

というか、履けば履くほど足になじんでくるようで、いまや下手なスニーカーよりも歩きやすいものとなっていた。

　だからといって、こんな森の中で履いていると足腰よりも靴が傷まないかどうかが心配になってきそうなので、できれば別の靴を履きたいところではある。

「ま、無いものはしかたないか。こんな森の中を靴下だけで歩くなんてのは御免被りたいし……、あ、靴下」

　敏樹は続けて替えの靴下とタオル、それに水のペットボトルを取り出し、タオルを水で濡《ぬ》らして足の裏を拭《ふ》いたあと、靴下を履き、そして靴を履いた。

「よっこらせっと」

　靴を履いたあと、立ち上がった敏樹は、履き心地を確かめるようにその場で何度か足踏みした。

「よし。これでとりあえずまともに歩けるな。さて……」

　敏樹が改めて地面を見回すと、汚れたタオルや、空になったペットボトルが目に入った。

　少し離れた場所には脱ぎっぱなしで放置された、穴の開いた靴下もある。

「ゴミ、どうしようか……」

　このまま放置したとしても、誰にとがめられるわけでもあるまいが、〝来たときよりも綺麗《きれい》に〟という日本人として当たり前の感覚が染みついている敏樹にとって、ゴミを放置していくというのはあまり気分のいいものではない。

「あー、そっか。〈格納庫〉にいれときゃいいんだ」

　〈格納庫〉の容量はかなりのものであるようなので、とりあえずゴミの類いはそこに収めておき、あとでまとめて捨てるようにすればいいだろうと思い至った敏樹は、飲み干したあと軽く潰《つぶ》されたペットボトル、穴の開いた靴下、汚れたタオルを手に取った。

そして軽く念じたことで問題なく〈格納庫〉内に収納できたようであった。

「さて、どうするかな……」

ひとまず危機は乗り切ったが、どうやらここは魔物がうろつく森であるらしいことは確かである。

ゴブリンだけでなく、他の魔物が現れる可能性もあり、次に訪れる危機を乗り切れるとは限らない。

「とりあえず武器になる物を……」

当分の間は魔物と遭遇しても逃げ隠れするつもりではあるが、それでも何らかの対抗手段は持っておくべきだろうと思い、敏樹は武器になりそうな物として工具類を取り出して地面に並べてみた。

金槌、鉈、薪割り用の斧《おの》、片刃のこぎり、ドライバー各種、スコップ、そして釘《くぎ》やネジ数種類が相当数――あとで確認したところ各一〇〇本――程度が並べられた。

スコップは剣先スコップと平型スコップ、それに移植ごての三種類があった。

金槌、鉈、斧などは、素人である敏樹にとって下手な武器よりも使いやすいのではないかと思いつつ、それぞれ手に取って軽く振ってみる。

どれも武器としては頼りないが、ないよりは絶対にましであろう。

「もう少しリーチがなぁ……。あ、そういえばトンガがあるな」

トンガとは鍬の一種――地方によっては鍬全体の別名として使われる場合もあるようだが――である。

いくつかある鍬の中で、敏樹が取り出したのは昔からトンガと呼んでいた刃の幅が狭い耕作用のものであった。

おそらく〈格納庫〉内の道具類の中で、最もリーチが長いのがこのトンガであろう。

「とりあえずこいつを持っとくか」

なにも携行する武器はひとつに限る必要はなく、通常であれば腰に鉈でもつるしておいたほうがいいのだろうが、幸い敏樹には〈格納庫〉というスキルがある。

おそらく腰につるした工具を持って構えるよりは、手の中に直接取り出したほうが早いとの判断であった。

それならばトンガも〈格納庫〉に入れておけば良さそうな物であるが、これに関してはとっさに取り出せるかどうかという不安がある。

なので、トンガは常に携行し、有事の際にはそれで一時しのぎをしつつ、必要に応じて〈格納庫〉から金槌や鉈を取り出して対応する、というのを基本方針とすることに決めた。

さらに防具の類いがないのは怖いので、調理道具として用意されていた小さめの鍋《なべ》を頭にかぶり、フライパンでみぞおちあたりを守れるよう、柄をウェストに差し込み、ロープで身体《からだ》に巻いて固定した。

かなり不格好ではあるが、安全には代えがたいのである。

「あと、スキルの詳細をもっと知りたいんだけど……」

例えば〈格納庫〉にはどれぐらいの物が入るのか、〈影の王〉にはどの程度の隠密効果があるのか、というのを知っておきたいところである。

こういった場合、ファンタジーもので多用されるのが〝鑑定〟やそれに類するスキルである。

「たしか、情報閲覧がどうのこうのって言ってたな……」

その〝情報閲覧〟という文言をどこかで見た覚えがある敏樹はしばらく頭をひねり、そして思い出した。

「たしかタブレットに…………、やっぱりあった！」

タブレットPCを立ち上げたところ、ホーム画面のメニューに『情報閲覧』という項目を発見し、敏樹は早速タップした。すると画面上に検索欄のような物が表示される。

《閲覧したい情報に関連した語句を入力するか、対象をカメラに収めてください》

検索欄には薄い文字でそう記載されていた。

「カメラ……？」

よく見ると、タブレットの前面と背面にそれぞれカメラのレンズらしき物が内蔵されていることが確認できた。

そして検索欄の右端にカメラを示すようなアイコンがあったので、そこをタップすればカメラモードに切り替わるものと思われる。

「気になるけど、とりあえずスキルの確認が先かな」

まずは〈格納庫〉を……と思ったところ、特に何も操作していないにもかかわらず、検索欄に〝格納庫〟と記入され、画面が切り替わった。

そして切り替わった先にはスキルの説明らしき物が表示されていた。

〈格納庫〉
収納系最上位スキル。手にした物を時間が止まっている異空間に収納する。容量および重量は無制限。生物および活動中のアンデッドや動作／待機中の機械類は収納不可。収納物に対する『調整』『修繕』『分解（解体）』『再構築』の機能あり。

「……なんかすごくない？」

時間停止や容量無制限というのはよくある設定ではあるものの、非常にありがたい機能である。その他の機能も一通り確認したが、かなり使えそうなスキルであった。
続けて〈無病息災〉を調べてみる。

〈無病息災〉
心身とも万全の状態に保たれる。

「……ざっくりしすぎじゃない？」

大雑把な説明ではあるが、常に万全の状態を保つという説明から、全力疾走であまり疲れることがなかったのも、裸足に近い状態で走って傷だらけになっていたであろう足の裏が無傷なのもこのスキルのおかげだということはなんとなく理解できた。

〈影の王〉

すべての関連スキルを統合した隠密系最上位スキル。五感に加え、気配、熱変動、魔力による感知を妨げる。一度誰かに認識されてしまった場合、効果は激減する。スキル使用中は生命力や魔力を消費する。スキル効果の付与も可能。付与した場合の効果の割合はスキルレベルに比例する。


「ん、スキルレベル……？」

気になる語句を見つけた敏樹は、いったんホーム画面に戻り『スキル習得』メニューを開いた。

「えっと、習得済みスキルは……っとぉ、こいつ、考えただけで勝手に操作できるのな」

先ほどスキル一覧から隠密系スキルを絞り込んだり、『情報閲覧』を開いたあと語句をイメージしただけで入力されたように、今回もスキル一覧の画面から自動的に習得済みスキルへと画面が移り変わった。

〈格納庫〉〈無病息災〉〈言語理解〉〈影の王Ｌｖ１〉

「おお、たしかに〈影の王〉はレベル１だな」

そこで敏樹がなんとなくレベルの部分をタップしてみたところ、レベルを選択するような小窓が表示された。

「……ん？　レベル２までしか選択できないのか」

レベルは１から10まで表示されているが、３から上はグレーアウトしており選択できないようである。

そこで敏樹がレベル２を選択すると、今度はレベル表記部分がグレーアウトし、レベル選択そのものが表示されなくなった。

「……よくわからんけど、何か条件があるんだろうな」

敏樹はそうつぶやきながら、『スキル習得』を閉じ、『情報閲覧』に切り替えていた。

できればもっとスキルを検証したいが、それにはまず安全を確保してからだと敏樹は考えたのである。

「ここから一番近い安全な場所」

そう口にすると、タブレットPCの画面が地図検索のような表示に切り替わった。

画面は三対七程度の割合で左右に二分割され、左の方には洞穴《ほらあな》と思われる場所の外観が、右側には一面の緑が表示されており、どうやら森を上空から映した物であることがわかった。

そして画面の中心を起点にルートと思われるラインが表示されている。

「これ、拡大とかできるのか？」

そう思いながら、起点となる部分に親指と人差し指を当て、その部分を拡大するように指を開く――すなわちピンチアウトする――ことで、通常のタブレットPCと同様に拡大することができた。

そうやってどんどん起点にズームインしていくと、なにやら人の姿らしき物が見えた。

「……俺じゃね？」

どうやらそれは敏樹を頭上から捉《とら》えたものらしく、画面の中の敏樹は微妙に動いている。

「もしかして……」

そこで敏樹が上を向くと、画面の中の敏樹も同じく上を向いた…………のだが、画面から視線を外した敏樹はその様子を見ることができない。

「おっと、俺はアホか」

気を取り直して画面に視線を戻した敏樹だったが、今度は頭上でひらひらと手を振ってみた。

するとと画面の中の敏樹も同じく頭上で手を振ったのだった。

「リアルタイムかよ……。すごいな」

その仕様に感心しつつも、敏樹は画面をピンチインしてズームアウトし、広域表示に切り替えた。

先ほど表示されたルートはまだ残っており、画面左に表示された洞穴の画像の下に《一・八キロメートル／徒歩三二分》と表示されている。

距離に対して時間がかかりすぎるようだが、それだけ道が悪いということだろう。

「いや、待てよ……。このまま移動するのも危険か」

そこで敏樹は転移スキルなど、移動に役立つスキルがないかを探したほうがいいのではないかと思い直す。

「じゃあ……、俺が今行ける一番安全な場所とそこへ行くまでに必要なスキル」

すると、地図の画面が消え、文字だけが表示された。

《大下家　〈拠点転移〉を使用》

「は……？　俺んち？」

どうやらタブレットＰＣの『情報閲覧』機能は元の世界の情報にあまり対応していないらしく、先ほどのように地図や外観が表示されるようなことはなかった。

ただ簡潔な文字だけが表示されるのみであったが、その意味を理解するにつれ、敏樹は胸の鼓動が速くなるのを感じた。

「よし、やってみよう」

案ずるより産むが易しとばかりに、敏樹はタブレットPCを操作して〈拠点転移〉を習得した。


〈拠点転移〉

設定した拠点へ瞬時に移動するスキル。一日に一度、いかなる状況下にあっても使用可能。距離や状況に応じた魔力を消費することで使用することもできる。拠点は一〇箇所設定でき、拠点として追加できるのは現在地のみ。一度追加した拠点は随時変更可能。追加・変更が出来るのはそれぞれ一日に一度のみ。


「つまり、これの拠点とやらに大下家が設定されていると？」

そこで敏樹は、軽く念じることで拠点一覧を確認することが出来た。

〈拠点転移〉
拠点一覧
拠点01：大下家
拠点02：未設定
拠点03：未設定
拠点04：未設定
拠点05：未設定
拠点06：未設定
拠点07：未設定
拠点08：未設定
拠点09：未設定
拠点10：未設定

「やっぱり……。もしかして、町田さんのはからいか？」

そういえば町田は〝とりあえず行ってみましょう〟と言ってはいなかったか？

〝とりあえず行く〟という表現は、比較的簡単に帰ることができるともとれなくはないだろうか？

「ま、なんにせよ帰れるなら、帰ったほうがいいよな」

敏樹はとりあえず現在地を『拠点０２』に追加する。

そして、肩に担いでいたトンガやウェストに差していたフライパンを収納した。

「では、実家に帰らせていただきます！」

実家に帰るべく〈拠点転移〉を発動するにあたり、なんとなくそのセリフが口を突いて出た。

「ん？」

辺りの景色が色を失い、やがてすべてが真っ白に塗りつぶされる。

そしてふたたび視界に色彩が戻ったとき、目の前には花が咲き誇る桜の木があった。

「帰ってこれた……のか……？」

見覚えのあるその桜の木は大下家の庭に植えられた物で間違いなく、敏樹は腰が抜けたようにその場へと膝《ひざ》をついたのだった。

＊＊＊＊＊＊＊

家の中から、なにやら賑《にぎ》やかな声が聞こえてくるのに、敏樹は気付いた。

その談笑は突然始まったのではなく、敏樹が帰ってきたときから――あるいはその前から続いているものと思われる。

異世界から帰ってこられたことの衝撃と感動のせいで気付けなかっただけであろう。

「母ちゃんに来客かな？」

そう思いながら、敏樹は庭を抜けて玄関へと向かう。

「ただいまー」

玄関の戸を開けて家に入った敏樹は、話し声の発生源であろうダイニングルームへ一直線に向かい、部屋のドアを開けた。

「あら敏樹。おかえり」

「あ、うん、ただいま」

敏樹のほうを向いている母親と向かい合うように、敏樹に背を向けて座っているのはビジネススーツに身を包んだ女性であるらしく――、

「おや大下さん、随分遅いお帰りで」

笑みを浮かべながら振り返り、敏樹にそう告げた。

「ちょ、町田さん⁉」

母親と話しているのが町田であると気付いた敏樹はまず驚き、すぐ呆《あき》れたように息を吐きながら彼女の方へと歩いて行った。

「あんた、いきなりなんちゅうことしてくれたんだよ」

そんな不平をこぼしながら、敏樹は町田の隣の椅子を引き、どっかりと座った。

「あはは。実際見てもらったほうが早いかなと思いましてー。で、どうでした？」

「いろいろ大変でしたよ、ほんと……」

心底疲れた様子の敏樹に対し、申し訳なさそうな愛想笑いを浮かべていた町田だったが、ふと真顔になって首をかしげる。

「にしても、帰ってくるのちょっと遅くないです？」

「え……？」

「そうだよ敏樹」

そこで母親も会話に加わってきた。

「町田さん、あんたがすぐに帰ってくるって言うからずっと待ってたんだよ？」

「え？」

「あんまり大下さんの帰りが遅いもんだから、甘酒飲み過ぎてお腹タプンタプンですよー」

少し照れたように笑いながら、町田は自分の腹をポンポンと叩《たた》いて見せた。

「えぇっ!? いやいや、おかしいでしょ！ あんなとこにいきなり送っといてすぐに帰ってこいだなんて……」

「でも大下さん。お渡ししたタブレットPCが情報端末ということぐらいはわかってましたよね？」

「そりゃ、まぁ……」

「あれで帰る方法を検索すれば、すぐにでも方法はわかったはずなんですけど？」

「あ……」

そう。なぜか敏樹はあの森へ送られたあと、頑《かたく》なに〝ここで生き延びなければ〟と思ってしまっていた。

生き延びるための安全な場所を探し、そこへたどり着く方法を模索した結果、たまたま帰る方法が見つかっただけのことである。

「私としては異世界の雰囲気を軽ーく味わっていただいたらすぐに帰ってきていただくつもりだったのですが……、もしかして帰りたくなかったとか？」

「まさか！　そんな……」

冗談ぽくほほ笑む町田の言葉を、敏樹は完全に否定できずにいた。

「はいはい。痴話げんかもいいけど、そういうのは部屋に戻ってからやんな」

「「はぁっ⁉」」

パンパンと手を叩きながら呆れたように言った母親の言葉に対し、敏樹と町田は同じタイミングで、同じような声を上げた。

「敏樹が帰ってきたんだからこんなところにいないで部屋にいきゃいいと思ったんだけど……、あんたたち付き合ってんじゃないのかい？」

「違うに決まってんだろ！」

「あははー。お母さん冗談きついですよー」

そうやって否定するふたりの姿に、敏樹の母親は力なく肩を落とした。

そして深く息を吐いたあと、顔を上げ、真剣なまなざしで敏樹を見据える。

「敏樹……。父ちゃんが死んでもう一五年だよ？　いいかげん跡取りの顔を拝ませとくれよ」

「いやいや、孫なら兄貴のとこに二人も――」

「よそに婿入りした馬鹿じゃなくて大下家の跡取りが見たいんだよ‼」

カッと目を見開いて怒鳴った母親の顔から、再び力が抜ける。

「敏樹、アンタもう四〇だろ？　いいかげん身を固めたらどうだい？」

「いや、まぁ……相手が、ほら……」

母親はあきれたようにため息をつくと、今度は町田のほうを見た。

その視線を受けた町田が、一瞬ビクッと震えたように見えた。

「町田さん、アンタ見たところ敏樹と変わらないくらいだね？」

「あー、いや、まぁ……どうでしょう……」

「結婚はしてるのかい？」

「えー、結婚とかは、別に……、あはは」

すると、敏樹の母親の口角がわずかに上がる。

「だったら、うちの子なんてどうだい？」

「ちょ、母ちゃ――」

口を挟もうとした敏樹を、母親は黙って手を掲げて制した。

「いや、お母さん……？」

「なんならしばらくウチに住みなよ。部屋ならいくらでも余ってるしさ」

「付き合うだけじゃわからないこともあるからね。一緒にひと月でもふた月でも暮らしてみればいいんだよ。そうすりゃ一緒にやってけるかどうかわかるからね。それで習慣があわないってんならしょうがないけどさ。でも最初から諦《あきら》めることなんてないのさ。四〇過ぎたからって全然遅くないしね。そりゃ子供は難しいかもしれないけど、夫婦なんてのは子供がすべてじゃないし。いやでも欲しけりゃ諦めることなんてないんだよ？　最近じゃ四〇過ぎの出産なんていくらでも例があるわけだしね。もちろんリスクはあるだろうけどそれが何だってんだい？　どんな子だって産まれちまえば可愛《かわい》いもんさ」

「あ、あはは……」

いろいろとまくし立ててくる敏樹の母親を尻目《しりめ》に、乾いた笑いを漏らしつつ町田が敏樹のほうを見ると、彼は頭を押さえてやれやれとばかりに頭を振っていた。

——ピンポン
「はーい」

いつまでも終わらないのではないかと思われた母親のマシンガントークは、ドアチャイムの音でぷつりと中断された。

「じゃあ、お向かいさんと晩ご飯食べに行くから、留守番よろしくね」

言われてみれば敏樹の母親はよそ行きの格好である。

敏樹と町田はほぼ同時に安堵《あんど》の息を吐き、肩を落とした。

「町田さん？」

「は、はひっ？」

ダイニングの部屋を出ようとした母親に突然声をかけられ、町田がうわずった声で返事をした。

「アンタさえよければ、ウチはいつでも大歓迎だからね」

「あはは……、はは……」

町田は乾いた笑いを漏らしながら、救いを求めるように敏樹のほうを見たが、彼は無表情のままただ虚空を見つめているだけだった。

最後に余計な一言を残していった母親がダイニングを出てしばらく経《た》ったあと、車が発進する音が庭のほうから聞こえてきた。

「……あの、大下さん。おつかれさまでした……」

敏樹の顔に不機嫌な表情が戻り、そのまま目だけが町田のほうを向いた。

「ほんと疲れたよ……。誰かさんのせいでいろいろとね……」

「あぅ……」

少し前までの余裕の笑みはどこへやら……。町田は申し訳なさそうに身を縮めるのだった。

「で、どうでした異世界は？」

しばらく微妙な空気が流れたあと、町田は気を取り直したように尋ねた。

「いきなりだったから、なにがなんだか……」

「でも口で説明するより実際に見てもらったほうが早いでしょ？」

「そうかもしれないですけど、もうちょっと事前説明があってもよかったんじゃないですか？」

「必要な物は〈格納庫〉に入ってたと思いますし、スキルもいいのを覚えてもらったんでなんとかなるかなーって……。実際なんとかなったみたいですし？」

「たしかに、まぁ……」

「まぁどうしても嫌だっていうなら、別に行かなくてもいいんですけどねー」

「へ？」

「だからー、嫌なら行かなければいいんですよ」

「……行かなくても？」

「はい。ここから先、私は大下さんの行動には基本的に関与しませんからね。ここから先はお気に召すままご自由にどうぞ」

「自由……？」

「ええ、自由ですとも。ちなみにお渡ししたポイントと大下さんのメインバンクの口座は連動してますからね」

「え、じゃあ……」

「大下さん、いま千数百億円の貯金がある状態です。もう一生遊んで暮らせますねー」

「千数百……億……」

スキル習得に必要なポイントとして考えた場合、それでもかなり大きな数値ではあるものの数百万から数千万、場合によっては億単位のポイントを要するスキルが多数あり、生き延びるためにという理由でポンポン消費していた敏樹だったが、いざそれを円に直されてしまうとその額の大きさに愕然《がくぜん》としてしまう。

「ただし……」

そして、自身の貯金額に対する実感が湧き始め、ニヤつきそうになる敏樹を牽制《けんせい》するような口調で町田が口を開く。

「こちらの世界じゃスキルや魔術は使えませんけどねー」

「あ……」

考えてみれば当たり前のことである。スキルや魔術などというものは、この世界の理《ことわり》から外れるものなのだ。

「うーん、それじゃどうやって異世界に戻る――」

「戻る？」

「え？」

「いま、異世界に〝戻る〟とおっしゃいましたか？　〝行く〟ではなく〝戻る〟と？」

「う……」

それは自然に出てしまった言葉だった。そして自然に出たからこそ、それが敏樹の本音なのだろう。

「ふふ、まあいいです。では向こうに〝戻る〟方法ですが、〈拠点転移〉の効果を思い出せばおわかりいただけるかと」

「効果……？　たしか、一日一回は拠点に転移できて、魔力消費でもどうのこうのと……」

「その枕に一文ありませんでした？」

「えーっと、たしか……〝いかなる状況下にあっても〟……あ」

「そういうことです。じゃあそろそろ私はおいとましますね」

そう言い残すと、町田は敏樹に背を向け、ダイニングルームから出て行った。

その様子をしばらくぼんやりと見ていた敏樹だったが、思い直したように慌ててかけだし、彼女の後を追った。

「送りますよ」

ちょうど町田が玄関を出ようとしたところで、敏樹は追いつき、サンダルをさっと履いて彼女の横に並んだ。

「ふふ、どうも」

玄関から公道までのわずかな距離を、少しだけ敏樹の前を歩くような形で進む。

「あ、そうだ。仮にですが、異世界にもど――行くとして、何か持って行ける物ってありますかね？」

もし異世界と日本とを行き来できるのであれば、使える物は積極的に持って行きたいと考えたのである。幸い金に余裕はあるのだ。

「そうですねー、手に持っている物や身につけている物は持って行けますよー」

「じゃあバックパックにパンパンに詰め込んでも？」

「大丈夫ですねー」

「んー、そしたら、例えばカゴ台車みたいなのにぎっしり詰め込んで、それを掴《つか》んでたら？」

「あー、それはアウトですねー。最低でも持ち上げてもらわないとだめですかね。地面に接していたらアウトですかねー」

「わかりました。じゃあ――」

せっかくの機会である。町田に対する不満が消え去ったわけではないが、ここで不平を言うより知りたいことを訊《き》いておいたほうが建設的だろう。

そう思い、敏樹はいくつかの質問を投げかけ、町田はこころよくそれに答えてくれたのであった。

結局敷地の端で立ち話をするようなかたちとなったのだが。

「じゃあ大下さん、そろそろいいです？」

「ええ。言いたいことはいろいろありますが、まぁ、なんとかやってみますよ」

「ふふ」

優しくほほ笑んだ町田の視線が敏樹から外れた。

「綺麗《きれい》な桜ですねー」

すでに日も落ち、あたりは暗くなっていたが、大下家から漏れる光と、大下家の前を通る細い田舎道に設置された街灯の明かりを受け、庭の桜がライトアップされたようになっていた。

夜にこの桜を意識して見ることなど長年なかったのだが、改めて見るとなにやら幻想的な景色である。

「じゃあ、町田さ――……あれ？」

数秒のあいだ桜に目を奪われていた敏樹が視線を戻すと、町田の姿はどこにもなかった。

＊＊＊＊＊＊＊＊＊

「さて、とりあえず防具になりそうな物は、と」

町田を送ったあと、敏樹は自室のＰＣを使ってネットを徘徊《はいかい》しながら、なにか異世界探索の役に立ちそうな物を探し始めた。

いきなり始まった異世界でのサバイバル生活だが、結局のところ〝家に帰りたい〟よりも〝ここで生き延びる〟ことをまず考えてしまった以上、自分は異世界での冒険を求めているのだろうと自覚した。

いつでも無事に帰れるという安心感も手伝ってか、〈拠点転移〉のクールタイムが終わるのを待つ敏樹の心境はまるで遠足を翌日に控えた子供のようだった。

「たしか夕方ぐらいに帰ってきたから、明日の夕方には戻れるな」

そんな事を考えながら、敏樹は必用な物がないかとネットの海を放浪していた。

敏樹がまず考えたのは、防具となりそうな物である。

武器に関してはひとまず〈格納庫《ハンガー》〉内の工具や農具を上手《うま》く使えばいいのではないかと考えた。

どんな物が収納されていたかは日本にいる限り確認できないので、まずは異世界に戻って庫内を確認し、足りない物を買い足すという方針である。

敏樹は貧乏性なので、いくら大金を手にしていても、それをホイホイ使うことにはまだ抵抗があった。

しかし防具に関してはフライパンや鍋《なべ》ぐらいしかなく、もっとちゃんとした物が欲しいところだ。

「へぇえ、板金鎧《よろい》も売ってんだなぁ」

ネットショップをいろいろと覗《のぞ》いていた敏樹は、中世欧風の全身を覆う板金鎧や、日本の戦国時代風の甲冑《かっちゅう》などを見ていた。

「まぁ……使えんよな」

しかし着慣れぬ鎧を着たところで動きが阻害されるだけであろうことは容易に想像できる。

「あ、鎧はなくても盾ならあるんじゃね？」

鎧と異なり、盾はいまでも各所で活躍している防具である。

代表的なところだと、警察の機動隊であろうか。

「お、あるねぇ」

ネットショップで探したところ、『ＰＯＬＩＣＥ』と描かれた鋼鉄製の物から、ポリカーボネート製のライオットシールドと呼ばれる透明な物などいくつかの種類が見つかった。

とりあえず円盾《まるたて》タイプのライオットシールドと、半分しゃれのつもりで鋼鉄製の大盾も注文した。

「なるほど、バイク用のプロテクターか……。バイク？　ありかも」

鎧の代わりになる物を探していると、バイク用のプロテクターがヒットした。

胸や腹、それに前腕と脛《すね》を覆う硬質プラスチック製のプロテクターは、敏樹の目にとても頼もしく映ったのだった。

「たしか真山《まやま》のとこ、バイクも始めたって言ってたよな」

敏樹の頭に、とある後輩の顔が思い浮かんだ。

「移動手段としてオフロードバイクはありかも」

＊＊＊＊＊＊＊＊

翌日、敏樹は家の自動車を借りて近所のホームセンターを訪れていた。

「えっと……、カセットコンロは必須《ひっす》だよな。お、テントもあるのか。買っとこう。あと、寝袋の下に敷くクッションマットみたいなのも欲しいよなぁ。あ、枕‼」

といった具合にショッピングを楽しむ。

必需品だと思えれば惜しげもなく金を使えるのだが、代用品があるとなると〝まずはあれを試してから……〟とついつい手が出なくなってしまう、貧乏性の悲しさである。

「おお、安全靴！　これだとつま先を保護できるじゃないか」

思わぬところで思わぬ防具を見つけた敏樹は、カートにハイカットの安全靴を追加して会計をすませると、車に荷物を積んだまま近所の中古車ディーラーへと車を走らせた。

「おーい、いるかー？」

「はいよー、って大下先輩？　久しぶりじゃないっすかー!!」

敏樹が訪れたのは『パンテラモータース』という高校時代の後輩、真山徹《とおる》の実家が営んでいる中古車ディーラーである。

敏樹の呼びかけに応じて顔を出したのは、つなぎに身を包んだ精悍《せいかん》な顔つきの三十代後半の男であった。

元々自動車のみを扱う中古車ディーラーだったが、徹の趣味の延長のような形でバイクを扱い始めていた。

「何年ぶりっすかねー。先輩が高校卒業して以来だから……」

「二〇年以上ぶりか」

「うへぇ、おれらも歳《とし》とりましたねぇ。で、何の用です？　まさか大下先輩がバイクを買いに来たってワケじゃ――」

「いや、そのまさか」

「マジっすか!?　先輩、中免もってんすか？」

中免とは中型二輪免許のことであり、ずいぶん前から普通二輪と名称が変わっているのだが、敏樹らの世代の者はいまだに中免と呼ぶ者が多い。

敏樹は高校卒業の際、普通自動車免許を取るついでに二輪の免許も取っていたのであった。

教習以来バイクに乗った経験は一度もないが。

「まぁ、最近おれらの世代でバイク買う人結構多いんすけどね。で、どんなのを？」

「森の中走ったり出来るやつ、かな」

「おおっと、クロカンに目覚めたんすか？　渋いっすねぇ」

クロカンとはクロスカントリーの略称であり、わかりやすくいえばオフロードのことである。

それのどこが渋いのかは謎だが、徹が言うところの〝渋い〟には特に意味はないのだろう。

「道とかはどんな感じです？」

「獣道すらない」

「うへぇ、いきなり上級っすねぇ……。ま、クロカンだとウチにあるのならこれ一択っすけど」

と後輩が示したのは白地に緑の模様が入った250CCのオフロードバイクであった。

「こいつならノーマルでもかなりイケますよ。もちろんイジったほうがいいのはいいんすけどね」

「あ、じゃあガッチガチのクロカン？　仕様にしといてよ。金のことは気にせずな」

「うほぉー、太っ腹っすねー、ありがとやっす！　じゃあおれの全技術を注ぎ込みますよー」

「どれくらいかかる？　出来れば急ぎなんだけど」

「ダッシュで一週間くらいっすかね」

「オッケー。ついでにプロテクターとかヘルメットとか欲しいんだけど、ある？」

「モチっすよー」

都合のいいことに、どうやらこのショップはクロスカントリーにも力を入れようとしているらしく、敏樹はここで頑丈なライダースジャケットにライダースパンツ、硬質プラスチック製のプロテクター一式とヘルメットを購入できた。

「あ、そうだ。あともう一つお願いがあるんだけど……」

敏樹はそのあと納車の日取りなどを決めつつバイク購入の手続きを済ませた。

「親父さんのほうは調子どう？」

「いや元気すぎて困ってるんすよー」

「車のほうにいるの？」

「ええ。顔見ていきます？」

「そうだな。ついでに車も見とくか」

「お、まじっすか⁉　あざーっす‼」

敏樹は徹に連れられ、自動車コーナーへと足を運んだ。

「おう。大下くんか」

「どうも、ご無沙汰《ぶさた》してます（なんか、ドワーフっぽいな）」

がっちりとした体格にひげ面という徹の父親に対してそんな印象を持ったのは、異世界に行ったこととと無関係ではあるまい。

「――ふむ、クロカン仕様車で小回りがきくとなると、こいつかな」

徹の父親が示したのはスリードアで車高が高い小型車だった。

「えっと……、６６０って、軽じゃないですか！」

「おう、軽だな」

「いや、軽じゃパワー足りんでしょう？」

「おや、この車を知らんのかね?」

「車とかあんま詳しくないんで……」

「はは。それでよくクロカンなんぞに興味を持ったなぁ」

「いろいろありまして……」

「ま、詳しいことは訊かんでおこうか。でだ、こいつだがな。浅めの川なら余裕で渡れるんだよ」

「マジっすか?」

「ああ。取説にも川の渡り方書いてあるぐらいだからね」

「馬鹿じゃないです?」

「はっは。まぁそういう車なんだよ、こいつは」

「へぇえ」

「ま、軽が嫌だというんなら一・三リッターモデルもあるけどね。一回り大きいけどそれでも十分小回りはきくから」

そうやっていくつか質疑応答を繰り返した結果、敏樹はカーキ色の一・三リッターモデルを買うことにした。

「まいどありがとうね。でも、新車で買うんなら正規ディーラーに行ったほうがいいよ?」

「ああ、いやガッチガチのクロカン仕様に改造して欲しいんで」

「そうなの? まぁ君がいいならこっちはありがたいけどね。ああ、それから、こいつは街乗りには向かないからね。燃費悪いしうるさいし揺れるしで」

「あー、大丈夫です。あともうひとつお願いがあるんですが……」

いろいろと頼み事をしたうえで自動車の購入手続きを進めた敏樹は、帰りに知り合いの不動産屋を訪ねてガレージをひとつ、即決で契約した。


「よっこらせっと……。こんなもんかな」

敏樹は体中にバックパックやらポーチやらを身につけ、だるまのような姿になっていた。

ライダーススタイルの上からプロテクターを身につけ、フルフェイスを被っているという格好なので、荷物がなくてもあまり人に見られたくない姿である。

人目につく危険を冒してでも敏樹が庭に出たのは、安全靴を履いておきたかったことと、あらためて桜を見ておきたかったという理由があった。

昨日に比べて随分と花が散っており、次に帰ってくるころにはほとんど残っていないだろう。

その前にもう一度見ておきたいと、なんとなく思ってしまったのだ。

「さて、旅立つにはいい日だな」

風に吹かれて舞う桜の花びらを改めて眺めながら、敏樹はつぶやいた。

「よし、じゃあ行くか」

次の瞬間、敏樹が立っていた空間を埋めるために空気でも流れたのか、庭に散らばっていた桜の花びらがふわりと舞い上がった。

＊＊＊＊＊＊＊＊

再び異世界を訪れた敏樹は、前回『情報閲覧』で安全な場所としてヒットした例の洞穴《ほらあな》を目指すことにした。

幸い転移直後に襲われるようなこともなく、持ち込んだ荷物類を無事〈格納庫〉に収めることができた。

あとはタブレットPCを取り出し、ルートを検索する。

「〈影の王〉を使えば移動は大丈夫かな」

具体的な効果はいまだ確認できていない〈影の王〉であったが、スキルレベルも上げたことであるし、何もしないよりはいいだろう。

一応武器代わりのトンガを取り出した敏樹は、〈影の王〉を発動して歩き始めた。


「ぜぇ……ぜぇ……」

肩にトンガを担ぎながら無理のないペースで歩いていた敏樹だったが、一〇分としないうちに息が切れ始め、さらに数分経つころには息も絶え絶えというありさまとなった。

前回ゴブリンから逃げたときは、一〇分近く全力疾走しても一切疲れなかったにもかかわらず。

「くそ……、なんでだ……」

さらに言えば、ただ単純に疲れたというだけでなく、意識が朦朧《もうろう》とし始めわずかに吐き気を催してきた。

「なんか……懐かしい、感覚……」

そして敏樹は、会社勤めをしていたころ、何日も寝ずに仕事を続けたいわゆる〝デスマーチ〟の終盤に近い状態であることを思い出した。

「はぁ……はぁ……、もう、無理……」

敏樹はあたりを見回し、少なくとも見える範囲に危険な物がなさそうであることを確認すると、近くにあった木に身を隠すような形でもたれかかり、〈影の王〉を解除した。

「ふぅ……」

木にもたれかかったままゆっくりとしゃがみ込んだ敏樹は、そのまま地面に寝転がって眠りたくなる衝動を抑えながら、なんとか呼吸を整えることに成功し、数分後には幾分か体調も戻っていた。

「あれか、〈影の王〉を使ってたせいか」

ある程度疲労が回復したところで、敏樹は〝生命力と魔力を消費する〟という〈影の王〉の説明文の一部を思い出していた。

どうやらこのスキル、使用者にかかる負担がかなり大きいらしい。

「よっこらせっと」

さらに一〇分ほど休憩し、まだ体の芯《しん》に残る疲労を感じつつも行動に支障はないと判断した敏樹は、再び洞穴を目指して歩き始めた。

「普通に歩く分には問題ないな」

〈影の王〉を解除して歩く分には、一切疲れないどころか徐々に疲労が回復していくのを敏樹は感じていた。やはり時間経過による回復効果が〈無病息災〉にあることは間違いないようである。

行く手を遮る雑草をかき分けたり、傾斜や段差を上ったり下りたり、ちょっとした低い崖《がけ》を這《は》い上がったりしながら、敏樹はひとまず順調に進んでいた。

しかし〈影の王〉なしで動くということは、常に自分の姿を周りにさらしているということになる。

「うおっ？」

調子よく歩いていた敏樹は、背中に鈍い衝撃を感じた。

「なんだ？」

衝撃を感じた直後、カランと乾いた音を立てて、何かが足下に落ちるのが見えた。

「矢……？」

それは先の尖《とが》った細い木の枝であり、矢に見えなくもないといった物だった。

「ゴギョギョ‼」

突如聞こえた不快なわめき声に素早く振り向くと、視線の先、一〇メートルほど離れたところに弓を構えたゴブリンの姿が見えた。

弓と呼ぶにはあまりに粗末な、木の枝と草の蔓《つる》を組み合わせたような物であったが、それでも実用に耐えうる物なのだろう。

弓を構えたゴブリンよりさらに近い位置から、敏樹に向かって突進してくる別の個体があった。

先端を尖らせた木の棒を構えたゴブリンが、敏樹に突進してくる。

そして槍《やり》のように構えて突き出された木の棒は、プロテクターにコツンと当たって滑り、スルリとその軌道を逸らされてしまう。

「うおっとぉ」

敏樹は腹に多少の衝撃を受けたせいか反射的にトンガを繰り出し、柄の先端がゴブリンの左目頭と鼻の間に直撃するのを確認した。

「あ、ごめん」

このタイミングで謝罪の言葉が出るのは、平和な日本に住む普通のおっさんゆえか。

「ゴギョォッゴギョギョォ‼」

トンガの柄で顔を突かれたゴブリンは、顔を押さえてのたうち回っていた。

喚《わめ》きながら転げ回り、起き上がる気配のないことからそれなりのダメージを与えることができたのだろう。

それほど膂力《りょりょく》のない敏樹であるから、咄嗟《とっさ》のことで火事場の馬鹿力のようなものが発揮されたのかもしれない。

さらに弓を持つゴブリンがたどたどしく矢をつがえようとしているのを確認した敏樹は、二匹のゴブリンに背を向けて走り出した。

「三六計逃げるに如《し》かずってね」

いずれ魔物と戦うにしてもスキルを覚えてからだと考えているので、敏樹はひとまず逃げることにした。

「しかし、備えあれば憂い無しとはまさにこのことだな」

敏樹は逃走しながら、先ほどゴブリンから受けた攻撃を見事防いだのを思い出す。

もしプロテクターがなければ、さぞ酷い怪我《けが》を負っていたことだろう。

「えっほ、えっほ」

その後も敏樹は洞穴を目指して走り抜けた。

途中、何度かゴブリンが出現したが、トンガを突き出して押し倒し、その脇を駆け抜けた。

刃の腹が外側に向いているのが功を奏したのか、勢いに任せて押しのけるという行為にトンガの形状は最適だった。

「よーし、着いたぞ」

そして敏樹は、日が暮れる前に安全地帯となる洞穴へとたどり着いたのだった。

「今日のところは寝るか」

洞穴に着いたあと、敏樹は町田が〈格納庫《ハンガー》〉に入れてくれていた携帯食料で腹を満たし、これまた最初から入っていたブルーシートの上に寝袋を敷いた。

「いやー、しかし〈格納庫〉ってのは便利だね」

敏樹は寝るに当たって、装備していたプロテクター類やライダースの上下を脱ぎ、ジャージに着替えていた。

このジャージは前回異世界に飛ばされたときに着ていた物だったが、洗濯もせずにバックパックに詰めていた物だった。

それを一度〈格納庫〉にいれ、『調整』機能に含まれる洗浄を行なったところ、洗い立てのように綺麗《きれい》になったのである。

「おやすみなさーい」

綺麗になったジャージを着て寝袋に潜り込んだ敏樹は、そのまま眠りにつくのだった。

＊＊＊＊＊＊＊＊

「さて、ひと眠りしたことだし、いろいろ確認しとこうか」

翌朝目覚めた敏樹は、さっそくタブレットPCで『情報閲覧』を起動した。

「とりあえず俺の生命線っぽい〈無病息災〉だけど、ちょっと説明がざっくりしすぎてたんだよなぁ。もう少し俺にわかりやすく説明できる？」

敏樹がタブレットPCに語りかけると、モニター上に答えとおぼしき文章が現われた。

《……HP、MPを自動回復し、あらゆるステータス異常を無効化する》

「わかりやすっ!! んで、やっぱ効果すごいな。一応確認しとくけど、HPは〝ヒットポイント〟、MPは〝マジックパワー〟って認識でいい？」

《問題ない》

「それぞれ〇になるとどうなる？」

《HPが〇になると死亡、MPは〇になると気絶する。また、HP、MPはどちらも減少に応じて身体および精神に異常をきたす。HP、MP減少に由来する状態異常に関しては〈無病息災〉のステータス異常無効化の対象外》

HPが減少するというのは怪我をしたり疲れたりしたときのことであろう。

であれば怪我や疲労に応じて体調が悪くなるのはごく自然なことであり、MPにおいても同様のことが起こると考えておけば問題あるまい。

瀕死《ひんし》の重傷を負っていながら、死んでさえいなければ万全の状態で行動できるなどということは現実的ではないのだ。

その他いくつか判明したことだが、〈無病息災〉での回復に必要なエネルギー源は、まず食事で摂取したエネルギーが優先的に消費され、続いて身体に蓄積された余分なエネルギーが消費される。ただし、オートファジーが発動するような飢餓状態はステータス異常に相当するので、そこまでくるとあとは空間を漂う魔力を取り込み、エネルギー源とするようである。

なら最初から魔力を取り込めば食事も不要であろうと思われるが、《活動エネルギーは食事からとるのが望ましい》というのが『情報閲覧』による回答であった。また《空腹時に空腹感を覚えるのは〝正常〟な状態》とのことで、食事をとらなくても活動に問題はないが、空腹感は永遠に消えないのがデメリットといえばデメリットだろうか。

「あ、HP、MPの回復のペースってどんな感じ？」

《通常時は一分に一パーセント、空腹時は二〜三分に一パーセント、飢餓寸前の状態で五分に一パーセント》

「なるほど、食事量が少ないと回復のペースが落ちるのか……。それもデメリットっちゃあデメリットだな。じゃあ他のことも確認しとこうか」

次に〈格納庫〉について調べたが、物の出し入れや、『調整』など収納物に対する各作業にはMPが必要であり、物理的に困難な作業ほどMP消費量は増えるようだ。

〈影の王〉はHP、MPともにかなり消費するようで、昨日移動時にやたら疲れたのはそのせいだったらしい。

「まぁあの至近距離でまじまじと見られても気付かれないスキルだもんな。そうほいほい使えるようなもんじゃないか」

また、スキルレベルを2から変更できなかったのは、そのスキルレベルに応じた能力や経験を得ていなかったからだということも判明した。

〈影の王〉を1から2にレベルアップできたのは、おそらく必死でゴブリンから身を隠したことが経験となったのだろう。

しかしレベル3に至るほどの経験はまだないということで、レベルを3以上に変更できなかったというわけである。

つまり、最初からレベルマックスでスキルを習得するということはできないということだ。

「とりえずいくつかスキルを覚えといたほうがいいのか？」

そう思いつつ、敏樹はタブレットPCにて『スキル習得』の画面をだした。

「ってか、俺ってあとどれくらいスキルを習得できんの？」

そう考えると、スキル一覧の左上のほうに表示されている数字が明滅した。

「……もしかして、これがスキルポイント的な？」

そう考えた時点で明滅が止まったので、どうやらその認識で間違いないようである。

「いちじゅうひゃく……うへぇ」

一五億の初期ポイントが、ベリーハードを選んだことで一〇〇倍になり、そこからいくつかスキルを習得したせいで減ってはいるが、それでも一三〇〇億ポイント近く残っていた。

それが多いのかどうかを判断するために、いくつかのスキル習得に必要なポイントを確認したところ、おおよそ一万～一〇万ポイントであることが多く、上位スキルと思われるものは一〇〇万を超えることもあるようだ。

むろん、膨大なポイントが必要なレアスキルとでもいうべきものもいくつかあり、敏樹が習得しているものでいうと、〈影の王〉が一億ポイント、〈言語理解〉は一〇億、〈格納庫〉〈無病息災〉はそれぞれ一〇〇億であった。

「桁違《けたちが》いってのは、まさにこのことだな」

〈言語理解〉に関してはいまだお世話になる機会はないものの、その他のスキルに関してはその効果を鑑みるに納得の消費ポイントである。

「しかし、一〇〇〇億あって習得できないスキルってあるのかね」

そう思った敏樹は、スキル一覧を所要ポイントの多い順で並べ替えてみた。

10兆ポイント
□ 死に戻り

1兆ポイント
□ 復活
□ 国士無双

5000億ポイント
□ 武神
□ 賢神
□ 王者の風格

1000億ポイント
□ 管理者用タブレットPC

100億ポイント
□ 格納庫《ハンガー》
□ 無病息災
□ 拠点転移
□ 座標転移
□ 全魔術
10億ポイント
□ 言語理解
□ アイテムボックス

「一〇兆って……。どうやってためればいいのやら」

一通り高ポイントスキルを確認した敏樹は、スキル一覧を通常画面に戻したあと、この先この森で生き抜くために必要なスキルをいくつか習得した。

＊＊＊＊＊＊＊＊

敏樹は肩に担いだトンガの柄に右手をかけ、左手にタブレットＰＣを持ちながら、森の中を慎重に歩いていた。

「意外と人里が近かったなぁ」

ひとまず安全を確保した以上、次は異世界人との出会いだろうと思い、〝ここから一番近い人里〟で調べたところ、二日ほど歩いたところに百人足らずの集落があることがわかった。

となればここは一気にその集落を目指すのがよかろうと思い、敏樹は『情報閲覧』を上手《うま》く使って索敵まがいのことをしながら、できるだけ魔物の遭遇を避けるルートで森を進んでいた。

「この山菜は……お、食えるな。あ、こっちの木の実はさっき見たやつで……オッケー」

敏樹は辺りに魔物がいないとわかると、片手に持ったタブレットを時たま起動し、目についた植物や木の実、果物を見つけては『情報閲覧』を立ち上げ、カメラモードで食用に足るものかどうかを確認していた。

タブレットＰＣを『情報閲覧』モードで起動したまま歩き回ったほうが効率が良さそうに思えるが、残念ながらバッテリーの問題があり、そのバッテリーは敏樹のＨＰとＭＰに連動しているのだ。

通常起動している場合はＭＰのみが消費され、『情報閲覧』を起動した場合はさらにＨＰが消費されるという仕様である。

これに関しては『このタブレットについて』という項目から確認しており、〈無病息災〉の効果とは関係なく、一分に一パーセントのHP、およびMPが消費されるということだった。

ただし、MPが三〇パーセントを切ったところで起動不可となるらしく、『情報閲覧』もHPが三〇パーセントを切ったところで使用できなくなるということがわかった。

一応、一時間強の連続使用は可能だが、そこまで行くと何らかの体調不良が発生している可能性が高いので、三〇分以上の連続使用はできるだけ控えるよう心がけていた。

消費したHP、MPに関してはタブレットPCを閉じさえすれば〈無病息災〉の効果で自動回復されるので、ある程度インターバルを置けば行動に支障はない。

「さて、こいつぐらいなら勝てるかな？」

そこそこ調子よく食料を集めながら敏樹が森を歩いていると、少し離れた場所にゼリー状のものが現れた。

どぶ色のそれはゆっくりと形を変えながら移動している。

《グリーンスライム：森などに生息するゲル状の魔物。触れたものを溶かして吸収する。物理攻撃によるダメージはすぐに再生するため通常は魔術などで対処するが、核を破壊すれば死ぬ》

避けようと思えばすべての魔物を避けられるのだが、そうなると随分遠回りになってしまう。このグリーンスライムであれば敏樹にも勝てそうなので、試しに戦ってみることにしたのだ。

「しっかし、こいつも臭ぇなぁ」

ゴブリンの悪臭も相当なものだったが、このグリーンスライムもなかなかの悪臭である。

ゴブリンの悪臭が動物的なものだとするなら、グリーンスライムの臭いは環境的なものといえばいいだろうか。長い間放置した花瓶の水の臭いに近い。

「さて、いっちょやりますか」

最後に核の位置を確認したあと、タブレットPCを〈格納庫〉に収めた敏樹は、少しドキドキしながらスライムに近づいていった。

まずはグリーンスライムの能力を少し把握しておくため、近くに落ちていた木の枝を持ってつついてみる。

「うおっ?」

木の枝はグリーンスライムに触れた瞬間、粘着テープで絡め取られたように動かなくなった。そして徐々にだがグリーンスライムの体内に引っ張られるようなかたちで取り込まれていく。

「よっこらせっ……と」

とはいえ少し踏ん張れば耐えられる程度であり、敏樹は一〇秒ほど様子を見たあと、枝を引き抜いた。

「おおー、ちょっとだけ溶けてるな」

グリーンスライムに取り込まれていた辺りがわずかに溶けているのが見てとれた。

これに素手で触るとそれなりにダメージを受けるかもしれない。

今回は『情報閲覧』で事前にその存在を知っていたが、どぶ色のスライムはある程度森に同化しており、油断すれば見落としてしまいそうではあった。なので、うっかり踏まないように気をつける必要はありそうだ。

敏樹は両手でしっかりとトンガを構えながら、ゆっくりとグリーンスライムに近づいていく。

目をこらしてよく見てみると、その体内に少しいびつな球状の核が見えた。

スライム本体から一〇センチほど離れたところまで近づいた敏樹は、地面を耕す要領で核をめがけてトンガを振り下ろした。

ブニュリとわずかな抵抗を感じつつも、トンガの耕作用刃はスライムの体を突き破り、そのまま核を貫いた。

核を破壊されたグリーンスライムは、ドロリと少し広がったあと、完全に動きを止めた。

「倒せた……か？」

〈格納庫《ハンガー》〉からタブレットＰＣを取り出し、『情報閲覧』で死亡を確認する。

初めての魔物退治は無事成功に終わったようだ。

トンガを伝わって感じられた、スライムの体を貫き、核を破壊する感触は、あまり気持ちのいいものではなかった。

「うええ、これに触るのか……」

敏樹はグリーンスライムの死骸《しがい》を〈格納庫〉に収納すべく手を伸ばしていた。

スライム系の魔物は死ねば無害となる。

しかし、微妙な悪臭を放つそれに触れるというのはあまり気分のいいものではない。

「ふー……おっし!!」

気合いを入れ直した敏樹は、グリーンスライムの死骸を〈格納庫〉へ収めることに成功した。

「で、これを解体……と」

〈格納庫〉の『分解』には、魔物の死骸を解体する機能もあることがわかっている。

それを試すために、敏樹は触りたくもないグリーンスライムの死骸に触れてわざわざ収納したのだった。

「お、出来た」

グリーンスライムの死骸が〈格納庫〉の中で、体と核、そして魔石に分かれたことがわかった。

敏樹はさっそく魔石を取り出してみる。

それは小指の先程度のくすんだ黒い小石のようであった。

「これが、魔石か」

この世界の魔物は体内に魔石というものを宿している。

魔石は魔物の力の源ではないかと言われているが、詳しいことはわかっていないようだ。

とにかくすべての魔物は体内、多くの場合は心臓の中に魔石を宿しているのである。

そしてその魔石は、この世界における重要なエネルギー源であった。

この世界には魔道具と呼ばれる、魔力を動力源とした機械のようなものが存在し、その魔力の供給源として魔石が用いられている。

いずれ人里に出ればこれを売って生活費に出来るだろうし、持っておいて損はないだろう。

その後、敏樹は周りを警戒しながら森を歩き、グリーンスライムを数匹倒していた。

森を歩く際は『情報閲覧』を使った索敵のみならず、〈視覚強化〉や〈聴覚強化〉など感覚強化系のスキル、〈気配察知〉〈魔力感知〉などの探知系スキルを発動しながら慎重に進んでいた。

これらのスキルは意識して集中することで発動し、感覚強化系はＨＰを、探知系はＭＰを消費するようであったが、〈無病息災〉の回復ペースが少し落ちる程度の消費量だったので、常時発動しておくことにした。

「あれ、もう着いた？」

そうやって森の中を歩いていた敏樹は、一日半ほどで森を抜け、集落の近くまでたどり着いた。

「そうか、〈無病息災〉のおかげで、ほとんど休み無しでも平気だったんだ」

さすが一〇〇億ポイントのスキルである。敏樹はそのスキルの素晴らしさを再確認するのだった。

＊＊＊＊＊＊＊＊

森を抜けたところには雑草が生い茂る荒れ地ではあるものの、平坦《へいたん》な土地が広がっていた。

そして目をこらして遠くを見ると、テントのような物がちらほらと見えた。

「やっと人に会える……‼」

異世界を訪れて数日。

敏樹はようやく異世界人と接触できる機会を得たのだった。

「でも、その前に一度、実家に帰らせていただきます」

少しだけ森の中に戻ったところを拠点に設定し、敏樹は実家へと帰った。

「備えあれば憂い無し、ってね」

一度実家に帰った敏樹は、ホームセンターやショッピングモールを回って消耗品や保存食などの他に、異世界人に対する手土産となりそうな酒などを購入した。

充分な休息を取り、身だしなみを整える。

敏樹は森の出口近くに転移し、さらにそこで一日待機することにした。

何かあったときにいつでも〈拠点転移〉を発動できるようにするためである。

「さーて、どんな人たちがいるかなー？」

タブレットPCを手に入れたのだから、その集落にどのような人が、どれくらいの規模で、どういった生活をしているのか、ということは『情報閲覧』で調べることは容易である。

しかし敏樹はあえてそれを調べなかった。

事前に知っていれば楽しみがなくなってしまうという心情はもちろんあるが、慎重を期すのであれば多少楽しみを削がれても事前に調べておくべきであろう。

しかし実のところ、そんな敏樹の心情などより重要な問題があり、それを理由に敏樹はあまり事前調査をしないようにしていたのだった。

その重要なものとはなんなのか？

――ポイントである。


「結局ポイントってなんなんです？」

敏樹は二度目の異世界訪問の前に、実家の庭で町田にいくつか質問したときのことを思い出していた。

「まー、ひと言で言えば経験値ですかねー」

「経験値？　つまり魔物を倒したらもらえる、的な？」

「あははー。どんだけゲーム脳なんですか、大下さーん?」

「う……いや、その……」

「ふふ。経験値は文字通りの意味での経験値、つまり、経験に応じて獲得できるものですよ」

「経験に応じて? それは戦闘に限らず?」

「もちろんですよー。経験によって魂が受けた影響に応じて獲得できるものですからね」

「……すいません、よくわからないです」

「そうですねー……。簡単に言えば、その経験でどれだけ感情が動いたか、という認識でいいでしょうかね」

「感情が……?」

「そうです。感情の振り幅が大きいほどたくさんポイントもらえるー、ぐらいに思っててください」

「じゃあ、事前に何でも調べておくってのは……」

「おすすめしませんねー。なんでもかんでもネタバレしてたんじゃあ楽しくないじゃないですか」

「それはそうなんですけど……」

敏樹にとってポイントとは、なにもスキル習得に必用な対価というだけではない。

どういう理屈かわからないが、ポイントとメインバンクの残高が完全に連動しているのだ。

つまり、日本に帰って何かを物を買うのにもポイントを要するのだ。

「今さら普通の仕事はしたくないしなぁ」

いま受けている仕事をすっぽかすわけにはいかないので、時間を見て少しずつこなすなり、知り合いに割り振るなりしていこうと考えてはいるのだが、想像しただけでげんなりしているのだった。

血湧き肉躍る異世界での生活に比べて、日本での仕事は敏樹にとって退屈すぎるのだ。

とにかく、敏樹にとってポイントというものは非常に重要なのである。

まだ莫大《ばくだい》なポイントが残っているとはいえ、高ポイントを要するスキルや、日本で買える高額な商品など、この先何が必要になるかもわからない。

ポイントは稼げるときに稼いでおくべきであり、その機会を自ら手放すような真似はしないほうがいいだろう。

「そろそろ行きますか」

〈拠点転移〉を発動できるようになった敏樹は、集落に向かって歩き始めた。

二章　おっさん、現地人と触れあう

周りに魔物の気配がないことは確認できているので、武器は持たず、不審に見えそうなヘルメットも脱いでいる。

万が一危険があったとしても、武器はいつでも〈格納庫《ハンガー》〉から出せるし、魔術を使えるよう準備もしていた。

近づくにつれ少しずつだが集落の様子が見えてきた。

そこは柵《さく》に囲われた小規模な集落のようで、簡素な木造の家やテントがちらほらと目に付いた。

柵の一部が開いておりその前に槍《やり》を持った門番らしき者が二人立っている。

その内の一人が敏樹に気付き、もう一人に声をかけているようであった。

二人の視線が敏樹を捉《とら》え、警戒するように腰を落として槍を構えた。

「おーい、敵意はないですよー」

まだ声が届く距離でもなく、独り言のようにそうつぶやきながら、敏樹は両手を挙げて敵意がないことを示しながら集落へと近づいていった。

一歩二歩と近づくにつれ、二人の姿がはっきりと見えるようになってきたのだが、敏樹は彼らを見て眉《まゆ》をひそめ、首をかしげた。

「リザードマン？　もしかして魔物の集落か？　いや、でも……」

はっきりと視認できるようになった二人の内、一人は蜥蜴《とかげ》のような頭を持つ人型の存在であり、それはまさにリザードマンと呼ぶにふさわしい姿であった。

しかしもう一人は、遠目に見る限りでは人に近い姿のように見える。

「最初の異世界人がリザードマンかもしれないとは……。さすがベリーハードだな」

敏樹はいつでも〈拠点転移〉を発動できるよう、警戒しながら歩いて行く。

転移先は実家ではなく例の洞穴にしたほうがいいだろう。

もし何らかの攻撃を受けて怪我をした場合、実家では〈無病息災〉が発動しないからである。

そんなことを考えながら、敏樹はゆっくりと歩いて行く。

もうお互いの表情も確認できる位置である。

蜥蜴頭の者に関してはいまいち表情を読み取れないが、人に近い姿の者からは敵意や恐怖が読み取れた。

「そこで止まれっ‼　なんの用だ⁉」

声を発したのは、蜥蜴頭のほうだった。敏樹はその言葉を理解できたことに、少し安堵《あんど》した。

（どうやら〈言語理解〉スキルはちゃんと働いてくれたみたいだな）

敏樹は〈言語理解〉スキルにて、すべての言語を習得していた。

故に、この世界の人が発する言葉はすべて理解できるはずであった。

一〇億ポイントというかなりの額を消費したようだが、町田の判断に不満はなかった。

ゴブリンの喚き声に関してまったく意味を理解できなかったのは、それが人の話す言葉ではないからだろう。

裏を返せば敏樹に理解ができる言葉を発している時点で、このリザードマンは魔物ではなく人、あるいはそれに近い存在であると判断できる。

敏樹は改めて二人の姿を注視した。

一人は蜥蜴のような頭に全身を覆う爬虫類《はちゅうるい》の鱗《うろこ》のような皮膚を持ち、尻《しり》からは太く長い尻尾《しっぽ》が垂れ下がって地面にペタリと着いていた。

しかしもう一人は、一応全身は鱗に覆われているものの、顔はヒトの形に近く、尻尾も細くて辛うじて地面に着く程度の長さだった。

「何の用だと訊《き》いている!!」

「ナニシニキタ!?　コンゲツブン、ハ、モウ、ワタシタ、ダロ!!」

「ん？」

どうやら彼らは敏樹を誰かと勘違いしているらしい。

一体誰と勘違いしているのか気になるところであるし、人の姿に近い男のほうが片言なのも気になった。

「どうもー、フリーの探検家、大下敏樹といいます。森を探索してたら見つけたので、ちょっと寄らせてもらいました」

敏樹の言葉に二人の門番が顔を見合わせる。

そして、より警戒を高めた様子で、蜥蜴頭のほうが敏樹を睨《にら》みつけた。縦に長い瞳孔《どうこう》が、緊張を示すかのように少し太くなった。

「ヒトが一人で森を抜けられるわけがない。どうせお前も野狼の一味だろうが!!」

そう言いながら、二人は槍の穂先を敏樹に突きつけてきた。

「ヤロウ？　いやいや、そんなんじゃないですって。ただの旅人ですよ」

二人の怒声にほかの住人も気付いたのか、ちらほらと人が集まってきたが、集まった人はすべてが蜥蜴を彷彿《ほうふつ》とさせる容姿だった。

ただ、蜥蜴の因子の混ざり方にムラがあるようだが。

そしてそのすべての人たちが、敏樹に非友好的な視線を送り、ときおり野次を飛ばしてきた。

「待たんかお前たち」

人混みの後ろからしわがれた男の声が響く。

それほど大きな声ではなかったが、その声はよく通り、喧騒《けんそう》がピタリと止《や》んだ。

そして集まっていた人のかたまりが割れ、その間から杖《つえ》をついた蜥蜴頭の男が現れた。

男は杖をつきながらもしっかりとした足取りで悠然と歩き、敏樹の前に立った。

「お主、野狼の一味ではないのか？」

「その野狼ってなんです？」

「知らんのならいい。しかし、ヒトのくせに我々の言葉が上手《うま》いのだな」

「そうですか？」

「我々の言葉はヒトの口では発音しづらいはずなのだが、お主は完璧《かんぺき》に話しておる。面白い奴だ」

つまり、人に近い顔の男の言葉がたどたどしかったのはそういう理由からであった。

敏樹には〈言語理解〉があるので、あらゆる言語を母国語レベルで聞き取ることができるのだ。

「用がないなら帰ってもらおうと思ったが、歓迎してやろう」

「オサ⁉」

門番の一人が杖の男に異を唱えるかのように叫んだ。

どうやらこの杖の男がこの集落の長であるらしい。

「長、俺も反対です。こいつが野狼の一味でないと決まったわけではない」

もう一人の門番も同じく異を唱えた。

「ふん。お主らはこの者が儂《わし》らの言葉をしゃべっておるのに気付いておらんのか？」

「なんと⁉　すまないが、何かしゃべってはもらえないだろうか……？」

「あーあー、本日は晴天なり」

いまいち事情の飲み込めない敏樹だったが、とりあえず指示に従ってみたのだった。

「……本当だ。翻訳の魔道具を使っていない……」

「コイツ、オレヨリ……」

「の？　わかったらお主らは持ち場に戻れ。ほんでお主、ついて来い」

長と呼ばれた男がそう言って集落の中へと歩き始めたので、敏樹は少し戸惑いながらその後について歩き始めた。

集落内を歩いている間、住人からは常に剣呑《けんのん》な視線を投げつけられており、敏樹は少し居心地が悪かった。

移動のあいだできるだけ住人を観察してみたが、すべての住人が何かしら蜥蜴を思わせる容姿だった。

敏樹が案内されたのは村の中心より少し奥にある、一際立派な建物だった。

といってもこの集落の建築技術はそれほど高いものではないらしく、半数は革張りのテント、半数は掘っ立て小屋のようであり、長の家だけがなんとか住居としての体裁を保っている、という程度のものであるが。

「ああ、父さんおかえり。一体なにご……と……？」

おそらくは長の息子と思われる蜥蜴頭の男が、長に声をかけつつ視線を動かしたところで敏樹と目が合った。

「なんだお前っ⁉　……いてっ」

敏樹を見て警戒し、身構えたところで男は長の杖で頭を小突かれた。

「客だ」

「客？」

「うむ。騒ぎの元でもある」

「ああ……」

男は構えを解いたが、視線からは警戒心が消えていなかった。

「どうも」

敏樹は軽く頭を下げ、長の家に入った。長は外でも裸足であり、裸足のまま床に上がった。

「あのー、靴は脱いだほうがいいですか？」

「そのままで構わんよ」

とのことなので、少し遠慮がちにではあるが敏樹は土足のまま家に上がった。

「ま、適当にくつろいでくれ」

そう言いながら長は部屋の奥に敷かれていた革のマットの上に座った。

「どうぞ」

長の息子と思《おぼ》しき男が、座布団ほどの大きさの革のマットを渡してきた。

「あ、どうも」

それはクッション性もなければ縫製の跡もない、なめした革の切れ端のようなものだった。

敏樹はそれを床の上に敷き、あぐらをかいた。

「儂はここ水精人の集落の長をやっておるグロウという。そっちのは儂の息子のゴラウだ」

「どうも。俺はトシキといいます」

「ふむ。トシキか。で、何をしにこの集落へ？」

「特に目的は……。森を探索中にたまたま行き当たっただけですよ」

「そうか。ではこの集落にこれといった用はないのだな？」

「まぁ、そうなりますね」

実際敏樹は、最初の転移先から一番近いから寄っただけである。

「ふむ。では、まぁ一杯もてなそう。朝になったら出て行くがよい」

グロウが何を指示したわけでもないが、息子のゴラウが陶器の壺《つぼ》とコップを二つ持ってきた。

「この集落で作っている酒だ。口に合えばよいが」

ゴラウが並べたコップに壺を傾ける。壺の口から白濁した少し粘りのある液体が流れ落ち、陶器のコップに注ぎ込まれた。

ゴラウから受け取ったコップから漂う匂いといい、少しとろりとしたその様子といいどことなく馴染《なじ》みのあるものだったが、それが一体何であるのか、敏樹はすぐに思い出せない。

『情報閲覧』で調べればすぐにわかるのだが、ここでタブレットPCを出すなど無粋にもほどがあるだろう。

仮に有毒なものであっても敏樹には〈無病息災〉がある。

死にさえしなければなんとかなるはずだと覚悟を決めた敏樹は、おそるおそるコップを傾け、一口分の液体を口に含んだ。

ドロリとした口当たりのあと、ほのかな甘みが広がったかと思うと、少し強めの辛味が後を追うように迫ってくる。

そしてあるかないかのわずかな発泡。

ゴクリと飲み込むと、すべての味が喉《のど》を通り過ぎた後、強烈なアルコール臭が鼻腔《びこう》を刺激した。

「……どぶろく？」

「ほう……、お前さん、どぶろくを知っておるのか」

それは米から作られるにごり酒、どぶろくであった。

この世界のどぶろくが彼らの言語でどう呼ばれているのかは不明だが、〈言語理解〉のおかげで敏樹の意図は過《あやま》たず通じているようである。

「ええ。郷里の特産でしたから」

敏樹の生家からほど近いところに神社がある。

神社では毎年どぶろくが作られ、毎年ささやかな祭りが開かれる。

作られたどぶろくは参拝者に無料で配られ、希望者には瓶詰めで販売された。

毎年神宮にも奉納される由緒正しいどぶろくである。

高校卒業とともに実家を出ていた敏樹は、数年前再び実家へと戻ることになった。

特に娯楽のない田舎町だったが、このどぶろく祭はそれなりに楽しみにしており、かならず足を運んで振る舞いの分を飲むことにしている。

一度、地域のイベントで神宮への奉納に同行したこともあるが、あれは中々にいい経験だった。

その神社で作られるどぶとくに比べれば、かなりクセが強く、アルコール度数も高そうだが、しかしこのどぶろくには独特の深みがあった。

米の品種の違いか、あるいは水の違いか。

どちらが美味《うま》いかと問われても、好みの分かれるところである。

敏樹にはそれなりに地元愛があるので、どうしても地元びいきになってしまうが、酒好きはおそらくこちらのどぶろくを好むだろう。

「ますます面白いやつだ。さ、もう一杯やれ」

空になったコップに、どぶろくが注ぎ足された。

「どぶろくがあるということは、米があるのですか？」

「うむ。儂ら水精人にとっては酒の原料ぐらいの価値しか無いが、人間は好んで食うからな。以前はよく街に卸していた」

以前は、というところで、グロウの声色は少し悲しそうな、あるいは悔しそうな色を帯びた。

「以前は、ということは、今は？」

「まぁ、いろいろあってな。お主には関係ないことだ」

確かによそ者である敏樹には関係ないことであり、敏樹としても積極的に首を突っ込むつもりはない。

「ところでお主は随分と儂らの言葉が上手いようだが、なにか祝福を得たのか？」

「まぁ、そんなもんです」

敏樹がスキルと呼んでいるものは、この世界の住人とっては『天啓』や『加護』、『祝福』と呼ばれている。

先天的に身につけているスキルを『加護』といい、特殊な施設で後天的に付与されたものを『祝福』、祝福以外の方法で後天的に習得したものを『天啓』という。

言語関連のスキルは加護によって与えられることがほとんどなく、異種族がいくら努力したところで水精人の言語を流暢《りゅうちょう》に喋《しゃべ》ることが出来ないのは、この集落の人に近い顔の水精人が証明している。

言語能力に関しては努力によって習得できる部分に限界があり、いくら努力しても天啓を得るまでには至らないともいわれている。

となると、あとは祝福だけが残るというわけだ。

「物好きなことだ」

祝福は、神殿などの特殊な施設で与えられるものだが、これは敏樹がタブレットＰＣでポイントを使ってスキルを習得するのに似ている。

管理者用タブレットＰＣのように、どの祝福《スキル》に何ポイント必要で、その人が現在何ポイント所有しているか、という細かいことまではわからず、ただ漠然と〝このあたりの祝福は得られる〟ということはわかるので、あとは本人の希望にそって祝福を付与されるのである。

ただ、祝福を得れば一気に能力が上がるということもあり、施設に対する高額な寄付や貢献が必要となるようだ。

この世界に住む者にとって、祝福を得るというのはかなり大変なことなのである。

その貴重な祝福の枠を、水精人という少数種族の言語に充てるというのは、物好き以外の何者でもない、と考えられても仕方がないのであった。

＊＊＊＊＊＊＊＊

「せっかくなので、俺からもお返しを」

そう言うと、敏樹は〈格納庫《ハンガー》〉から日本酒の小瓶を取り出した。

敏樹自身、あまり酒を嗜《たしな》むということはなかったが、珍しい酒が手土産として重宝されるのはどの世界でも変わらないだろうとの思いから、色々な酒を用意していた。

今回取り出したのは、それほど高価ではない、一八〇ミリリットルの清酒の小瓶だった。

それとは別に、白いお猪口《ちょこ》を三つ、用意した。

「トシキは【収納】を使えるのか」

「ええ、まぁ」

「羨《うらや》ましいことだ」

ここでいう【収納】は魔術を指し、〈格納庫〉や〈アイテムボックス〉などの収納系スキルとは全く異なるものである。

収納系スキルが異空間に物を出し入れするのに対し、【収納】は収納庫と呼ばれる施設と契約し、そこに物を転移させる魔術のことをいう。

収納庫の容量や性能はもちろん施設に依存する形となり、その性能に応じて利用金額も異なる。

収納系スキルのほうが有用ではあるが、それらは加護か祝福で得る必要があるのに対し、【収納】は金さえ払えば大抵の人は使うことが可能だ。

「ほう、見事なガラス瓶だ。それにその白い陶器も見事だな」

透明な、あるいは薄く色の入ったガラス製品がこの世界に存在することは、酒を用意するにあたって調べておいた。

三つのお猪口に酒を注いだ敏樹は、まず自分が最初に飲んだ。

「ささ、ゴラウさんも」

「いや、私は……」

グロウは何も言わなくても飲むだろうと思ったが、息子のゴラウは遠慮しそうだったのであえて勧めた。

「ゴラウ、いただきなさい」

ゴラウの敏樹に向けられる視線に、多少警戒の色はあったが鋭さはなくなっていた。

そのきっかけとなったのが、振る舞われたどぶろくを敏樹が躊躇《ちゅうちょ》なく口にしたことだった。

通常であれば毒などを警戒してもおかしくないところである。

少なくとも敏樹の側で自分たちを忌避していないのであれば、こちらから敵意を向ける必要はないと、ゴラウは考えたのだった。

敏樹の場合は仮に毒をもられたとしても、〈無病息災〉が無効化するのであるが、それはゴラウには知り得ないことである。

「はい、では遠慮なく」

まずグロウが飲み、それを確認してゴラウが飲んだ。

毒味という意味であれば先にゴラウが飲むべきであるが、それは敏樹が済ませていた。

であれば、もてなしを先に受けるべきは父親であり集落の長でもあるグロウのほうである。

「おう、これは……」

「へぇ、なんだかすっきりとした飲みくちですね」

初めて飲む酒の味に、二人とも驚いているようだった。

「これも、米から作っているんですよ？」

「なんと⁉」

グロウが驚きの声を上げた。

「これは、きっと売れるぞ……」

「でも、父さん……」

「ああ、そうだな」

一瞬期待に胸をふくらませるような雰囲気だったグロウだが、ゴラウの言葉を受け、諦《あきら》めるような雰囲気に変わった。

なにかいろいろと訳ありのようだが、今突っ込んで話を聞く必要はないと判断し、とりあえず聞き流すことにした。


その後は、取り留めのない雑談が続いた。

「トシキ殿は冒険者なのですか？」

酔いが回ったのか、ゴラウは敏樹に対して随分と気安くなっていた。ただ、蜥蜴《とかげ》頭は酔っても赤くならないので、その判断は難しいが。

「いや、ただの探検家ですよ」

探検家と冒険者の間にはそれほどの差はないように思われるかもしれないが、この世界においては明確に異なる。

探検家というのはその名の通り各地を巡って探検する者のことである。一方、冒険者というのは、冒険者ギルドという組織に所属し、ギルドの規定に従って職務を遂行する者のことである。

「さて、日も暮れてきたところだし、宿を用意しよう」

「ああ、おかまいなく。空きスペースさえあればテントでも立てますし」

「だめですよ、トシキ殿！　あなたは大事な客人なのですから」

最初の警戒心はどこへ行ったのやら、ゴラウは敏樹を手厚くもてなす気満々のようだった。

その様子に、グロウも少し呆《あき》れ気味である。

「ではゴラウ、ロロアのところへ案内してやってくれ」

「え……？」

ゴラウが戸惑いの声を上げる。

「いや、父さん。ロロアは……」

「ゴラウ」

ゴラウは抗議したが、グロウに重く名を呼ばれ、口を閉じた。

「わかりました……。トシキ殿、こちらへ」

「あ、はい。あのごちそうさまでした」

敏樹は立ち上がり、グロウに軽く頭を下げた。

「いや。こちらこそ。それに、すぐ出て行けなどと失礼だったな。お主さえ良ければゆっくりしていってくれ。何もない集落ではあるが」

敏樹は再び軽く頭を下げたあと、ゴラウの後ろについて長の家を出た。


敏樹はゴラウに連れられ、集落の外れに来ていた。

他の住居とは少し離れた場所に、ぽつんと革張りのテントが立てられている。

ここに来るまでのゴラウの足取りは重く、敏樹は何度か事情を聞こうと思ったが、結局ここまで何も聞けずじまいだった。

「トシキ殿」

ゴラウが少し沈んだ声で話しかけてきた。

「はい？」

「ここはロロアという者の住まいです。長の命により、トシキ殿にはここに泊まっていただきます」

『長の命により』という部分を強調した辺り、ゴラウにとっては不本意なことなのだろう。

「はぁ」

「その、ロロアは……、心根の優しい女です」

「女⁉　あの、女性と同じテントというのはちょっと……」

「ああ、ご心配なく。女と言っても、その、容姿がアレですのでおそらくそういうことには……、ああ、でもトシキ殿はヒトだからあるいは……。あの、トシキ殿がその気なら全く問題はないのですよ？」

「うーむ……」

敏樹としては容姿云々《うんぬん》以前に見ず知らずの女性とひとつ屋根の下で眠るというのはどうにも抵抗があった。

しかしグロウの指示でもあるし、無下に断るわけにもいかない。

もしお互い気を遣うようなら、このあたりにはスペースもあるようだし、別にテントを立てることにしようと思い、この場は諦めることにした。

「ロロア、いるか？　ゴラウだ」

ゴラウはテントの入り口に立つと、中に向かって声をかけた。

「……ハイ」

「客を連れてきた。世話をして欲しい」

「……オマチクダサイ」

テントの中から衣擦《きぬず》れの音が聞こえる。

着替えか何かをしているのだろう。一分と経《た》たず入り口の幕が開けられ、ローブに身を包んだ人物が姿を現わした。

「オマタセシマシタ……」

その人物は、全身をローブで包み、口元を布で隠し、フードを目深にかぶっていた。

「ロロア。こちら客人のトシキ殿だ」

ロロアは敏樹の姿を見ると、怯《おび》えたようにビクンと震えた。

「心配するな。トシキ殿はヒトだが、悪い方ではないよ。先ほどまで私と父さんと三人で酒を飲んでいたのだからね」

「ソウ、デスカ……」

その言葉に、ロロアは少し緊張を解いたようだ。

「トシキ殿、これがロロアです。この格好についてはご容赦ください。容姿に少し問題がありますので……」

「ああいえ、大丈夫です」

本人を目の前にして〝容姿に問題がある〟などと言うのはどうかと思ったが、この世界の、少なくともこの集落の常識がわからない以上あまり口出しすべきではないと判断した敏樹は、わずかに眉《まゆ》をひそめるだけにとどめた。

「ロロア、デス。ヨロシク、オネガ、シマス……」

「ああ、どうも。トシキです。はじめまして」

ロロアと敏樹はお互い頭を軽く下げあった。

「ではトシキ殿、ごゆっくり。なにかお困りごとがありましたらなんなりと、このロロアにお申し付けください。ロロア、大事な客人だからね。頼んだよ」

ゴラウはそう言い残すと、最後にもう一度敏樹に頭を下げ、この場を去っていった。

「トシキ、サマ。ドウゾ、ナカへ」

「あ、はい。お邪魔します」

敏樹は招かれるまま、ロロアのテントに入った。

テントとはいっても支柱や骨組みはしっかりとしており、広さは一〇畳程度、高さも一番高い所で二メートルほどはあるので、住居として特に問題はなかった。

中にはカンテラのような照明器具があり、意外に明るい。

地面には継ぎ接《は》ぎされた大きな革のラグマットが敷いてあり、ロロアがその前でサンダルのような履物を脱いでいたので、敏樹もそれに倣って靴を脱いだ。

その様子を見て、ロロアは少し安心したような態度を見せた。

「ドウゾ」

と出されたのは、グロウの家で用意されたような革のマットではなく、薄い袋状に縫製した革の中に藁《わら》を詰めてクッション性をもたせた座布団のようなものだった。

米を栽培していると言っていたので、藁を手に入れるのは容易なのだろう。

「ナニカ、ヨウジ、アリマス？」

座布団に座った敏樹にロロアが問いかけた。

「えーっと、そうだなぁ。ヒトの言葉って、喋《しゃべ》れます？　大陸共通語とか」

「はい。大丈夫です」

随分と流暢《りゅうちょう》な喋り方になった。〈言語理解〉を持つ敏樹には、どんな言葉も日本語に聞こえるのだが、口調や訛《なま》りまで再現されてしまう。

ロロアの顔は布に覆われて見えないが、その形はヒトに近いように見えた。

もしヒトの言語を喋れるのであれば、そちらのほうがいいのだろう。

「俺と話すときはそっちでお願いします」

「わかりました」

ロロアはフードで顔を隠すようにうつむいていた。

どうやら見られたくなさそうなので、敏樹はできるだけ彼女の顔から視線を外すように努めたが、かといって明後日の方向を見るわけにもいかず、自然と視線は下の方にずれてしまう。

「むむ……？」

下にずれた視線は彼女の胸元を捉《とら》え、その膨らみを注視するかたちになってしまうのは男の性《さが》である故に仕方のないことであろう。

そしてゆったりとしたローブの上からでも視認できるその膨らみに、敏樹はついうなりをあげてしまったのだった。

そんな敏樹の様子を多少不審がったものの、ロロアはとくにそれを追及しなかった。

「お食事はどうしますか？」

「ん？　そういや酒しか飲んでないなぁ」

ろくに食事も摂らず、度数の高い酒を飲んでいた敏樹だったが、全く酔う気配がなかった。

実は酒酔い状態というのはバッドステータスに相当するので、〈無病息災〉により無効化されているのである。

特に酒好きではない敏樹にとって、いくら飲んでも酔わないというのは案外メリットであった。

「簡単なものでよければ用意しますけど？」

「じゃあお願いしましょうかね」

ロロアの手を煩わせるのもどうかと思わないでもないが、せっかくなのでこちらの世界の料理を味わってみたいと思い、お願いすることにした。

「ちょっと待っててくださいね」

そう言い残し、ロロアはテントを出た。たしかテントの近くに小さな竈《かまど》があったはずだ。おそらくそこで簡単な料理をするのだろう。

「残り物を温め直したもので申し訳ありませんが」

と、ロロアが木製のトレイに載せて運んできたのは、小さな土鍋《どなべ》のようなものだった。

フタを開けると、そこには茶色いお粥《かゆ》のようなものが入っていた。

見た目はいまいちだが、鼻をつく香りは悪くない。

「これは？」

「お粥です」

どうやら見た目通りお粥らしい。土鍋の他には陶器の小瓶と、水の満たされたコップ、木製のスプーンが載っていた。

まずは水を飲む。

「美味《うま》っ‼」

ただの水だというのに、まろやかな口当たりの、そしてさっぱりとした喉越《のど》しの、なんとも言えない飲み心地だった。

「ふふ。集落のみなさんが魔法で作った水ですから」

と言ったロロアは少し誇らしげであった。

続けて、お粥を口にした。玄米粥《げんまいがゆ》のようである。

ドロドロに軟らかくなった米の食感と、プチプチとした玄米特有の食感とが混ざっており、舌触りは悪くない。塩がしっかりと効いているが、塩以外の風味も、どことなく馴染《なじ》みのあるものだった。少しの苦味とクセのある味だが、味は上々だ。

「これも、美味いですね」

「よかった……。この集落でちゃんと食事をするのは私だけだから」

ロロアの口調が少し気安いのは、敬語をあまり習得できていないからである。

人によっては無礼に感じるかもしれないが、敏樹にしてみれば距離が近づいたようで、居心地は格段に良くなった。

先ほどから気になる言葉がちらほら耳についたが、敏樹は先に食事を済ませることにして、今度は陶器の小瓶を手に取った。

小瓶は木製の栓で閉じられている。

「これは？」

「ゴブリンソースです。味を整えるのに使ってください」

小瓶の栓を取って匂いを嗅《か》いでみる。

「醤油《しょうゆ》……？」

ほのかに漂う香りは醤油のそれに近いが、それ以外にも少しクセのある匂いが混じっている。

食肉として好まれるオーク肉と違い、ゴブリンの肉は臭みがある上に硬いので、一般的には乾燥させた上で粉砕し、肥料や飼料にされることが多い。

臓物はなおのこと食えたものではなく、食中毒の原因ともなるが、同じく乾燥させて粉砕することで、害獣よけの薬剤となる。

その臓物の中で最も毒性や臭いが強いのが肝臓なのだが、その肝臓を一年ほど食塩に漬け込み、塩を取り除いてさらに麹《こうじ》に漬け込むことで解毒し、出来上がった肝臓の漬物を丁寧に濾《こ》してペーストにしたものをゴブリンペーストという。

そのゴブリンペーストを湯で溶かせばゴブリンソースになる。

非常にクセの強い調味料だが、この世界では一般的に好まれるものだ。

ゴブリンソースを垂らして一口食べてみた敏樹の感想としては、苦味と臭みのある醤油といったところか。

ロロアが作った玄米粥には既にゴブリンソースが入っていたが、さらに追加することでより味が濃くなり、深みが出たように感じた。

ただ塩からいだけでなく、苦味があるおかげで飽きずに食べることが出来た。

「ごちそうさまでした」

ロロアはコップだけを残し、他の食器類を持って一旦《いったん》テントの外に出たあと、水差しを持って再びテントに戻ってきた。

そして敏樹のすぐ近くにかがみ、空になったコップに水を注ぐと、少し離れた場所に座り直した。

「あ、どうも。ロロアさん、ご飯は？」

「私はもう済ませました。あと、私のことはロロアと呼び捨てにしてください。トシキさんはお客人なのですから、敬語なども不要です」

「あ、はい、ロロア、ね」

敏樹は少し姿勢を正してロロアに向き直る。

「ねぇ、ロロア。いくつか聞きたいことがあるんだけど」

「なんでしょう？」

「これ。さっきロロアは〝集落のみなさんが魔法で作った水〟って言ったよね？」

「はい」

敏樹は水の入ったコップを掲げた。

「じゃあさ、ロロアは作れないの？」

敏樹の言葉に、ロロアは少し顔を逸らした。表情が見えないのを、敏樹は少しもどかしく感じた。

「私は……水精人のみなさんと違って獣人ですから……」

この世界には二足歩行で、ある程度の知性や社会性を持った人型の存在が何種かいる。

まず大別すると、ゴブリンやコボルト、オークのような『魔物』、ヒトやエルフ、ドワーフ、獣人といった『人間』、そしてこの集落にいる水精人のような『精人』の三種となる。

それらの違いだが、体内に魔石を持っているのが『魔物』、何も持っていないのが『人間』、そして体内に精石というものを持っているのが『精人』である。

精人は、『地』『水』『火』『風』各属性を司《つかさど》る精霊に近い存在であり、獣人の祖と言われている存在だ。

「なるほど。じゃあこの集落に人間は……」

「私だけです」

「だから食事をするのがロロアだけなんだ」

体内に魔石を持つ魔物と、精石を持つ精人は、空間にある魔力をその核となる石が取り込み、生命活動に必要なエネルギーに変換するので、食事は不要である。

ただ、娯楽としての飲食を楽しむことはあり、グロウら水精人にとってのどぶろくがそれに当たる。

また、この世界における獣人だが、『獣の因子を持ち、かつ体内に魔石や精石を持たない者』というのがその定義となる。

そしてここで言う『獣』は『人間以外の生物』であり、それには哺乳類《ほにゆうるい》だけに限らず、鳥類や爬虫類《はちゆうるい》、魚類から虫に至るまですべてが『獣』として扱われる。

精人はどの種族も獣の因子を持っている。

そしてその精人と人が交わり、精人の血が薄まることで生まれたのが獣人だと言われている。

実際ロロアの母はこの集落に生まれた精人であり、父はたまたまここを訪れたヒトの探検家だった。

精人として獣の因子が強く出るかどうか、例えば敏樹が最初に出会った二人の門番のように、より蜥蜴《とかげ》に近い姿になるか、人に近い姿になるかは運によるところが大きいらしい。

獣の因子が強く出ている者同士が交わったほうが、より強い因子を持つ子が生まれやすいということはもちろんあるが、絶対ではない。

そして、精人にとっては獣の因子が強く出るほど、気高く、強く、美しいと言われる。

ロロアの母はどちらかと言うと人に近い姿だったようで、そうするとどうしても集落内で侮られることが多くなる。

そんな中、ロロアの父であるヒトの探検家と出会い、恋に落ち、ふたりは駆け落ち同然で集落から姿を消した。

それから数年後のある日、瀕死《ひんし》の父親が集落を訪れ、グロウに生まれたばかりのロロアを預けて事切れた。

精人として獣の因子が弱かった母と、獣の因子を一切持たないヒトの探検家であった父の間から生まれたロロアは、精石を持たない獣人としてこの世に生を受けた。

以来およそ四〇年の歳月を、腫れ物《はれもの》のように扱われながらこの集落で過ごしてきたらしい。

話し相手に飢えていたのか、最初は遠慮がちに話していたロロアだったが、相槌《あいづち》を打ちながら誘導してやると、色々と話してくれた。

敏樹は今でこそあまり人と関わることのない在宅業務を行っているが、高卒から体を壊して実家に帰るまでの十数年の間、フリーターや派遣として職を転々としており、サポートセンターや営業なども経験していたので、コミュニケーション能力はそれなりにあるのだった。

「いけない。もうこんなに真っ暗……。ごめんなさい、私ばかり話して」

ロロアの家を訪れたときはまだテントの隙間から見える外の様子は夕暮れ時という頃合いだったが、今や完全に夜が更けてしまっている。

「いやいや、楽しかったよ」

「あの、すぐにお休みの準備をしますね。えっと、寝具は私のを――」

「あ、大丈夫。あるから」

敏樹は〈格納庫《ハンガー》〉から寝袋を取り出した。

「すごい。【収納】ですか?」

「まぁ、ね。ロロアは魔術は使えないの?」

「魔術は、人の技ですから……」

才能と努力で使えるようになる魔法と異なり、魔術は正式な手順を経て習得する必要がある。

そういった施設や道具がない場所では、魔術を覚えることは出来ないのである。

「私たちも、魔術が使えれば……」

そのつぶやきには悔しさと、恨みのようなものが含まれているように感じた敏樹だったが、深くは追及しなかった。

「あの、なんだったら俺、外にテント立てるけど?」

少し重くなった空気を変えようと、敏樹は意識的に明るい声を出した。

「そんな!! 長に怒られます」

「いや、でも、ねぇ……?」

「やはり、私のような醜い女と同じ場所で、というのは嫌でしょうか? なら私が外で――」

「あー‼　違う違う‼　そんなんじゃないって。その、あれだよ。俺、男だよ？」

「それがなにか？」

「……襲っちゃうかも？」

「ふふ……。私のような者を襲っていただけるのでしたら、喜んで受け入れますよ」

冗談とも本気とも取れないロロアの口調に、敏樹は言葉をつまらせた。

「ごめんなさい。冗談です。でも万が一のことがあっても私は気にしませんし、長も……、私ならそうなってもいいという判断を下したから、トシキさんをここによこしたんだと思います」

「あ、いや、うん。なんか、その……ごめん」

「いえ、気にしないでください」

結局二人は何事もなく朝を迎えた。

大下敏樹、四〇歳。

実はというか、やはりというか、彼は草食系であった。

＊＊＊＊＊＊＊＊＊

「ねぇ、ロロアって魔物と戦ったことある？」

「えぇ、この森にいる魔物でしたら」

適度な距離感が心地よかったのか、敏樹とロロアは互いに気を遣わず会話できるようになっていた。

あまり女性慣れしていない敏樹にとっては、ロロアが顔を隠しているというのが案外緊張せずに話せる要因となったのかもしれない。

ロロアにしてみても、自分にとって発音しやすい大陸共通語で気兼ねなく会話ができるというのは今までになかったことであり、昨夜は彼女自身でも驚くほど話し込んでしまった。

そして、ある程度覚悟は決めていたものの、結局何もしてこなかった敏樹をそれなりに信用するつもりにもなっていたのだった。

「おぉ！　じゃあゴブリンなんか余裕？」

「そんなに強い魔物じゃありませんから。トシキさんは森を抜けてきたんですよね？」

それは言外に〝魔物と遭遇しなかったのか？〟と問われているようだった。

「うん、まぁうまいこと避けながら、ね」

「そうなんですね」

「ところでロロアはどんな武器を？」

「私は基本的に弓を使います。接近されれば解体用のナイフを使うこともありますけど」

「なるほど……」

敏樹は腕を組み、頭をひねる。

どうやらロロアはそれなりに戦闘経験があるようなので、彼女にいろいろと相談するというのはありかもしれない。

「ちょっと見て欲しいんだけど」

敏樹はテント近くの広場に移動し、〈格納庫〉内の工具や農具、包丁類を並べた。

「ロロアの目から見て武器として使えそうな物はあるかな？」

「そうですね……。ここまではどれを使っていたんですか？」

「これかな」

敏樹が示したのはトンガである。

「これは……鍬《くわ》の一種ですか？」

「そう。俺はトンガって呼んでるけど」

「へえぇ。じゃあ……」

一通り並べられた物を見聞したロロアは、刺身包丁を手に取った。

「そのトンガの先にこの長くて鋭い包丁を合わせれば、槍《やり》……というか、戟《げき》のようになりませんか」

「ほほう」

確かにトンガの柄の先に槍の穂のような刃がついていれば、洞穴《ほらあな》へ行く途中に遭遇したゴブリンの何匹かにはとどめを刺せたかもしれない。

「これ、私がいじっても？」

「あ、どうぞ。駄目にしても買い直せばいいから」

「ありがとうございます。ではこの包丁の柄と刃って分けられますか？」

「あ、できると思う」

敏樹は刺身包丁を〈格納庫〉に入れて『分解』し、刃だけを取り出した。

「うん、これなら……」

ロロアは並べられた工具からハンマーを手に取ると、トンガの刃と柄をトントンと叩《たた》いて器用に外し、次にノミを使い、柄の先端を削って切り込みを入れた。

「すごく使いやすいですね、これ」

「あ、欲しければどうぞ。俺はいつでも買えるから」

「いいんですか？」

「うん。工作のお礼ってことで」

「ありがとうございます！」

そうやって話をしながらもロロアは器用に手を動かし続け、柄の先端に刺身包丁の刃をはめ込んだあと、トンガの刃を戻した。柄を囲うように取り付けられたトンガの刃のおかげで刺身包丁はしっかりと固定されたが、ロロアは念のためロープを巻き付けて補強した。

「できました」

「おお！」

できあがったそれは多少不格好ではあるものの、充分に武器として機能しそうだった。

「よし、これはトンガ戟と呼ぶことにしよう！　にしても、ロロアって器用だな」

「一応テントを立て直したり補修したりは自分でやってますから」

ロロアの住んでいるものも含め、集落のテントは住居として使えるものであって、キャンプ用のものとは作りが異なっている。木でしっかりと骨組みが組まれた上に、分厚い皮が張られているのだ。

「モンゴルのゲルみたいなもんかな。実際には見たことないけど」

というのが、敏樹の受けた印象だった。

「よし、ちょっと練習して、まずはゴブリンを倒しに行こう！」

そう思い立った敏樹は、広場の脇でトンガ戟を使って素振りを始めた。


そのゴブリンは一匹で行動していた。

もちろん、単独行動をとっているゴブリンを『情報閲覧』で探したのであるが。

「ようし、やったるぞー」

「トシキさん頑張って！」

敏樹は自身を鼓舞するようにそう言うと、しっかりとトンガ戟を構え、ゴブリンに向かって歩いた。敏樹が魔物と戦うというので、ロロアも心配になりついてきている。

「グゲッグゲッ！」

向こうも敏樹に気付いているようで、木の棒を構えたゴブリンは、敏樹を威嚇するようにわめいた。

短時間〈影の王〉を使って不意打ちを食らわせるということも可能ではあるのだが、この世界でかなり弱い部類に入るゴブリンをまともに倒せないようでは、この先ここで生きていくのもままならないであろうと思い、正面からぶつかることにしたのだった。

このゴブリンが持つ木の棒は棍棒《こんぼう》程度の長さであり、敏樹が持つトンガ戟の半分程度の長さしかない。

つまり、リーチに関しては敏樹のほうが優勢である。

敏樹は少し広く足を広げて腰を落とし、トンガ戟を頭上に構えている。

柄の末端——槍でいうところの石突き——のほうを持つ右手を高く上げ、斜め下に向いた刺身包丁の切っ先がゴブリンを狙っていた。

なかなか堂に入った構えである。

ゴブリンのほうは、木の棒を振り上げて威嚇したものの、敏樹に反応がないと見るや木の棒を振り上げて走り込んできた。

「ゲギャギャー‼」

棒を振り上げた無防備な姿で突っ込んでくるゴブリンを、敏樹は半身の構えで迎え撃つ。

額ににじんだ脂汗が頬を伝う。

早鐘に打つ心臓がいまにも口から飛び出そうだったが、敏樹はそれに耐えながら、ゴブリンの接近を待った。

相手の位置をしっかりと見据えつつ、敏樹は攻撃モーションに移った。

軸足に重心を移しながら身体《からだ》をひねり、高く掲げた右手を下げつつトンガ戟を引く。

「セイッ‼」

そしてゴブリンを間合いに捉《とら》えた瞬間、気合いとともにトンガ戟を突き出した。

軸足でしっかりと大地を蹴《け》り、体全体をひねりながらその力を腕に乗せる。

突きを繰り出すタイミングといいフォームといい、素人とは思えないほど見事なものであった。

それもそのはずで、敏樹は〈短槍術《たんそうじゅつ》〉スキルを習得していたのである。

スキルを習得した瞬間、敏樹は短槍の使い方をなんとなく把握しており、それをうまくトンガ戟で再現できるよう一時間ほど素振りを続けていたのだった。

たかが一時間と思うなかれ。〈無病息災〉を持つ敏樹は常に全力で動けるのである。

そしてそれは〝疲れない〟のではなく〝疲れてもすぐに回復する〟のであり、両者には大きな違いがあった。

一回の素振りでわずかに損傷した筋肉が回復することで筋力が、わずかな疲労が回復することで体力が、それぞれ増強されるのである。

それはもちろん微々たるものであるが、ちりも積もればなんとやら、である。

さらに、ロロアのテント近くで素振りをしていたのをゴラウに見とがめられ、槍の得意なゴラウからある程度手ほどきを受けていたのだった。おかげで〈短槍術〉はレベル2になっていた。

敏樹が繰り出したトンガ戟の穂先――すなわち刺身包丁の切っ先――は、見事ゴブリンの首に直撃した。

「ゴゲェ……」

それはゴブリンの首の中心を少し右にずれたあたりを捉え、相手が走り込んできた勢いも相まって、繰り出された刃はその首を半ば切り裂くように貫いた。

くぐもったようなうめきを発しながらゴブリンが自分に向かって倒れ込んできたので、敏樹は慌てて身を翻しながらかわした。

ドサリと音を立てて地面に倒れ伏したゴブリンは、やがて動かなくなった。

「うぇぇ……なんか胸の辺りがムカムカする……」

動かなくなったゴブリンを見下ろした敏樹は、胸に湧き起こった不快感に耐えきれず膝《ひざ》をついた。

「俺が……殺した……んだよな?」

醜悪な姿をしているとはいえ、人に近い姿である。

その命を絶つという行為は、スライムを殺すことよりも遥《はる》かに忌避感を伴うものであり、敏樹は想像以上の精神的なダメージを受けていた。

「ん……？」

湧き上がる不快感とそれにともなう吐き気に耐えていた敏樹は、ふと柔らかいものに包まれた。

「ロロア……？」

胸を押さえて膝をついていた敏樹を、ロロアが胸に抱き寄せたのだった。

「わかります。気分悪いですよね？」

「あ、うん……」

「ふふ。私も初めてゴブリンを倒したとき、トシキさんみたいに気分が悪くなったんです。そしたら、一緒にいたお祖父ちゃんがこうしてくれて……」

グロウはロロアを軽んじているのではないかと、敏樹はそんな印象を抱いていたが、どうやらそうでもないらしい。長という立場上、いろいろと面倒なことを考える必要があるのだろう。

「お祖父ちゃんの胸に顔を当てていると、精石の温《ぬく》もりのようなものが感じられて、すごく落ち着くんです。私には精石がないから気休めぐらいにしかならないだろうけど……」

確かにロロアの胸に精石はないが、それ以上のものがあると敏樹は感じていた。そしてその柔らかな感触のおかげか、胸に渦巻く不快感は綺麗《きれい》さっぱりなくなった。まぁ、別の物で敏樹の胸はいっぱいになっているのだが。

「あ、ありがとう、ロロア。おかげでもう大丈夫だ、うん」

「ふふ……。こんな私の胸でもお役に立ててよかった」

そんなロロアの胸だからこそだよ！　と言いたいのをグッとこらえつつ、抱擁をとかれた敏樹はよろよろと立ち上がった。

「さて、もうちょっと付き合ってもらっていい？」

「はい」

そう言って自分を見るロロアの顔はフードと布に覆われて見えないが、きっと優しい笑顔を浮かべているんだろうなと、敏樹は思うのだった。

＊＊＊＊＊＊＊

ゴブリンを自力で倒してから、敏樹はさらに武術系のスキルを磨くことにした。

例えばトンガ戟を使いこなすために習得した〈短槍術〉スキルだけでは心許《こころもと》ないと実戦を経験し、身にしみて感じたからである。

敏樹はいま、右手に斧《おの》を、左手に金槌《かなづち》を持ち、森の中を歩いている。

斧には牛刀が、金槌には出刃包丁が、それぞれ先端から飛び出るように取り付けられていた。

これらもロロアと相談しながら改造した物だ。

集落を訪れてから数日、敏樹はそこそこ戦闘を経験しており、この日は単独で行動していた。

集落の周囲一キロメートルほどはウサギや猪《いのしし》などの獣はいるものの、ほとんど魔物がいないか、いてもスライムやはぐれゴブリン程度なのだが、それより外に出ると驚くほどの数の魔物がひしめ

いていた。

最初手にしたトンガ戟だが、スキルレベルの低い敏樹にとって接近された場合の対処がどうしても甘くなってしまうという弱点があった。

単体のゴブリンであれば問題ないのだが三匹以上になるとどうしても対処しきれなくなり、結果〈格納庫《ハンガー》〉から斧や金槌を取り出してがむしゃらに振り回し、難を逃れるということが何度か続いたのだった。

また、コボルトなど動きの速い魔物を相手にする場合も、小回りのきく武器のほうが対処しやすいことがわかったので、斧と金槌に包丁を組み合わせて斧槍《ハルバード》もどきの武器を作っていたのだった。

二丁の斧を扱う〈双斧術〉や双剣という片手剣より少し短めの二本の剣を扱う〈双剣術〉、レイピアやエストックといった刺突に特化した剣を扱う〈細剣術〉といった武術系スキルを習得し、うまく組み合わせることで、敏樹はこの奇妙な形のオリジナル武器をある程度使いこなせるようになっていたのである。

「せっかく異世界に来たんだから、武器を振り回しているだけじゃもったいないよな」

武術系スキルを習得し、実践を重ねたことである程度肉弾戦に自信のついた敏樹は、魔術というファンタジー世界ならではのスキル習得も進めていた。

この世界には魔法があり魔術がある。

魔法は魔力を使って世界に干渉して何らかの現象を生み出す行為であり、魔術は魔法を使いやすく体系化した技術である。

魔法は、効果も範囲も術者の思いのままであるが、消費魔力が多く、その効果や効率は使用者の力量に大きく左右される。

魔術のほうはというと、消費魔力は小さいのだが効果も範囲も限定されており、使用者の力量があまり反映されない。

この時代のこの世界のほとんどの人は魔術のほうを好んで使用しており、魔法を自由に使える人はあまりいない。

魔術を能《よ》くする者を魔術士、魔法を能くする者を魔法使いといい、それらは全く異なる存在として認識されているのだった。

敏樹は〈全魔術〉というスキルを習得していたので、この世界で開発された魔術のすべてを、一応使うことができた。

「ブフオオォォッ！」

ある程度戦闘を終えて集落へと帰ろうとする敏樹の前に半人半豚の魔物、オークが立ちはだかった。

その身長は敏樹より少し低いぐらいだが、体格の良さは比べものにならない。厚い胸板、大きな腹、太い腕や脚など、重量級のプロレスラーを彷彿《ほうふつ》とさせる体躯《たいく》である。

その巨漢ともいうべき魔物が五〇メートルほど離れた場所から、太い棍棒を片手に敏樹目指してドタドタと走り寄ってくる姿は、なかなかの迫力があった。

敏樹はオークのほうに手をかざし、【炎矢《えんし》】を放った。

本来魔術には『詠唱』と呼ばれる待機時間が必要なのだが〈魔術詠唱破棄〉を習得している敏樹はノータイムで魔術を発動できるのだ。

燃え盛る炎の矢がオークへと飛び、その胸に突き刺さった。

炎の矢は数秒で消え、オークは膝をつき、抉《えぐ》れて焼けただれた胸を押さえた。

「オーク相手に【炎矢】じゃ心許ないか」

敏樹の放った【炎矢】は青銅並みに硬いオークの皮膚を破り、鉄のように硬い筋肉を少し抉りはしたものの、それほど深いダメージとはならなかった。

オークが膝をついたのはあくまで【炎矢】を受けた衝撃によるものであり、倒すには至らない。

すぐに立ち上がり、再び走り出したオークへ今度は【炎弾《えんだん》】を放った。

炎で出来た小さな弾丸が、【炎矢】よりも速く飛ぶ。

【弾】系魔術は【矢】系魔術と同じ下級攻撃魔術だが、【弾】は【矢】に比べて効果範囲が小さい分、速度と貫通力に優れている。

高速で射出された【炎弾】が、オークの眉間《みけん》に直撃した。

「ブゴッ‼」

短くうめきながら、オークが弾かれたようにのけぞり、仰向《あおむ》けに倒れた。

「やっぱ下級攻撃魔術じゃオークは無理か……。くそっ、ＭＰが足りないっ……‼」

倒れたオークはよろめきながらも、すぐに立ち上がった。

額の皮膚は焦げているが、その下の頭蓋骨《ずがいこつ》にはヒビすら入っていないようである。

一応〈消費魔力軽減〉で、ＭＰ消費はある程度抑えているのだが、下級攻撃魔術二回で魔力消費にともなう体調不良を起こしてしまうというのは中々につらいものがある。

この世界においては一般人であっても、この十倍ほどは魔力を有しているらしい。

これは魔力のない世界で生まれ育ち、元の体のまま転移したことによる弊害だろう。

ただ、魔力は消費すればするほど、回復時には最大保有量が増加する。

成長速度や成長限界に個人差はあるものの、敏樹の魔力量は着実に増えていた。

なにせここに来た当初は、下級攻撃魔術一回で八割以上消費していたのだから。

〈保有魔力成長促進〉〈保有魔力成長限界突破〉を習得しているので、いずれ魔力量は増えていくはずである。しかし敏樹の成長を、目の前のオークは待ってくれない。

「おーっし、やったるぞっ‼」

敏樹はトンガ戟を構えた。

「ブッファオオゥ‼」

「セイやっ‼」

棍棒《こんぼう》を振り上げて迫り来るオークのみぞおちをめがけてトンガ戟を繰り出す。

「んなっ⁉」

しかし柄の先端に取り付けられた刺身包丁の刃は、オークの皮膚を多少傷つけはしたものの、ぐにゃりと折れ曲がってしまった。

「フゴー‼」

「ひっ……！」

オークの振り上げた棍棒が敏樹の脳天をめがけて振り下ろされる。

「実家に帰らせていただきますっ‼」

棍棒が脳天に届く寸前、敏樹は咄嗟《とっさ》に〈拠点転移〉を発動した。

「ふぅ……、なんとか助かったか……」

真っ白になった視界に色彩が戻るのと同時に、敏樹は自室に敷いたブルーシートの上で尻餅《しりもち》をついた。

＊＊＊＊＊＊＊＊

翌日敏樹は朝早くから県庁のある町へと足を伸ばし、ミリタリーショップを訪れていた。

「やっぱ槍《やり》っぽいといえばダガーナイフだと思うんだけど……」

まっすぐな両刃のダガーナイフこそトンガ戟の先端へつけるのに最も適した形状だと考え、敏樹はショーケースに並ぶナイフの中からそれをさがしたのだが見つからず、店主と思われる男に尋ねた。

「お客さんダガーなんてよく知ってるね。最近じゃ売られてないのに」

「あー、昔ニュースでよくやってませんでした？　多分それでなんとなく覚えたのかな」

「はは。そのニュースになった事件のせいで、販売できなくなったんだけどね」

「ええっ⁉」

ダガーナイフの購入ができないとなると、トンガ戟については少し形状を変えるしかないだろうか。例えば普通のサバイバルナイフを先端につけて、長柄刀のように使うなど。

そんなことを考えながら、ふと店主を見ると、彼はなにやら意味深な笑みを浮かべていた。

「俺はさぁ。道具に罪はないと思うんだよねぇ」

「はぁ……」

「だから、手入れだけはちゃんとしてたんだけど、売れないものを持ち続けるってのも、まぁしんどいわけでさ」

「不良在庫……ともいえない代物ですもんねぇ」

「……全部で十本。これまでの保管料やらメンテナンス料を考慮してもらってだな——」

と、敏樹以外に誰もいない店内で、おっさん二人が顔を突き合わせてひそひそと話し合った結果、相場の数倍の値で在庫全てを買い取ることと、店主オススメの商品をいくつか購入することで話がついた。

「あ、ロロア用に弓も買ってあげようかな」

狩猟に向いた物がないか店主に尋ねてみると「弓を使った狩猟は法律で禁止されているので参考までに……」ということで提示されたのは、コンパウンドボウという滑車を組み合わせた弓だった。

命中精度、威力ともに高く、弓矢を使った狩猟が行える国では、いまやクロスボウを超える人気なのだとか。

そこで敏樹は、先ほどのナイフ類と合わせて、店にある中で最も威力の高い七五ポンドのコンパウンドボウを購入する。

「このタクティカルアックスってのもいいな、うん」

それは異世界で使っていた薪割り用の斧と比べて随分スマートな形をしており、斧頭に関して言えば刃とは反対側に突起《ピック》が付いているのが特徴的だった。

「これの真ん中に槍の穂みたいなのを付ければ……、よしあいつに頼むか」

さらにそのタクティカルアックスを数本購入し、ミリタリーショップを出た敏樹は、帰る道すがら鉄工所を継いだ同級生の元を訪れた。

そして、タクティカルアックスをベースにした武器の製作を依頼した。


「大下先輩ちぃーっす」

翌日、敏樹は先日契約したガレージへ徹を呼びつけ、彼は軽トラックにバイクを乗せて現れた。

「どしたんすか、ここ?」

「借りたんだよ。いろいろあってね」

「へぇえ。結構いい感じっすねぇ」

「だろ？　もともと工場だったらしいけどな」

敏樹が借りたガレージは廃工場をリノベーションしたものだった。

まぁリノベーションといっても中を空っぽにして内壁や外壁を雑に塗り直した程度ではあるが、元々工場なだけあって建物自体はそこそこ頑丈である。

工場としてみれば少し手狭かもしれないが、ガレージとして見ればかなりの広さとなり、自動車を一〇台は停《と》められそうであった。

ちょっとした流し台と浄化槽付きの水洗トイレがあるのもありがたい。

「じゃーん‼」

徹がガレージ内まで乗り付けていた軽トラックの荷台のシートを勢いよくめくると、その下からオフロードバイクが現れた。

「おおー、改めて見るとかっこいいな‼」

「でしょー？　オフロードバイクっすけど、街乗りオンリーで乗ってる人も多いっすからね。ま、コイツはもうガチガチのクロカン仕様にカスタマイズしてますけどねー」

白地に緑の模様を施したそのバイクは、綺麗《きれい》に磨かれてピカピカに輝いていた。

「……で、大下先輩、マジでやるんすか？」

「おう。頼むわ」

「どうなってもしらないっすよー？」

「はは。もし駄目だったらまたお願いするよ」

「わかりやした。じゃさっそく始めますね」

徹は軽トラックからバイクを下ろすと、助手席に積んであった工具類も下ろして適当に広げ、そしてバイクの解体を始めたのだった。


「これをこうして……ここを、こうで……よしっ……」

解体が始まって一〇分程度。敏樹が購入したバイクは、いくつかの部品にわけられていた。

「とりあえずこんなもんっすかね」

敏樹のバイクは、フレーム、シート、ガソリンタンク、エンジン、ハンドル、マフラー、そしてタイヤといった具合にバラされていた。

「もっと細かくバラせますけど？」

「いや、こんなもんでいいかな。この中で一番重いのってどれ？」

「うーん、エンジンか……、フレームっすかねぇ」

「どれどれ……、よっこいせっと」

敏樹はエンジンとフレームをそれぞれ持ち上げてみた。

「うん、いけそうだな」

「なんか知らないっすけど、大丈夫みたいっすね」

「おう、ありがとな」

「じゃあ、また組み立てるときにわかんなくなったらいつでも呼んでください」

「おう、じゃあな」

ガレージの外に出て後輩を見送ったあと、シャッターを下ろして施錠し、通用口から入り直して内側から鍵《かぎ》をかけ、敏樹は解体されたバイクに向き直った。

「よし、行くか」

敏樹はガレージの脇に置いてあったバックパックを手に取り、中からプロテクターやヘルメットを取り出しては身につけていく。

そして空になったバックパックにマフラーやハンドルなど比較的小さな、あるいは細長い部品を突っ込んだあと、背中に担いだ。

「んじゃ、改めて……、よっこらせっと」

次にタイヤ二本とガソリンタンクを抱え上げる。

「お、重……」

少しよろめいたが、抱えた物が地面から離れたことを確認した瞬間、敏樹は〈拠点転移〉を発動した。

「よしっ」

腕の中にタイヤとガソリンタンクを抱えたまま景色が変わるのを確認したあと、敏樹は担いだバックパックも含めて〈格納庫《ハンガー》〉に収納した。

「わっ！　トシキさん？」

転移先をロロアのテント近くにしていたため、突然現れた敏樹を見たロロアは驚いてしりもちをついてしまったが、すぐに敏樹の元へ駆け寄ってきた。

「あの、どこ行ってたんですか……？」

「あ、うん。ちょっと実家にね」

「実家？　いえ、そんなことより、心配だから黙っていなくならないでくださいよ……」

「ご、ごめん……」

胸に手を当ててうつむくロロアの発する声色から、彼女が本気で心配してくれていることを察した敏樹は、申し訳なく思うと同時に、少し胸が温かくなるのを感じていた。


「じゃ、実家に帰ります」

「はい、お気を付けて」

敏樹は集落での居心地がいいのか、基本的には無理のない範囲で魔物を狩りつつまったりと過ごしていた。

そしてその間、バラしてもらったバイクのパーツを何度かに分けて持ち込むために何度か実家と集落とを往復しており、その甲斐《かい》あって今回ですべてのパーツが揃《そろ》う予定だ。

「おや敏樹、帰ってたんだ」

リビングでは母親がテレビを見ながらリラックスしていた。

「ああ、ただいま。風呂《ふろ》は入れる？」

「洗ってはあるからスイッチ入れりゃいつでも入れるけど」

「お、ありがたい」

母親と話しながら敏樹は給湯器の操作パネルの元へ行き、自動湯張りスイッチを押した。

「晩ご飯は？」

「あとでいいや」

「そう。新しい仕事どうなの？」

「うん。まあいい感じかな」

敏樹は現在の状況を〝新しい仕事を始めた関係でほとんど家に帰れなくなるかもしれない〟というふうに説明していた。

守秘義務があるので詳しい仕事内容は話せないと言っておけば、深く詮索《せんさく》されることもない。

実際のところ在宅業務をやっていればそこそこ重要なシステムや個人情報に触れることもあり、秘密保持契約などは当たり前のように交わされるものなので、彼の母親はそのあたりの理解もそれなりに深かった。

母親を騙《だま》しているようで申し訳ないが、かといって事実を話したところで信じてはもらえないだろうし、逆に信じられても困る話である。

「そういえば町田さんとはどうなの？　仲直りした？」

「ん？　まぁ、ぼちぼち」

町田に関しては、新しい仕事の関係者であること、先日揉《も》めたのは痴話喧嘩《ちわげんか》などではなく仕事関係のトラブルから、ということにしている。

「それにしてもアンタ、顔つき変わったねぇ」

「そう？」

「やっぱり部屋に引きこもってちゃ駄目なのよ。何の仕事か知らないけど頑張んな」

「お、おう……」

なんというか、母親が褒めてくれるのは嬉《うれ》しいのだが、しかしいままでの仕事をけなされたような気もしたので、なんとも微妙な気分になる敏樹であった。

そうやって母親となんとなしに雑談しているうちに風呂が沸いたので、敏樹はさっさと入浴することにした。

「ふいぃ〜……、極楽じゃぁ……」

ことさら風呂が好きというわけではない敏樹だったが、集落に入浴施設はなく、たまに帰ってきたときにしか入れない。そうなるとありがたみも増すというものだ。

「……確かに、顔つき変わったかも。あと身体《からだ》も」

風呂上がりに洗面台の鏡に映った自分を見て、敏樹はそう漏らした。

顔つきは自分で見てもわかるほど精悍《せいかん》になり、血色もよくなっている。

鏡に映る上半身は、胸板がそこそこ厚くなり、腹筋もいい具合に割れていた。

腕は一回り太くなり、視線を下に落とせば同じく脚も太くなったのがわかった。無論筋肉によってである。

「半月ぐらいか……。たったそれだけでずいぶん変わったな」

敏樹にはあまり自覚がないのだが、〈無病息災〉によるこまめな超回復の効果は絶大であった。

「うーん、でもこれ以上筋肉だるまっぽくなるのはちょっとな……」

敏樹がいまのスタイルをベストコンディションだと意識すれば、〈無病息災〉はそれを維持しようとするであろう。

そして最上位スキルであるだけに、この体型を維持したまま筋力のみが増加するということもありえるのだ。

「そういや最近服が小さく感じてたんだけど、こんだけ体型変わりゃしょうがないよな」

敏樹は風呂から上がって一息ついたあと、近所のショッピングモールがまだ営業していることに思い至り、家の車を借りて適当に服を買った。


「ったく、ワケのわかんねーもん作らせやがって……」

翌日、同級生から連絡を受けた敏樹は、彼が営む鉄工所を訪れていた。

その同級生は敏樹よりも少し背が低い小太りの男で、頭はずいぶんと禿《は》げ上がっていた。

数年前に同窓会で会ったときは決して帽子を脱ごうとしなかったのだが、どうやらもう開き直ったらしい。

「悪い悪い」

「ウチの製品で変なことするんじゃねーぞ」

「おう、わかってるって」

どう考えてもまともな用途がなさそうな武器を作らされた同級生だったが、敏樹からそれなりの対価を得ていたのでそれ以上突っ込んだ質問も忠告もなかった。

「大下、また暇なときに、な」

同級生はそう言うと、口元で杯を傾ける仕草を行なった。

「おう。またな」

同級生が帰ったあと、敏樹は出来上がった武器のほどよい重みを堪能していた。

斧頭の片方が刃に、他方が突起《ピック》になっている片手持ちのタクティカルアックスをベースに、斧頭の中央から垂直に槍《やり》の穂のようなものが伸びている。

「しかし、いよいよ斧槍《ハルバード》っぽくなったなぁ」

出来上がった武器のシルエットを見ながらそうつぶやいた敏樹は、その武器を片手斧槍《ハンドハルバード》と名付けることにした。

＊＊＊＊＊＊＊＊＊

敏樹はバイクのパーツすべてを異世界に持ち込むことができ、集落をでた森の浅いところにいた。

あとはこれをどうやって組み立てるのか、であるが……。

「よし、いくぞ………『再構築』‼」

〈格納庫《ハンガー》〉内にバラバラになったバイクの存在を認識していた敏樹は、スキルの機能のひとつである『再構築』を実行した。

「お？　いけたか⁉」

組み上がったと思われるバイクを〈格納庫〉から取り出す。

「おおー‼」

一応きれいに組み上がっているようには見えた。

あとはこれがちゃんと動くかどうかである。

「まずはガソリンを入れないとな」

異世界に持ち込む際にガソリンタンクを抱え上げることは想定していたので、納車の際はタンクを空にしておくよう後輩には言い含めておき、敏樹は別途二〇リットルの携行缶を使ってガソリンを持ち込んでいた。

「……給油も〈格納庫〉の中でできないかな？」

そう思いついた敏樹は、一旦《いったん》取り出したバイクを〈格納庫〉に収めた。

「まずは……ガソリンを出したほうがいいか？」

『分解』機能を使い、携行缶と中身のガソリンを分けてみたところ、これは問題なく成功した。

「次は……『調整』かな？」

『調整』機能を使い、ガソリンをバイクのガソリンタンクへ入れるようイメージする。

「……お、できたっ‼」

一応灯油用の給油ポンプは持参していた敏樹であったが、給油に関しては〈格納庫〉内で行なったほうが楽なようである。

「おーっし。じゃさっそく……」

再びバイクを取り出した敏樹は、ハンドルをしっかりと握り、脚を上げてまたがった。

悪路走行時に邪魔になるだろうと後輩からの助言により、スタンドは取り付けていない。

一時停車であれなんであれ、下りるときは〈格納庫〉にしまうので問題ないのである。

バイクにまたがった敏樹は、キーを差し込んで回し、スタンバイモードにした。

スタートスイッチを押し、アクセルを回すとバルンッとエンジンがうなりをあげ、シートから全身に振動が伝わってきた。

「おおー、いいねぇ」

クラッチを握りギアを変え、レバーをゆっくりと離しながら一度戻したアクセルをゆっくりと回していく。

「おうっふ……‼」

バイクはエンストを起こし、ガクンと止まってしまった。

「くそう……久しぶりだからなぁ……」

その後も何度かエンストを繰り返しながらも、なんとか敏樹は教習所時代の感覚を取り戻し、無事スタートすることが出来た。

一度走り出せばその後のギアチェンジはそれほど難しくないのである。

「ヒィヤッハァァァーッ‼」

そして異世界の森の中に甲高いエンジン音と敏樹の奇声が響き渡るのだった。

敏樹は森の浅い部分で走りに慣れたあと、森の中をバイクで駆けていた。

先ほどイキがって世紀末的な奇声を上げてしまったことに関しては、思い出すと少し顔が熱くなってしまう。

いわゆるオフロード走行の経験がない敏樹は、最初のころは何度も転倒していた。

なにか有用なスキルはないものかと試しに〈騎乗〉を習得したところ、それなりに走行が安定し、いまは時速二〇キロ前後で森の中を走れるようになっていた。

公道を走る感覚でいえばかなり遅いが、それは仕方のないことである。

その後自動車のほうも無事納車され、例のごとく親父さんに頼んで解体してもらっていた。

それも何日かに分けて運び込んだが、ボディだけはどうにもならず、ガレージの中にぽつねんと取り残されている。

この森の中にいる限り小型とはいえ自動車に乗るというのはほぼ不可能なので、ボディの持ち込みは後回しでいいだろうと、敏樹は考えていた。


「フゴオオッ‼」

敏樹の向かう先にオークが立ちはだかる。その額には、火傷《やけど》のような痕《あと》があった。

「リベンジマッチだコノヤロー」

先日敗走させられた相手であることを確認した敏樹は、ギアを一段階上げた。

幸いオークとの間に目立つ障害物はない。

アクセルを回しスピードを上げながらオークに迫る。

そして彼我の距離がある程度縮まったところで、敏樹は左手をハンドルから離して振り上げると、そこに片手斧槍が現れた。

「おおおおおおっ!!」

かなりのスピードでオークに肉薄した敏樹は、巧みにハンドルを切ってオークをよけた。

そして雄叫《おたけ》びとともにオークの頭をめがけて片手斧槍を振り抜く。

「ボブファッ……!!」

バイクの勢いを借りたその一撃で、オークの頭は砕かれるように分断され、声にならない悲鳴が森の中に響き渡った。

「どんなもんじゃいっ!!」

バイクと新武器とスキルの力を借りてリベンジを果たした敏樹は、バイクを反転させて倒れたオークの元へ戻ると、軽くバイクを傾けてオークの死骸《しがい》を足で踏み、〈格納庫〉に収納した。手であれ足であれ、触れてさえいれば〈格納庫〉への収納は可能だ。

「バイクの上でも結構いけるな」

敏樹はバイクにまたがったまま、左手に持った片手斧槍をブンっと振る。

〈騎乗戦技〉というスキルのおかげで、敏樹はバイクにまたがった状態でも習得した武術系スキルをある程度高いパフォーマンスで発揮できるようになっていた。

「よし。ロロアを心配させちゃいけないし、そろそろ帰るか」

スキルのおかげで操縦がうまくなった敏樹は、バイクで森の中を軽やかに駆け抜けた。

＊＊＊＊＊＊＊

敏樹が当たり前のように集落で生活するようになってからしばらく経《た》ったある日のこと。

「ロロア……おはよう……」

敏樹がテントを出ると、ロロアは外のかまどで、山菜と兎肉《うさぎ》の煮物を作っていた。

ちょうど味見をしていたところだったようで、お玉から口を離した直後、ロロアは振り返って敏樹のほうを向いた。

「トシキさん、おはようございます」

味見をしていたせいか、ロロアは顔を覆う布をずらしており、相変わらずローブで目元は見えないものの、鼻先から口元までは露《あら》わになっていた。

「お、おう……」

「ん……？」

どこかぎこちない態度の敏樹に対し、軽く首をかしげたロロアだったが、手にしたお玉が目に入り、自分がいままで何をしていたのか、その結果いまどのような格好をしているのかということに思い至る。

「あっ……、うぅ……」

ロロアは慌ててずらしていた布をあげて顔を覆い、敏樹に背を向けた。

「ご、ごめんなさい。朝からお見苦しいものを……」

「あ、いや……こっちこそごめんな、タイミング悪くて」

敏樹は先ほど見えたロロアの顔を思い出す。鼻先から口周りだけとはいえ、透き通るような白い肌といい整った形といい、かなり綺麗《きれい》だったのではないだろうか。

「でも、見苦しいとか、全然ないから……」

「お、お気遣いありがとうございます……」

「いや、気遣いとかじゃなくて」

近年日本には〝伊達《だて》マスク〟という文化がある。そして〝マスク詐欺〟という言葉も。マスクで顔の半分を隠していればそこそこ美男美女に見えるのに、いざマスクを外すと少し残念という人は意外と多い。

であればマスクで隠れる部分、すなわち鼻先から口元が綺麗だということは――、

「ロロアって、実は美人なんじゃない？」

「はぇっ……⁉」

突然の敏樹の言葉に驚いたロロアは、思わずお玉を取り落としてしまった。

「あ……」

慌てて拾い上げたお玉には土が付いてしまっている。

「貸して」

「え、あの……あっ……‼」

敏樹はロロアに歩み寄り、半ば強引にお玉を手に取ると、【浄化】といういろいろな物の汚れを落とす生活魔術をかけてロロアに返した。

「はい」

「あ、ありがとうございます」

「どういたしまして」

ロロアはうつむき加減に手を出し、敏樹からお玉を受け取ると、おずおずと顔を上げた。

「あの……、からかわないでください」

「……なにが？」

「私が……、私が、美人なわけ、ないじゃないですか」

「そうかな？　口元を見る限りかなりの美人だと思うんだけど……、まぁ少なくとも、見苦しくはなかったとだけ言っておくよ」

「あぅ……」

ここであまりロロアをフォローしても逆効果だと思った敏樹は、そのままかまどを離れて水場へと向かった。

水場と言ってもかまどから数メートル離れた場所にある井戸である。

この集落では、飲料水は魔法で作るが、生活用水は井戸水でまかなっている。

集落の外れにあるこの井戸は、ほぼロロア専用となっており、敏樹はそこでひとり顔を洗ったあと、テントに戻った。

敏樹がテントで着替え終わったあと、ロロアがトレイに料理をのせて入ってきた。

先ほど作っていた山菜と兎肉の煮物と、玄米の蒸しご飯が二人分、トレイに乗っていた。

「あ……あの……、ご一緒しても、いいですか……？」

トレイを持つ手がわずかに震えている。緊張しているのだろう。

敏樹とロロアはこれまで別々に食事をとっていた。

食事の際にはかならず顔を覆う布を取らねばならないからだ。

しかし先ほど口元を見られたことで、そしてそれに対して敏樹が不快感を示さなかったことで、ロロアの心境に変化があったのだろう。

「もちろん‼」

「し、失礼します」

ロロアはちゃぶ台にトレイを置き、敏樹と向かい合うかたちで座った。

「お、美味《うま》そう」

色とりどりの山菜やキノコと兎肉を煮込んだ煮物は見た目にも、そして漂う香りからしても美味《おい》しそうである。

事実、ここ数日ロロアの手料理でもてなしてもらったが、そのどれもが美味しかったのだった。

「ふー……、ふー……」

荒い息づかいに顔を上げた敏樹の目に、うつむき加減のまま顔を覆う布に手をかけ、緊張のせいか肩で息をするロロアの姿が映った。

「……向こう向いてようか？」

「い、いえ……大丈夫……です……」

そしてロロアは意を決したように息を止め、勢いよく布を引き下げた。

形のいい鼻と少し薄い唇が露わになる。

白い肌は少し血色が悪く見えるが、それは種族の特性かもしれない。

おずおずと顔を上げ、敏樹のほうに顔を向けたロロアは、その口元を見る限りまだかなり緊張しているようである。

「じゃ、食べよっか」

敏樹が軽くほほ笑みながらそう言うと、ロロアはほっと息を吐き、肩から力が抜けたように見えた。

「うん、美味い」

「あ、ありがとうございます……」

照れたようにうつむいたロロアの青白い肌に、少しだけ赤みが差すのであった。

＊＊＊＊＊＊＊＊＊＊

あれ以来ロロアは敏樹の前では口元を覆わなくなった。相変わらずフードを目深にかぶっているので顔の半分はまだ見えないのだが。

「ロロア、いったよ！」

「はいっ！」

弓を構えていたロロアの視線の先に、中型犬ほどの大きさの野兎が現れた。

茂みから飛び出してきた野兎は、一瞬ロロアのほうに顔を向けて動きを止め、ビクンと身体《からだ》を震わせたかと思うと逃げるように走り出した。

兎が立ち止まった場所より少し先の地面には、矢が深々と刺さっていた。

「ふぅ……」

走り出した野兎を見て、ロロアは構えを解いた。

勢いよく走り出した野兎だったが、数メートル走ったところでパタリと倒れる。

倒れた野兎の腹のあたりからじわりと血がにじみ出てきた。

「お見事」

野兎を追い立てていた敏樹がロロアの元に駆け寄り、声をかけた。

「いえ、この弓がすごいんです」

ロロアは敏樹が持ち込んだコンパウンドボウを手にしていた。

「見事に貫通してるなぁ」

敏樹がまだひくひくと痙攣《けいれん》する野兎と地面につき立った矢を回収しながら、感心したようにつぶやく。

先ほどロロアが放った矢は、野兎の腹を貫通し、その先の地面に突き立っていたのだった。

「すごいですね、この弓……」

ロロアは手にしたコンパウンドボウをまじまじと見る。軽く弦を引きながら滑車の動きを感心したように観察していた。

「それを軽々と引けるロロアもすごいけどね」

「獣人は、力が強いですから……」

ロロアが少し照れたようにうつむいた。

彼女が手にしているコンパウンドボウの張力は七五ポンド。最高クラスのものである。

異世界を訪れるようになってずいぶんと筋力の付いた敏樹ですら引けるかどうかというものだが、ロロアはそれを短弓でも扱うかのように軽々と引いていたのだった。

ローブの袖《そで》からときおり覗《のぞ》く細い前腕を見る限り、決して筋骨隆々というわけではなさそうである。

「じゃ、今日は兎鍋《なべ》にしてもらおうかな」

「いいですね！　また調味料いろいろ貸してくださいね」

＊＊＊＊＊＊＊＊

「ただいま」

「おかえりなさい」

こちら側の拠点はロロアのテントのすぐ近くに設定してあり、敏樹が戻ってくるときはいつもロロアはテントの外で出迎えてくれていた。

随分と居心地がいいのか、敏樹は実家からこちらへ戻ってきたとき、自然に〝ただいま〟という言葉が出るようになっていた。

「前に田んぼ見せてくれるって言ってたじゃない？　あれいまからどう？」

「えっと、もうお昼過ぎですからいまから行くと帰りが遅くなりますよ？」

「田んぼまでは道があるんだよね？」

「まぁ、人が行き来できるぐらいには手入れされてますけど……」

「じゃ大丈夫、行こう」

半ば強引にロロアを連れ出した敏樹は、集落を出て少し歩いたところでヘルメットを取り出して渡した。

これは何度目かに実家へ帰ったとき、『パンテラモータース』で購入しておいた、レディースのジェットヘルメットだった。そのとき、敏樹は自分用にもジェットヘルメットを購入している。バイクに乗るだけならいいのだが、戦闘時の防具としてもヘルメットを使用しているので、口元が覆われるフルフェイスヘルメットは少し息苦しいと思っていたのだ。

「あの、これは？」

「頭にかぶって。こうやって、こんな感じで」

敏樹は自分がまずヘルメットをかぶって見せたあと、ロロアが抱えているヘルメットの偏光バイザーをコンコンと叩《たた》いた。

「コイツで顔は隠れるから。あ、フードは脱いだほうがいいよ」

「は、はい……」

敏樹に背を向けたロロアがフードを脱ぐと、その下から緑がかった青い髪の毛が姿を現した。

「へええ、ロロアの髪って青いんだね」

「あ、あんまり見ないで……」

ロロアは慌ててヘルメットをかぶった。

少し手間取ったが、ただすっぽりとかぶるだけなので、失敗するということはなかった。

「ほい鏡」

「あ、ありがとうございます」

敏樹に背後から手渡された手鏡を後ろ手に受け取ったロロアは、自身の姿をそれに映してみた。

「な、顔見えないだろ？」

「そう、ですね」

振り向いたロロアの顔は偏光バイザーで見えないが、普段ローブで隠れている青緑の髪がヘルメットの端からはみ出ていた。

「トシキさん……それ、なんですか？」

「バイクだよ」

「ばいく……？」

敏樹の傍らにはすでにオフロードバイクがあった。

「ま、馬みたいなもんだと思ってくれていいよ……っこらせっと」

おっさんくさいかけ声とともに敏樹がバイクにまたがる。

「じゃ、乗って」

「え？　私が、これに？」

「うん。これだとたぶん田んぼまですぐだよ」

「わ、わかりました……。あの、暴れませんか？」

「ん？　ああ、大丈夫。ゴーレムみたいなもんで、俺が動かさないと微動だにしないから」

「そうですか。で、では……」

恐る恐るバイクに近づいたロロアは、なんどかシートに触れ、勝手に動き出さないことを確認したあと、少し飛び乗るようなかたちでシートにまたがった。

「だ、大丈夫、でしょうか……？」

「大丈夫大丈夫。じゃ行くよ」

敏樹がスタータースイッチを押すと、バルンッと音を立ててエンジンが始動した。

「キャッ‼」

突然の音に驚いたロロアが、短い悲鳴をあげて敏樹にしがみついた。

「おぅ……」

背中に柔らかな感触を得た敏樹は、思わず声を上げてしまう。しかしロロアはそんなことを気にしている余裕はないようである。

「トシキさんっ、大丈夫ですか⁉　この子、怒ってませんか⁉」

ドッドッドッドッとうなりを上げるエンジン音は、確かに荒ぶる魔物の鼻息のように感じられなくもない。

「大丈夫、これが普通の状態だから。じゃあスタートするからそのまましっかりつかまってて」

敏樹とロロアを乗せたバイクが、ゆっくりと走り始めた。

水田へ続く道は二メートルぐらいの幅で、木はちゃんと伐採され、草も刈り取られていた。

人の足で踏み固められたのと、台車か何かでできた轍《わだち》とで一応道としての体裁は保たれているようである。

二人乗りに適さないオフロードバイクではあるが、それでも問題なく走れる程度には整備されているのだった。

「きゃあああっ‼　トシキさん、速いぃ……っ‼」

バイクは時速三〇キロ程度で走っていた。公道を走る原付の法定速度と同程度ではあるが、騎乗の経験すらないロロアからしてみれば信じられない速度なのだろう。

「んー？　楽しいっ？　じゃあもうちょい飛ばすねー」

「ま、また速くなってるぅっ⁉　いやあああぁっ……‼」

速度は上がり、時速四〇キロ。森の中を走る速度としてはかなりのものであり、自動車に慣れ親しんだ現代人であっても恐怖できるスピードである。

うなりを上げて走るバイクの上というのは会話をするのが非常に難しい場所であった。

「うぅ……。トシキさん、ひどいです……」

徒歩で二時間近くかかる距離を十数分で到着した敏樹だったが、同乗したロロアはかなりの恐怖を覚えたようだった。バイクを降りるなりその場にへたり込んでしまった。

「ごめんごめん。なんかはしゃいでるように聞こえたから」

「怖がってたんですっ‼」

怒ったような声を上げて敏樹のほうを見たロロアだったが、偏光バイザーのせいで表情は読み取れなかった。

たぶん口をへの字にして涙目になっているんだろうな、と想像した敏樹は、くすりと笑みを漏らした。

「もう……笑い事じゃありませんから」

「ほんとごめんって。ほら」

立ち上がろうとするロロアに敏樹は手を貸してやった。

「へえ、見事だね」

目の前には山の斜面を利用した棚田が広がっていた。想像以上の規模で米が生産されていることに、敏樹は素直に驚いた。

「うふふ、すごいでしょう？」

「ああ。しかしこの広さの田んぼをあれだけの人数で、となると大変なんじゃない？」

集落の人口は一〇〇人にも満たず、農薬もトラクターなどの農機もないとなるとかなりの負担なのではないかと予想されるのだが……。

「いいえ。私はともかく集落のみなさんは特に食事を必要としませんからね。無理のない範囲でやってますよ？」

「いや、でも害虫とかさ」

「害虫？　風で飛ばせばいいんじゃないですか？」

「風で……？　あとほら、これだけ広い面積を耕すとかさ」

「ああー。もしかしてトシキさん、水精人が水魔法しか使えないと思ってます？」

「へ？」

「水精人はその名の通り水魔法が得意ですけど、土や風の魔法もそれなりに使えるんですよ？　ちゃんと農地として整えられていれば耕すぐらいはできますし、害虫を風で飛ばすぐらいのこともできますから」

「そっか、魔法……ね」

魔法というものが存在する以上、敏樹の住む世界とこの世界との間で安易に文明を比較するのは避けたほうがよさそうである。

「そろそろ帰ろっか」

その言葉に、ロロアが後ずさる。

「また、あの子に乗るんですか？」

よほど怖かったらしい。

「ふふ、しょうがないな。じゃあ手、出して」

「あ、あの……はい」

敏樹が差しだした手に、少し遠慮がちにロロアは手を重ねた。なにやら随分と照れているが、さきほどバイクの上では敏樹の腰にしがみつき、背中に胸を押し当てていたことはすっかり忘れてしまっているらしい。

敏樹は重ねられたロロアの手をぎゅっと握った。

「あっ……。うわぁっ！　え……？」

敏樹の手を握られたことに少し驚いたロロアだったが、直後に視界が白く染まり、続けて景色が変わったことで大いに戸惑った。キョロキョロと辺りを見回した結果、ここが彼女自身いつも寝起きしているテントのすぐそばであることに、ロロアは気付いた。

「あれ？　なんで？」

「転移だよ」

「あっ……‼　ごめんなさい……」

不安に駆られて敏樹の手をぎゅっと握り返したところに突然声をかけられたため、ロロアは思わず手を引いてしまった。

「でも、転移は一日一回しか使えないんじゃ……」

「実家みたいな遠くへ行くにはね。歩いて二時間ぐらいの距離なら自前の魔力でも……っとと」

敏樹は一瞬立ちくらみを覚えよろめいてしまう。

「あっ、大丈夫ですか」

「っと……ごめん」

よろめいた敏樹の身体《からだ》を脇から抱えるかたちでロロアが支えた。密着した部分から、女性特有の柔らかな感触が、衣服越しに伝わってくる。

「あ、ありがとう。もう大丈夫」

敏樹は慌てて体勢を立て直し、ロロアから離れた。

「はは、思ったより魔力を消費したみたい」

「無理しないでくださいね？　あの子に乗るのは怖かったけど、トシキさんに無理してもらってまで避けようとは思ってませんから」

「お、おう……、ありがとうね」

バイクに乗ったときの背中に伝わる感触や、今しがた支えられたときの感触を思い出し、おっさんは年甲斐《としがい》もなくドキドキしていた。

こんな具合に、敏樹の異世界生活はそこそこ順調に進んでいたはずだった……。

＊＊＊＊＊＊＊＊

ある日実家に帰ったときのこと。

敏樹はダイニングで母親と夕食をともにしていた。

「そういえば町田さん、あれから一ヶ月も経《た》つのに全然来ないじゃない」

「いや、だからあの人は仕事先の人で、プライベートで会うような人じゃないから」

「そうなの？　残念ねぇ……」

「ったく……、って、一ヶ月？　もう一ヶ月も経つのか」

「あら？　やっぱり会えなくてさみしいんじゃない」

「ああ、いや、そういうわけじゃないんだけど……。前に町田さんが来たのっていつだっけ？」

「えーっと、確かあの日はお向かいさんとお食事に……」

そう言いながら立ち上がった母親は、ダイニングの壁に掛けたカレンダーの元へ行った。そのカレンダーには母親のスケジュールがいくつか書き込まれていた。

「病院に行ったのが月曜日で……その前の週のあれだから……。うん、今日でちょうど一ヶ月ね」

「そっか、ありがと」

一ヶ月。

それは町田から告げられた例のタブレットＰＣの使用期限であった。

「確か、消えてなくなるって話だったよな……」

敏樹は自室のベッドに寝転がっていたが、どこか落ち着かない様子であった。

先ほどから壁に掛けられた時計を何度も見ており、気を紛らわすためにスマートフォンでＷＥＢ小説を読んでいるのだが、まったく頭に入ってこないといった様子である。

それから何十、いや何百回目かに時計を見たとき、カチリと音を立てて長針が動いた。

「よしっ」

前回〈拠点転移〉を使ってちょうど二四時間が経過し、スキルを使える感覚が戻ってきた。装備類は一〇分ほど前にすべて着用済みである。

「んじゃ、いってきます」

今回は集落ではなく、最初のほうに訪れた洞穴《ほらあな》を目標に〈拠点転移〉を発動した。

そして、景色が変わるのと同時に敏樹は〈格納庫《ハンガー》〉からタブレットＰＣを取り出した。

「うおーっし‼」

手元には問題なくタブレットＰＣが現れ、起動するといつも通りのメニューが現れる。

ざっと確認したが、機能もいままで通り使えそうであったが、機能制限がかかってないかどうかなど細かいところまで確認するために、今回はこの洞穴を転移先にしたのであった。

「ん、なんだ？」

敏樹がある程度タブレットＰＣの確認を終え、洞穴の中で休憩していたところ、突然着信音のようなものが聞こえた。

ただし、実際音が聞こえているというわけではなく、頭の中で鳴っているような感覚である。

「……タブレットか？」

ひと通りの機能確認を終えたあと敏樹はタブレットＰＣをいつものように〈格納庫〉に収めたのだが、どうやら庫内で着信音が鳴っているらしいことが把握できた。

慌てて〈格納庫〉からタブレットＰＣを取り出すと、そのモニターには『世界管理局　町田』と表示されていた。

「やっほー、大下さん」

応答ボタンをタップすると画面が切り替わり、そこには町田の姿が映し出されたのだった。

「……なにやってんですか？」

「なにって、大下さんがいま手に持っているそれのことですよー」

「このタブレット？」

「そうでーす。いやー一〇〇〇億、使っちゃいましたねー」

「ええ、まぁ」

そう。敏樹は一〇〇〇億ポイントを使って〈管理者用タブレットＰＣ〉にチェックを入れていたのであった。

「ほんとによかったんですかー？　一〇〇〇億ですよ、一〇〇〇億！　いまならまだクーリングオフできますよー？」

「いや、いいです。しっかり考えた上での決断ですから」

『情報閲覧』に『スキル習得』。それは何物にも代えがたい機能であると、敏樹は考えたのだった。

「さすが、目の付け所が違いますねー、大下さん」

「そりゃどうも」

「ではそのタブレットの所有権を正式に大下さんへ移譲しますねー。もう返品はききませんよー？」

「お願いします」

「……はいっ、オッケー‼　じゃあこれからもよい旅を――」

「あ、ちょい待ち」

「……なんでしょう？」

「せっかくなので、ひとつだけ質問いいですか？」

「私に答えられるものであればー」

「なんで俺をこの世界に？」

「最初に言ったじゃないですかー、厳正なる審査の結果選ばれましたよーって」

「いや、そういう意味じゃなくて、なぜこの世界に異世界人を喚《よ》んだのかってことを聞きたいんですよ」

「質問はひとつだけですよねー？　じゃ、さよならー」

「えぇっ⁉　いや、待って――」

「こんなところで油売ってないで、さっさと集落に戻ったほうがいいですよ」

うっすらと笑みをたたえていた町田だったが、突然に真顔になったかと思うと、いままで聞いたことのないような低いトーンで意味深な言葉を残し、画面から消えた。

「ちょ、おいっ‼　もしもし？　もしもーし⁉」

ホーム画面に戻ったタブレットPCに向かって敏樹は何度も呼びかけたが、結局町田がそれに応えることはなかった。

「……なんだってんだよ」

町田が最後に残した言葉に嫌な予感を覚えた敏樹は、バイクを飛ばして集落を目指していたが、どうにもはやる気持ちを抑えられず、ある程度集落に近づいたところで自前の魔力を使って〈拠点転移〉を発動した。

「ロロア、ただいま！」

そしてロロアのテント近くへと転移で戻ってきたのだが、いつものように出迎えてくれるロロアの姿がそこにはなかった。

三章　おっさん、人助けをする

「ロロア？　ロロアっ！」

敏樹は嫌な胸騒ぎを覚えつつ、テントの中や周辺を見て回った。

「……いないか」

しかしどこにもロロアの姿は見当たらなかった。

「どこいったんだろ……。グロウさんなら知ってるか？」

なんとなく集落の様子がいつもと異なることを感じながら、敏樹は集落の長であるグロウの家を目指して歩いた。

（なにかあったか……？）

ここ最近で随分と打ち解けたはずの住人から、何故《なぜ》かこの日は剣呑《けんのん》な視線を向けられることが多かった。

ただ、中には縋《すが》るようなものもあったように感じられた。

（くそっ、町田さんが変なことを言うから……）

ロロアがいないことと物々しい集落の雰囲気とが町田の言葉とリンクし、胸に渦巻く不快感は高まる一方である。

「ああ、トシキ殿……」

グロウの家の前には息子のゴラウが立っていた。彼は特に剣呑な態度を見せなかったが、かなり憔悴《しょうすい》しているようだった。

「父さん、トシキ殿が――」

「通せ‼」

なにやら刺々《とげとげ》しい叫びが、扉の向こうから聞こえてきた。

「あの、トシキ殿、どうぞ」

「ああ、うん」

グロウの家の中には一〇人ほどの水精人がおり、その半数ほどが敵意むき出しの視線を向けていた。

残りは戸惑っていたり、申し訳なさそうにしていたりという具合だ。

よく見れば、敵意を向けているのは滞在中にあまり交流のなかった者たちだということがわかった。

中央奥に座るグロウだけは、無表情のまま鋭い視線を向けていた。

「皆、すまんがトシキと二人にしてくれんか?」

問いかけではあるが、その口調は命令と言ってよかった。

何人かは異を唱えようとしたが、グロウの視線で抑え込まれ、渋々といった様子で応じ、家の中には敏樹とグロウの二人だけになった。

全員が家を出たのを見計らい、グロウが立ち上がった。

そして敏樹の近くまで歩み寄ると、その場で膝《ひざ》をついて頭《こうべ》を垂れた。

「頼む……。ロロアを……、孫娘を助けてやってくれ……‼」

外に漏れないよう押し殺した声で、しかし悲痛な叫びとともにグロウは敏樹に訴えた。

「どうされたんですか……？」

「ロロアが、人間に……、山賊にさらわれたんじゃ……‼」

「な……⁉」

敏樹はその言葉に驚きを禁じ得なかった。

というのも、精人は人よりも遥《はる》かに優れた能力を有しているからだ。

身体能力は人類随一の獣人に勝り、魔法に関してもエルフを遥かに上回る使い手である。

そんな精人の一種である水精人のグロウたちが、人間の山賊ごときに遅れをとるとは思えないのだ。

「その山賊というのはそんなに強い連中なんですか？」

「いや、戦って負けるということはない」

「じゃあなんで……」

「それでも儂《わし》ら精人は人には逆らえんのじゃ‼」

そう、いくら種族として優れていようとも、精人は人類に勝てないのである。

まず第一に数が違う。精人は人間に比べて数が圧倒的に少ない。

次に技術。

人は身体能力の差を、高い技術力によって開発・生産された武器や防具で埋めることが出来る。

そして最後に魔術。

例えば敏樹が使っていた【炎矢《えんし》】などの魔術を魔法で再現しようとすると、十倍以上の魔力を消費しなくてはならない。

魔法に比べて十倍、下手をすれば百倍以上も効率化され、かつ誰でも習得でき、誰が使っても効果がさほど変わらない。それが魔術である。

数と技術と魔術で圧倒されれば、精人に為す術《すべ》はない。

しかしそれでも人類は精人を敬い、友好的な交流を続けていた。

この水精人の集落も、つい少し前までは、近くの街へ酒や米を卸し、人の街からも行商人が訪れ、互いに交流を図りながら豊かな生活を送っていたのだ。

しかしある時、交易路となっていた街道に山賊が現れるようになった。

『森の野狼』と名乗るその山賊団は、人間も精人も構わず襲った。

やがて交易が途絶えると、今度は水精人の集落を襲うようになった。

街を襲えば官憲や軍が現れるからであろう。

水精人の皮は工芸品や防具の素材として優れ、精石は魔石に比べて魔力密度が高く、また身体能力が高く食事を必要としない彼らは奴隷としても有能なので、水精人一人で二〇〇人からなる山賊団がひと月は暮らしていけるだけの利益を得ることが出来た。

そこで森の野狼は、月に一度のペースで数人の水精人を連れ去っていたのだ。

連れ去られた水精人は奴隷として死ぬまで酷使され、死後も素材として使い潰《つぶ》されるのである。

「なるほど、野狼ね……」

最初に敏樹が訪れたときの、住人の人間に対する敵愾心《てきがいしん》はここに起因していたようである。

これまでロロアが山賊団に目をつけられなかったのは、顔をすべて隠していたからであった。

しかし、ここ最近は口元を覆う布を外していることが多く、たまたま徴収に来ていた山賊の目に止まり、連れ去られたのだった。

「ロロアを助けたら、そのままここには戻らず街へ逃げてくれ」

「いや、それは……」

「頼む！　儂は長という立場のせいで、あの娘に……、孫娘であるあの娘になにもしてやれなんだ……」

それは懺悔《ざんげ》のような言葉だった。

「四〇年……!!　四〇年もの間、儂はあの娘をここに縛り付けていたのだ。しかし、獣人とはいえロロアは水精人の因子を色濃く持っておるから、まだまだ人生は長い。だから頼む！　幸せにしてやってくれなどとは言わん。ただ、自由になるための手助けをしてやってくれ……!!」

「そんな気合い入れて頼まなくても、ちゃんと助けますから。とりあえず頭を上げてください」

「すまん……、恩に着る。よそ者のお主にこんなことを頼むなど、お門違いだとはわかっているのだが」

「まぁ、でも、いずれここから出すつもりではあったんですよね？」

「それは……」

「だから大陸共通語を学ばせていたのでは？」

「む……、バレておったか」

「そりゃまぁ。一生ここで暮らすんなら、別に覚える必要もないことですし」

「…………あの娘の言葉は、変じゃないだろうか？」

「問題ないですよ」

「そうか……」

敏樹の言葉に、グロウが微笑《ほほえ》んだように見えた。蜥蜴《とかげ》頭は表情が読みづらいので何とも言えないが。

「ああ、そうだ。集落のみなさんにお願いしたいことがあるんですが」

「何でも言ってくれ。儂らにできることなら何でもする。何でもさせる」

＊＊＊＊＊＊＊＊

森の獣道を荷馬車が進む。

元は街と集落とを結ぶちょっとした交易路になっていたのだが、森の野狼のせいで交易が途絶えて以降、使う者はほとんどいなくなり、道は荒れ放題となっていた。

いまはなんとか荷馬車が走れるが、あと半年もすればそれも困難になるだろう。

「しっかし、今回はやばかったな」

「うむ、まったくだ」

荷馬車の馭者席《ぎょしゃ》には革鎧《よろい》の男が、そのすぐ近くの荷車の一角にマントの男が座っていた。

ロロアは荷車の中央辺りに、両手首を縄で縛られて座っていた。

今はローブを着せられてはいるが、フードは外されている。

「女ひとりで大丈夫かね？」

「なに。足りないなら追加で徴収にいけばいいだろう」

「そんなっ⁉」

マントの男の言葉にロロアが膝立ちになる。

「今月は私以外に手を出さないって約束じゃ——あうっ……‼」

そしてマントの男にくってかかろうとしたところ、思い切り腹を蹴《け》られ、身体《からだ》をくの字に曲げて倒れた。

「連中があんなにムキになって阻止しようとしたから、その場しのぎで言っただけだ」

「ははっ！　山賊の言葉なんざ信じちゃいけねぇよ。ってか、あんまその女傷つけんじゃねーぞ？」

「ふん。手加減ぐらいするさ」

「あー、この女が俺らんとこに回ってくるまで、どれくらいかかるかねぇ」

「さて、半年か、一年か……」

「そのころにゃあぶっ壊れてんだろうなぁ……。ったく、商売女でもいいから、たまにはまともな女を抱きたいぜ」

「ウチにいるのは少なくとも見た目はいいのばかりだろう？　我慢するんだな」

「そりゃわかってんだけどよぉ。どいつもこいつもどっかぶっ壊れてんだろ？」

「何年も閉じ込められてずっと道具にされているんだ。まともでいられる女なぞおらんさ」

「そりゃそうだけどよぉ。演技でもいいから、こう、熱い夜をだなぁ」

「なら足を洗うか？」

「はは、そりゃ無理だ」

「なら我慢しろ。下っ端には男同士で発散してる連中もいるんだからな……」

「うへぇ……」

男たちの話を聞きながら、ロロアは今さらながら自分がどうなるのかということに実感がわいてきた。

痛みにあえぐふりをしながら、恐怖に震える身体を強ばらせて耐え忍んだ。

「追加となると……また俺らが出なきゃなんねぇかな？」

「それはそうだろうが……これだけの上玉だ。案外いけるかもしれんぞ？」

男たちがいま自分のことを話している、ということは理解できるのだが、彼らの言う〝上玉〟というのが自分のことであるということが、ロロアはいまいち実感できずにいた。

（上玉って、綺麗《きれい》な女の人のことだよね？　……私が？）

『ロロアって、実は美人なんじゃない？』

以前、敏樹に言われた言葉をロロアは唐突に思い出した。

そのときはただからかわれているだけだと思っていたが、彼とひと月近く過ごしたいまになってみれば、それが冗談でないことがわかる。

敏樹はからかい半分にそんなことを言う人物ではないし、あのときの表情は本気でそう思っているといった様子だった。

（こんなこと……なんでいまになって思い出したんだろう……）

最初はただ顔を見られるのが嫌だった。

それは敏樹に対してだけでなく、誰に対してもだ。

自分は集落の誰とも異なる容姿で、そのせいで集落の人たちから嫌われていると思っていた。

やがて彼女はフードと布で顔を隠すようになった。

その後数十年過ごしている内に、長の孫娘であり獣人でもあるという自分との距離感を住人たちがうまくつかめずにいただけで、特に嫌われていないことはわかったが、顔を隠す習慣はやめられなかった。

一度自分を醜いと思ってしまったら、それを払拭《ふっしょく》するのは困難だったのだ。

口元を見られても嫌われなかったことは嬉《うれ》しかったが、それでも自分の顔をまじまじと見られると、きっと敏樹は自分を避けるようになるだろうと、ロロアは思っていた。

だから、ロロアは敏樹に嫌われたくないがために、目元だけは頑《かたく》なに隠し続けていた。

でも自分がそれほど醜くないとしたら？

（ううん……そうじゃない……）

たとえロロアの容姿が醜かろうと、それを理由に彼女を嫌いになる敏樹ではない。

それくらいのことはなんとなくわかっていたのだ。

にもかかわらず、ロロアは自分の顔を隠し続けた。

どうしても顔を見せる勇気がなかった。

その結果ロロアは敏樹よりも先に、山賊などという下種《げす》な連中に顔をさらしてしまったのだった。

（こんなことになるんなら、もっと早く見てもらえばよかった……）

そんなことを考えていると、涙がとめどなく溢《あふ》れてきた。

「うぅ……ふぐ……」

意図せず嗚咽《おえつ》も漏れてくる。

「なんだよ、泣いてんじゃねぇか。てめぇ強く蹴りすぎたんじゃねぇのか？」

「ふん。我々の話を聞いて怖くなっただけだろうよ」

マントの男が気まずそうに鼻を鳴らす。

「うぅ……トシキ……さん……」

ロロアはうずくまったまま身を縮め、涙が溢れるのに任せて泣き続けた。

＊＊＊＊＊＊＊＊＊

「あん？　なんだこの音ぁ……」

最初に気付いたのは革鎧の男だった。

荷車に身体の大半を預けているマントの男や、うずくまっているロロアの耳に届く音の大半は荷馬車から伝わるガタゴトという振動音であるが、駆者席に座る革鎧の男はそのふたりに比べて幾分か周りの音がよく聞こえていた。

「どうした？」

「いや、なんか変な音が聞こえないか？　なんというか虫の羽音みたいなっつーか……」

「ふむ。どっちからだ？」

「……うしろ？　ちょっとずつだが音が大きくなってるかもしれねぇ」

「うむ」

革鎧の男の言葉にうなずいたマントの男は、揺れる荷車の上で立ち上がり、バランスを取りながら荷車の後部に歩いて行く。

箱形になっている荷車の縁に手を着き、後方に向けて目をこらした。

「……追手か？」

「どうだ？　何かいたか⁉」

「わからん！　しかしなにかいるっ‼　なんだあれは……丸い兜《かぶと》？　それと……騎獣か……？」

後方を警戒するマントの男の目に飛び込んできたのは、何かにまたがる黒くて丸い兜をかぶった人であった。

それがなにやら甲高い音を鳴らしながら、猛然と迫ってくる。

「速いっ……⁉　おい、もっと飛ばせっ、追いつかれる‼」

「この駄馬じゃ無理だ‼　迎撃しろっ‼」

「言われなくてもわかっている。食らえっ」

マントの男は後ろから近づいてくる者に【炎弾】を放った。

下級攻撃魔術のため詠唱――発動までの待機時間――が短く、射出後の速度が速いため牽制《けんせい》にうってつけの【炎弾】だったが、それはあえなく弾《はじ》かれてしまった。

「くそっ‼　奴め防御魔術を……。ならもっと強力なものを」

追手はかなり近づいており、ここまでくるとロロアにはその正体がわかっていた。

聞き覚えのある甲高い音を耳にしたロロアは、うずくまっていた身体を起こし、後方に目をやった。

「トシキさん……‼」

「クソっ、追手かよ？　なんだってんだ‼」

ロロアの言葉に革鎧の男が悪態をつく。

マントの男にもその言葉は届いていたが、彼は次弾の詠唱に集中していた。

敵の防御魔術を突破するためにはより強力な、中級以上の攻撃魔術を当てる必要があり、魔術というものは等級が上がれば詠唱が長くなるのである。

いまのペースだと、追いつかれる直前で中級攻撃魔術を発動できそうであり、マントの男は詠唱に集中した。

革鎧の男も彼の意図を察し、できるだけ時間を稼ぐべく荷馬車の速度を上げるため荷馬車の操縦に集中した。

彼らにひとつ誤算があったとすれば、集落のためを思って自分からついてきたロロアがいつまでも従順であると思ってしまったことだろうか。

彼女は両手首を縄で縛られていたが、それ以外は自由だった。

物音を立てないよう、揺れる荷馬車の上で慎重に立ち上がったロロアは、低い姿勢のまま一気に踏み込み、マントの男に対して背後から突き上げるようなかたちでタックルをかました。

「ぬあああっ⁉」

筋力に優れた獣人のタックルを背後から不意打ちのように受けた男は、情けない叫び声を上げながら、荷馬車から転落した。

「どうしたっ‼」

仲間の叫び声に振り向いた革鎧の男が見たのは、荷車の後部に立つロロアの姿であった。

「このアマぁ……」

憎々しげにつぶやいたものの、そのすぐ後ろに丸い兜をかぶった人物が迫っているのが見えた。

「クッソォ‼」

慌てて前を向き直し、馬に鞭《むち》を入れる。ほとんど最高速に近い荷馬車は、それでもマントの男が転落したおかげで少しだけ速度を上げることができた。

必死で馬を御していた革鎧の男だったが、ふと先ほどまで聞こえていた甲高い音が真横から聞こえているのに気付いた。

音のするほうへ顔を向けてみると、丸い兜がこちらを見ていた。

「ひ……」

顔を覆う半透明な面のせいでその表情は判然としないが、背筋が凍りつくような眼光を浴びせられたことだけは感じ取っていた。

「ぐあっ‼　お、と……うあああぁっ……‼」

そして相手がこちらに手をかざした直後、肩に衝撃を受けた革鎧の男は、そのままバランスを崩して馭者席から転落した。

＊＊＊＊＊＊＊

　グロウからロロアの救出を依頼されたあと、敏樹は『情報閲覧』でロロアの様子を確認した。

　この『情報閲覧』は、この世界のことであれば大抵のことを調べられるのである。

　タブレットＰＣ越しにロロアが無事であることと、当分は危害を加えられないことを確認した敏樹は、住人たちにとある協力を依頼した。

　そのために三〇分ほどを消費したところで集落を出、バイクにまたがる。

「待ってろよ、ロロア。すぐに助けてやる」

　敏樹はアクセルを回し、ロロアを乗せた荷馬車を目指して疾走したのだった。

　荷馬車の速度はそれほど速くない。

　人が歩くのと同等か、少し速いくらいで、時速に換算すれば六～一〇キロといったところか。

　もちろんもっと速く走ることもできるが、あまり飛ばしすぎると馬が潰《つぶ》れてしまうし、なにより荷車のほうが耐えられない。

　山賊たちは翌日没までに帰ることをほのめかしていたらしいので、その距離であれば並足を維持する必要がある。

　ロロアが連れ去られて三時間ほどが経過していたが、距離にすれば三〇キロ程度である。

　荷馬車が走っているのは元々交易路だったところであり、道なき道というほどの悪路でもない。

　敏樹の駆るオフロードバイクであれば時速四〇～五〇キロは出せる道であり、相手が進んでいることを計算に入れても一時間とかからず追いつける距離であった。

「あれかっ‼」

敏樹は四五分程度でロロアを乗せた荷馬車を捕捉《ほそく》した。

住人への協力を依頼したことで少し出遅れたが、一分一秒でも早くロロアを救出してやりたいと思い、相手に気付かれるのをいとわずまっすぐ最短距離を追跡した。

敏樹の存在に気付いた荷車の男が魔術の詠唱に入ったことを察知し、敏樹は【魔壁】という魔術障壁を前方に展開し、敵の【炎弾】を弾き飛ばした。

今度は敏樹のほうから反撃してやろうと思っていたが、荷車の男は情けない声を上げながら転落した。

せっかく準備した【雷弾】を解除するのももったいない。敏樹は、地面に転がった男へ、すれ違いざまに【雷弾】を放ち、太もものあたりに直撃したのを確認した。

「はは、元気そうじゃないか、ロロア」

敏樹が荷車のほうに視線を戻すと、立ち上がったロロアがちょうどフードをかぶり直しているところだった。

口元に笑みをたたえた彼女は、敏樹に対して力強くうなずいた。

「んじゃ、サクッと片付けますかね」

荷馬車はさらに速度を上げたようだが、バイクの前では誤差でしかない。

あっさりと併走する形を取り、驚いてこちらを向いた駆者《ぎよしや》に対して敏樹は【雷弾】を放った。

衝撃とともに雷撃による感電を追加できる雷系魔術はこういった敵の制圧に便利なのである。

「ぐあっ‼　お、と……うあああああっ……‼」

情けない声とともに駅者席から男が落ちたあと、敏樹はバイクから駅者席に飛び移った。

バイクの上でのアクロバティックな動きには〈騎乗〉スキルが大いに役立つ。

敏樹はバイクが身体《からだ》から離れる直前にそれを〈格納庫《ハンガー》〉に収納し、難なく駅者席に乗り移ることができた。

そこから先は〈駅者〉スキルの出番である。

「自動車用に習得したスキルだったんだけどなぁ。まさかガチで馬車を操ることになるとは……」

敏樹はそうつぶやきながら馬をなだめ、ほどなく荷馬車を停止させることに成功した。


「トシキさんっ‼」

荷馬車が停《と》まると同時に、敏樹は後ろからロロアに抱きつかれた。

「ロロア、無事でよかった」

「はい……」

抱きついたロロアが震えているのがわかる。よほど怖かったのだろう。

「よくがんばったな、ロロア」

「うん……うん……」

胸に回された手をトントンと叩《たた》きながら、もう一方の手をロロアの頭に回し、敏樹は優しく撫《な》でてやった。

「さて、まだゆっくりできる状況じゃないからな」

敏樹がそう言って立ち上がると、ロロアは彼に回していた腕を解いた。

駅者席から降りた敏樹は、ロロアの手を取って荷馬車から降ろしてやる。

「ここで待ってて」

そう言い残すと、敏樹は来た道を歩いて戻っていった。

【雷弾】に撃たれた肩を押さえてうずくまっていた革鎧《よろい》の男が、敏樹の足音に気付いて顔を上げた。

「てめぇ……、俺らに、こんなこと――おがぁっ‼」

しかしその恨み言は敏樹が放ったサッカーボールキックによって遮られてしまう。

サッカー経験に乏しい敏樹のようなアラフォー世代のおっさんのシュートというのは、大抵トゥーキックになりがちである。

敏樹が履いている安全靴はつま先を保護するために鉄板が入っており、その靴から放たれたトゥーキックを口に受けた革鎧の男は、前歯を数本へし折られてのたうち回った。

「お前はまたあとでな」

口を押さえてのたうち回る男に冷たい視線を送った敏樹は、前方に向き直った。

「ぐ……くそっ……」

荷車から落ち、脚に【雷弾】を受けたマントの男が上体だけを起こし敏樹に向けて手をかざしていた。

「死ねぇっ‼」

詠唱時間を充分にとれたマントの男が【炎槍《えんそう》】を放つ。しかし発動し直された敏樹の【魔壁】によってあっさりと無力化されてしまった。

「くそっ……‼　貴様、我らにこのような……」

「お前らおなじようなことしか言えんのかよ」

マントの男の傍らにしゃがみ込んだ敏樹が男の肩をがしっと掴《つか》んだ。

「貴様、なに……を……？」

マントの男は見る間に血の気を失い、白目をむいて意識を失った。

「ま、お前の魔力は俺が有効活用してやるさ」

敏樹はＭＰの少なさを補強するのに〈魔力吸収〉と〈保有魔力限界突破〉というスキルを習得していた。

〈魔力吸収〉は文字通り魔力を吸収するスキルだ。

次に〈保有魔力限界突破〉だが、これは簡単に言えば百パーセント以上のＭＰを保有できるスキルである。

敏樹は出発前、〈魔力吸収〉を使い、集落の住人から魔力を融通してもらっていた。

エルフをしのぐ魔力を有する水精人から、少しずつ魔力を分けてもらう。

ロロア救出のためにその協力を依頼したところ、住人は進んで応じてくれた。

中には全部持って行けなどと言う者もおり、実はロロアがみんなから愛されていたことがわかったのだった。

いましがたマントの男が気絶したのは、〈魔力吸収〉によってすべての魔力が奪われたからである。

〈無病息災〉を持つ敏樹ならいざ知らず、常人は完全に魔力が枯渇してしまうと、意識を取り戻すまででも丸一日はかかるし、まともに魔術を使えるようになるまでさらに数日を要するだろう。

よりやっかいであろうマントの男を無力化した敏樹は、男の襟首を掴んで引きずりながら、革鎧の男の元に戻った。

「うぁ……ふぐぅ……」

口元を押さえてのたうち回っていた男は、敏樹の足音に気付き、動きを止めた。

そして敏樹のほうを見上げたその目には、怯《おび》えがあった。

「ごぶぅ……‼」

敏樹の蹴《け》りが男の腹に直撃した。

その後も敏樹は無言のまま何度も男を蹴飛《けと》ばし、踏みつけた。

くぐもったうめき声を上げ、何度か吐血した男はやがて動かなくなった。

さらに男を踏みつけようとしたところで、敏樹はロロアに後ろから抱きつかれた。

「もう、いいです……！　私はもう、大丈夫ですからっ……‼」

ロロアに抱きつかれたことで追撃をやめた敏樹は、腹に回されたロロアの手に、自分の手を重ねた。

「……そっか、うん」

敏樹の曖昧《あいまい》な返事を受けたロロアは、ゆっくりと腕を解き、彼の横に立って顔を見上げた。

そこにはいつもの穏やかな顔があり、ロロアは安堵《あんど》したように大きく息を吐くのだった。

「ロロア、無事でよかった」

敏樹は並んで立つロロアの肩を抱き寄せた。ロロアもされるがまま敏樹に身を預けた。

「はい。助けてくれてありがとうございます」

そう言ったロロアだったが、彼女は心配そうに革鎧の男を見下ろしていた。

「こいつ、このままだと死んじゃうだろうな」

この男は放っておけば死ぬだろうし、死んで当然の男である。

しかしこの男が死ねばロロアはどう思うだろうか。

自分のせいで敏樹が人を殺したという事実に、彼女は少なからず罪悪感を覚えるのではないか。

（いや、人なんか殺してしまったら俺もただじゃすまなそうだな）

敏樹は平和な法治国家に住む日本人である。

そんな男が、異世界のこととはいえ人を殺してしまったらどうなるのだろうか。

いまはロロアを奪われた怒りと、取り戻すための戦いによる興奮のせいで、山賊ごときの命を奪ったところでどうということもないと思っているが、後日冷静になったとき、人を殺したという事実がどれほどの重みとなって敏樹にのしかかってくるのか、想像もできない。

「このまま死なれても後味悪いし、死なない程度に治してやるか」

「……はいっ‼」

ロロアは敏樹のほうをみて、安心したように笑った。


「よっ……っとぉ……。これでよし」

回復術で致命傷となりそうな傷のみを治してやったあと、敏樹はふたりの男を拘束した。

日本から持ちこんだ結束バンドで手首と手の親指同士、靴を脱がせた足首と足の親指同士を縛り、魔術などで破壊されづらくするために付与魔術で耐性を上げておく。

付与魔術は数日ほど効果が持続するはずである。

「さて、こいつらはこのへんに転がしておけばいいだろう」

敏樹は旧交易路を少し外れた森の浅い場所にふたりの山賊を放置した。

少ないとはいえ魔物が出現する場所であり、身動きがとれなければなすすべなく餌食となるだろうが、そこまで面倒は見きれないし、目覚めれば必ず敵となる連中を拘束しないという選択肢もない。

そもそも山賊などという非合法な組織に身を置いている以上、まともな死に方ができないことなど覚悟すべきだろう。

「さて、これからどうするかだけど」

「え……、集落に帰るんじゃないですか？」

「まぁそれも選択肢のひとつだな」

敏樹の言葉にロロアが首をかしげる。

「他にどんな選択肢が？」

「グロウさんからは君を連れて街へ行って欲しいと言われててね」

「はぁっ⁉　なんでっ……‼」

「これを機に集落を出て自由に暮らして欲しいってさ」

「そんな……！」

「グロウさんが君に大陸共通語を学ばせた理由、気付いてるんだろ？」

「……はい」

「随分遅くなったけどいい機会だからって」

「お祖父ちゃん……」

ロロアはうつむき、両手で顔を覆った。

「……私が集落を出たら、このあとどうなりますか？」

しばらく沈黙していたロロアが、絞り出すような声で敏樹に問いかけた。

「山賊団から別の人間が派遣されて、他の人が連れて行かれるだろうね。もしそれに逆らえば、最悪集落は滅ぶかもしれない」

「そんなの嫌っ‼」

ロロアは顔を上げ、敏樹に向かって叫んだ。

「私、そんなの嫌ですっ……‼」

「でもグロウさんはそれを望んでる。いや、グロウさんだけじゃないな。集落のみんながそう思ってるよ」

「そんなっ……‼」

敏樹は集落の住人に協力を求めたときのことをロロアに聞かせた。

「みんな〝ロロアをよろしく頼む〟って言ってたよ。〝集落を頼む〟なんてことは誰ひとり言わなかった」

「みんな……」

「俺がロロアを助けるってことは、連中に逆らうってことだからな。みんなそれはわかってるみたいだった。その上で、〝ロロアを頼む〟って」

「なんで……」

再びロロアはうつむき、顔を覆った。

「なんでみんなそんなに優しいの……？　なんでそんなに不器用なの……？」

ロロアの肩が小刻みに震える。

「やだぁ……。そんなのやだよ……」

そう言って再び敏樹を見上げたロロアの頬は、涙に濡《ぬ》れていた。

「うわああっ‼　やだぁっ‼　私やだよぉ……‼　こんなかたちでみんなとお別れしたくないっ‼」

ロロアは泣きわめきながら敏樹にしがみついた。

「助けてっ‼　トシキさん助けてよぉ‼　私を助けてくれたみたいに、みんなを助けてぇっ……‼」

それが無理な願いであることは、誰よりもロロアが理解していた。

相手は二〇〇人からなる山賊団である。

その背後にはさらに大きな力も見え隠れしているのだ。

そんなものを相手に敏樹個人の力がどれほど通用するというのか。

しかしロロアは敏樹にすがらざるを得なかった。

ロロアが救いを求められる相手は、目の前にいるこの男だけなのだから。

敏樹は自分の胸の中で肩を震わせながら泣き続けるロロアの頭を、やさしく撫でてやった。そして――、

「いいよ」

と事もなげに答えた敏樹は、ロロアに優しく微笑みかけるのだった。

＊＊＊＊＊＊＊

「へっ……？」

敏樹があまりにも平然と応じたため、ロロアは間抜けな声を上げ、敏樹を見上げた。

実はこのとき、ロロアが無防備に顔を上げたものだから、敏樹からフードの下の目元が見えそうになっており、彼は気を遣って視線を逸らしていたのだが、ロロアはそんなことに気付かず話を続けた。

「トシキさん、なんて……？」

「ん？　みんなを助けて欲しいんだろ？」

「はい……」

「だったら助けようじゃないかって話だよ」

「でも……、相手は山賊なんですよ？　とても大きな山賊団なんですよ？」

「らしいね」

「死んじゃうかも、しれませんよ……？」

「かもね」

「だったらなんで⁉」

「おいおい、君が望んだんだろう？」

「うぅ……」

確かに無理を承知で頼み込んだのはロロアであるが、こうもあっさり了承してしまわれるとは思わず、彼女は申し訳なさそうにうつむいた。

「私……、トシキさんとも、お別れしたくない……」

「はは、ロロアは欲張りだなぁ」

そう言って敏樹はロロアの頭にポンと手を置いた。

「むぅ……。ふざけて、ますか？」

「まさか。俺はいたって真面目だよ」

「じゃあなんで……？」

「ロロアがそれを望んでいるから、かな？」

「っ⁉」

その言葉にロロアは心臓がトクンと高鳴るのを感じ、慌てて胸を押さえた。

押さえたところで鼓動が治まるわけではないのだが、胸を押さえて敏樹を見つめることしかできなくなった。

「だいだいグロウさんたちもアホなんだよな」

「え……？」

「なんでロロアを逃がすのかって話だよ」

ロロアは敏樹を見つめたまま、首をかしげた。

「ロロアに幸せになって欲しいから、みんなは君を俺に託したわけだろ？」

「そう……ですね……」

敏樹の言葉にロロアの表情が曇る。

高鳴っていた鼓動は別の意味で速くなっていた。

自分を逃がすために集落のみんなが犠牲になるということに、ロロアは耐えられそうにない。

「みんなを見殺しにして生き延びたところで、ロロアが幸せになれるわけないのにな」

「あ……う……」

「ん、どしたの？」

「うあぁっ……‼」

ロロアは声を上げて敏樹に抱きついた。

「ちょ、なに……ロロア……？」

敏樹が自分の想いを理解してくれた。そのことが嬉《うれ》しくてロロアは彼を思いっきり抱きしめた。

「うぅ……、トシキさん……。ありがとう……」

突然抱きつかれて戸惑っていた敏樹だったが、ロロアが落ち着くまではと彼女の背中に腕を回し、なだめるようにトントンと叩《たた》いてやった。

「あの……ごめんなさい、私……」

しばらく抱擁を続けたふたりだったが、落ち着いて冷静さを取り戻したロロアのほうが慌てて敏樹から離れた。

「うん。落ち着いた？」

「……はい。ありがとうございます」

敏樹から離れ、照れてうつむいていたロロアが顔を上げる。

「これから、どうするんですか？」

「とりあえず山賊団はどうにかしないとね。あれを潰《つぶ》して万事オッケーってわけにはいかないんだろうけど、潰してしまわないと先に進めないからなぁ」

「山賊団を、潰す……。どうやればいいんでしょう？」

「潰すだけならどうとでもなるんだけどね……」

敏樹には〈全魔術〉というスキルがある。

この世界のすべての魔術を使えるというものであり、魔術の中には敵を砦《とりで》ごと殲滅《せんめつ》するというものもあるのだ。

強力な魔術だけに膨大な魔力を要するのだが、現在敏樹は水精人から提供された魔力を有しており、殲滅魔術のひとつやふたつは使用可能である。

「問題がいくつかあるんだよなぁ……。人質とか」

山賊団のアジトには、連れ去られた水精人や、拐《かどわ》かされた一般人の存在が予想され、殲滅魔術を使えばその囚われた人々ごと殺し尽くしてしまうことになる。

「助けたところでどうするか……だけど」

囚われた人々を救出したあとどうするかという課題もある。

魔術で殲滅するという選択肢もそのひとつだが、いましがたひとりの山賊を殺すことにさえ躊躇《ちゅうちょ》した敏樹である。

大量殺戮《さつりく》という重荷に耐えられるだろうか？

〈まぁ、〈無病息災〉があるから精神がぶっ壊れることはないんだろうけど……）

精神的なダメージを回復できるとはいえ、大量殺戮という事実が敏樹の人格になんの影響も与えないとは考えにくい。できれば避けたい一手ではある。

「ま、人質を救出してから考えるか」

「トシキさん」

敏樹のつぶやきに反応するかのように、ロロアが声をかけた。

「ん？」

「私も、行きます……!!」

「は？」

ロロアが敏樹を見据える。目元はフードに隠れているが、それでもなおその視線を敏樹は感じることができた。

「危険だよ」

「わかっています。でも私も力になりたいんです」

「うーん……」

悩む敏樹に、ロロアは訴え続ける。

「人質って、要は以前連れ去られた集落の人たちですよね？」

「まぁ、そうだね」

「だったら集落の住人として、私も行くべきだと思うんです。ここまで育ててもらった恩もありますっ‼」

「そうかもしれないけど……」

「それに、他にも女の人が囚われてますよね……？」

ロロアの口調が少し暗くなる。

山賊といえばその大半が男であろう。表社会に出られない男連中が集まっているということは、いろいろとはけ口が必要になるわけだ。

考えるだけでも胸くそ悪いことではあるが。

「私も、その人たちと同じようなことになるかもしれませんでした。あの人たちが話しているのを聞いて、すごく怖かったんです」

「ロロア……」

「私にはトシキさんがいたからひどいことにはなりませんでしたけど、山賊のアジトにはいまも怖い思いをしている人たちがいるんですよね？」

「たぶん、な」

「だったら私はその人たちの力になりたい！　助けられるのなら助けたいんですっ‼」

そう言ってロロアは頭を下げた。

「お願いします‼　力には自信があります。弓矢もちゃんと使えます。邪魔はしませんからお手伝いさせてください‼」

「ふむう……」

どうしたものかと困り果てる敏樹の脳内に、突然着信音が響いた。

「やっほー。大下さんお久しぶりですー。おおっと、そちらが噂《うわさ》のロロアちゃんですかー？　さっそく可愛《かわい》いヒロインゲットとはやりますねー。このこのー」

タブレットＰＣのモニター上で、ビジネススーツに身を包んだ女性、すなわち町田がニタニタと笑いながら敏樹をからかっていた。

「あの、トシキさん、この方は……？」

「町田さん。とにかくうっとうしい人」

「ええー大下さんひどーい！　ぶーぶー」

「この方は、その薄い板の中に？」

「いやいや、これは離れた場所の様子を映すことができる道具だよ。他にもいろいろできるけど、この町田さんはずっと遠くにいると思ってくれていい」

「はぁ……」

ロロアはわかったようなわからないようなといった様子で首をかしげた。

「どうもー、ロロアちゃんはじめましてー、町田でーす」

「あ、はい、はじめまして」

「いや、相手しなくていいから。で、なんの用です？」

「ちょっとー、扱い悪くないですかー？」

「で、なんの用です？」

「むぅ……。ま、いいでしょう」

不満げな表情を浮かべていた町田だったが、敏樹がノッってくれないと理解したのか姿勢と表情を正した。

「大下さん、お困りではないですか？」

「なにがです？」

「ロロアちゃんがいなければ、ひとりでアジトに潜入できるのになぁー、なんて？」

「む……」「うぅ……」

図星を突かれた敏樹は言葉に詰まり、自覚のあるロロアは申し訳なさそうにうつむく。

それを確認した町田は右手を胸に当て、左手を天に掲げて空を仰《あお》ぐようなポーズを取った。

「ああ、せめて愛しのロロアにスキル習得でもさせてやれれば少しは事態も好転するのにっ‼」

……なんて？」

「愛しのって……」

「おや、愛しくないんです？」

「む……」

「っていうか、そこ突っ込むところじゃないでしょー」

「……できるんですか？」

「なにをでしょうかー？」

「いちいちとぼけんでくださいよ。ロロアにスキル習得、させてやれるんですか？」

「できますよ」

「……おねがいします」

敏樹はモニターの向こうにいる町田をしばらく見つめたあと、深々と頭を下げた。

「はい。ではタブレットPCの『パーティ編成』機能を実装しまーす」

「パーティ編成？」

「そのまんまの機能ですよー。メニューから『パーティ編成』を起動したあと、カメラにロロアちゃんを収めます。あとは確認画面で『はい』をタップ。これでロロアちゃんも大下さんのパーティメンバーになれるのでしたー」

「パーティメンバーになれば『スキル習得』ができる？」

「その通りでーす」

敏樹はちらっとロロアのほうを見た。ロロアはいまいち事態を飲み込めず、敏樹の視線を受けても困ったように首をかしげるだけだった。

「……ありがとうございます」

「はいはーい。じゃあこの先も頑張ってくださいねー」

「あ、待ってください」

「なんです？」

「なんでここまで力になってくれるんですか？」

「……まぁ、大下さんの活躍を見るのが楽しいから、ということでいいんじゃないでしょうかー？」

「ってことは、俺の行動をいつも見てるのか、アンタ」

「あ……いや、その一……あはは……」

「こののぞき魔めっ‼」

「いや、あの、違うんです‼　プライベートな部分はちゃんと見られなくなってるんですよ？　大下さんの家とか、ロロアちゃんのテントとかー。それに野営のテントなんかもー。この先宿屋を借りてもそこは覗《のぞ》かないでーす」

「……まぁ、最低限そこが守られてるならいいですよ。いろいろとお世話になってますし」

「やー、大下さん理解があって助かりますー」

「今後も家の中とかはマジでやめてくださいね」

「わかってますよー。なので、大下さんに大切なお願いがあります」

　そこで急に町田が真面目な表情になった。出会って以降、八割以上ふざけた態度であり、残り二割も素になっているという程度で、ここまで真剣な表情の町田は、先ほど思わせぶりな発言をして以来ではなかろうか。

「大下さん」

「はい」

「ロロアちゃんといい感じになったら是非一度青カ────」

「セクハラだコノヤロー‼」

　そう叫びながら敏樹はモニターの『切断』ボタンをタップし、通信を切断した。

「ったく、素直に感謝させてくれよな……」

「あの、トシキさん、大丈夫ですか？」

「……うん。大丈夫」

　大きく肩を落とした敏樹だったが、気を取り直してタブレットＰＣを操作し始めた。

「ところで、さっきの人はなんでトシキさんのことオーシタさんって?」

「ああ、大下ってのは俺の家名だよ」

「え、トシキさんってもしかして貴族さんですか?」

「ちがうちがう。俺の故郷じゃみんな家名があるんだよ」

「そうなんですね」

「そうなんですよ……っと。じゃあロロア、こっち向いて」

ロロアに返事をしながらタブレットPCを操作していた敏樹は、新たに実装された『パーティ編成』メニューを開いた。

メニュー選択と同時にカメラモードに切り替わったタブレットPCの背面レンズをロロアのほうに向けると、《ロロア　をパーティに加えますか?》と表示された。

対象の名前は『情報閲覧』で読み取っているのだろう。

「はい、チーズ」

「?」

初めて聞くかけ声に首をかしげるロロアをよそに、敏樹は画面上の《はい》ボタンをタップした。

「特に変化はなしか……。ロロア、なにか変わったことってある?」

「ん?　別になにも」

「そっか。じゃあ次にスキル習得……おお」

メニューを『スキル習得』に変更したところで、ロロアのスキルツリーと所持ポイントが表示された。

「ほうほう、ポイントがかなりあるな」

ポイントは経験に基づく感情の動きによって獲得できると、町田は説明していた。

四〇年という長い期間を経て貯めたものもあれば、敏樹と出会っていろいろと経験したことで得たポイントもあるのだろう。

まずは現在習得済みのスキル一覧に表示を切り替えてみる。

さすが狩猟を行なっているだけあって〈弓術〉〈気配察知〉〈気配遮断〉〈忍び足〉といったスキルを、ロロアはそこそこのレベルで習得していた。

その辺りを上手《うま》く伸ばしつつ、新たに隠密系スキルを習得させてやれば今回の人質救出作戦は成功に一歩近づくはずである。

そのためには、まず本人の意思を確認しておく必要があるだろう。

「ロロア、君の人生を俺に預けてもらってもいいかな？」

「へ？　……えぇっ⁉」

敏樹の言葉に、ロロアがあたふたとうろたえ始めた。

「わ、私のじじ人生を、ト、トトトシキさんに……？　あわわ……その、あの……ふつつかものですが……その……」

「っ⁉　あーごめんっ！　……もう少し詳しく説明するわ」

そこまで聞いたところで敏樹は誤解されても仕方のない言い方をしてしまったことに思い至った。

「えーっと、あれだ、そう『祝福』‼」

「え、祝福？　私たちの、ことを……？　誰が？」

「いや、そうじゃなくて、『加護』とか『祝福』とかの祝福だよ」

「あ、あー……、はい。『祝福』……」

そこでロロアのテンションが一気に下がったのを気にしつつも、敏樹は説明を続けた。

「そう、その『祝福』を、俺は与えることができる」

「はい？」

それはそれで驚きだったようで、ロロアは再び間抜けな声を上げてしまう。

「俺が与えた『祝福』が、君のこれからの人生に大きく影響することになると思う。だから、〝人生を預けて欲しい〟と……」

「あ、あー……そういうこと、ですか」

ロロアは落胆したような、しかしどこかほっとした様子で軽くため息をついたあと、口元を引き締めて敏樹のほうに向き直った。

「それでトシキさんのお手伝いができるんですよね？」

「そうだね」

「わかりました。ではトシキさんに私の人生を捧《ささ》げます」

「さ……捧げ……？」

「あ、いえっ、その、預けます、です。お預けしますっ‼」

「お、おう。じゃあお預かりします」

微妙な行き違いはあったものの最終的に話がうまく落ち着いたところで、敏樹はロロアのスキルを操作していった。

「今回俺はこっそりアジトに忍び込んで、できるだけ誰にも見つからないように行動したいと思ってる。だから、隠密系の技能を伸ばしたいんだけど」

「はい、お任せします」

「うん。まぁこの手の技能は今後狩りなんかでも役立つと思うし。決して今回限りで使い道がなくなるようなものじゃないから安心して」

「はい。大丈夫です。トシキさんを信じてますから」

「そ、そうか、うん。ありがとう」

さすがに一億ポイントを要する〈影の王〉の習得は不可能なので、手持ちのスキルを伸ばしつつ、最低限必要になりそうなものを習得させていく。

まずは元々持っている〈気配遮断〉や〈忍び足〉などはすぐにスキルレベルを上げることができたので上げておいた。

さらに〈擬態〉や〈臭気遮断〉など、五感での察知を阻害するスキルを習得させる。

魔術の中には魔力を探知するものもあるので、〈魔力遮断〉も習得させておいた。

万が一戦闘になった場合のため〈弓術〉スキルのレベルを上げ、さらに〈短剣術〉を習得させてサバイバルナイフを持たせた。

素手での対処も可能なように〈格闘術〉も習得させておく。

スキルというものは習得したからといって即座に使いこなせるわけではないが、それでもあるのとないのとでは大違いなのである。

「へぇえ、〈格納庫《ハンガー》〉の共有ができるのか」

パーティメンバーに対しては、〈格納庫〉の一部をパーティションで区切って共有スペースにできることが判明した。

「わ、すごい……。これが【収納】ですか？」

取り出そうと思っただけで突然手の中にコンパウンドボウが現れたことに、ロロアは驚きの声を上げた。

「ま、似たようなもんだ」

そこでコンパウンドボウや矢筒、ライオットシールドなどを共有スペースに入れ、いつでも出せるように軽く練習してもらった。

他にも水や食料、タオル類など使えそうなものを入れておく。

「あとは……、〝彼《か》を知り己を知れば百戦殆《あやう》からず〟ってことで」

敏樹は『情報閲覧』を使ってアジトの場所とそこに至るルート、現在のアジトの様子、防衛体制、人員とその能力などをできるだけ分析し、さらに必要になりそうなスキルを自身とロロアとで習得していった。


「出発しようか」

「はい」

準備が整ったところで、ふたりはアジトを目指して歩き始めた。

アジトと旧交易路とを隔てる森を進んでいるうちにすっかり日も落ち、辺りは真っ暗になった。

時刻にして午後八時ごろだろうか。

「ロロア、常に身を隠すこと意識するんだ」

「はい」

隠密系のスキルは集中することで発動し、その間魔力を消費する。

敏樹は〈影の王〉内の一部の能力だけを発動させて魔力の消費を抑えているが、ロロアには全力で隠密系スキルを発動してもらっていた。

作戦の成功率を高めるため、この行程で少しでもスキルレベルを上げようという算段である。

森の中の道なき道を歩いておよそ三時間。遠くにアジトらしきものが見えてきた。

このルートは『情報閲覧』が導きだした最短かつ安全なルートである。

実際に山賊団が使っている道に比べても半分近い時間で到着できた。

タブレットＰＣを頻繁に見ながらでないとたどり着けないような、非常に迷いやすそうなルートであった。

「よし、一旦《いったん》ここを拠点に追加するか」

アジトにそこそこ近いこの場所を拠点に設定することで、何かあったとき自前の魔力だけで〈拠点転移〉を発動できるようになる。

仮に撤退となったとき、ここまで飛べればあとはうまく逃げ切れるはずだと敏樹は考えていた。

「よし、じゃあ寝るか」

「え？　ここまで来て？」

「ここまで来たからだよ。おそらく明け方少し前が最も敵の警戒が薄れる時間帯だろうから、休憩もかねて一度寝ておいたほうがいい」

これは過去に観賞したアニメやスパイ映画などの知識を総動員したうえで導き出した予測である。

それに、ずっと隠密系スキルを発動し続けていたロロアは、自覚していないが体力や魔力をかなり消耗しており、休息は必須《ひっす》だと思われた。

ただ、その努力の甲斐《かい》あって、各スキルはそこそこレベルアップしている。

「はやる気持ちはわかるし、いまは眠くないかもしれないけど、成功率を上げるために必要なことだと思って欲しい。俺たちがここで焦って失敗したら、中にいる人たちがどんなひどい目に遭うかわからないからな」

「……わかりました」

敏樹は【結界】という魔術を使用し、ふたりの周りに安全地帯を作り上げた。

かなり高度な魔術であり、消費魔力は一〇〇ポイント超え、つまり敏樹の自前の魔力すべてを使っても足りないレベルのものである。

水精人からもらった魔力があって初めて使える魔術であった。

「じゃあ、時間になったら起こすから、ちゃんと眠るように」

「はい」

テントを立てるスペースがなかったので、各々地べたに少し厚手のウレタンマットを敷き、その上に寝袋を敷いて寝転がった。

【結界】という魔術は消費魔力量が大きいだけあって、範囲内への敵の侵入を防ぐだけでなく、雨風をしのいだり温度や湿度管理までできるという非常に優れた魔術である。

寝転がった直後はもぞもぞと何度も寝返りを打っていたロロアだったが、疲れた身体で快適な空間に寝転がったおかげか、間もなく寝息を立て始めた。

「おやすみ」

ロロアが寝入ったのを確認した敏樹は、彼女に聞こえないのを理解しつつも優しく声をかけ、自身も眠りにつくのだった。

＊＊＊＊＊＊＊

数時間後、時刻にして午前三時頃、敏樹はスマートフォンでセットしていた無音のバイブレーションアラームで目を覚ました。

あたりはまだ真っ暗である。

『情報閲覧』でロロアの状態を確認したところ、HPは八割程度、MPは六割程度まで回復していた。

敏樹は寝袋を出て収納し、ロロアの枕元に膝《ひざ》をついた。そして穏やかな寝息を立てるロロアの肩に、優しく手を置く。

HPの消耗は主に疲労によるものなので【疲労回復】という回復術でほぼ全快となり、MPに関しては〈魔力譲渡〉スキルで分け与えた。

元々ロロア救出のために受け取った魔力なので、借りたものを返すような感覚である。

「ロロア、起きて」

トンと肩をたたきロロアを起こす。

「んぅ……んん……」

「おはよう」

「ふぁい……おぁようごじゃいましゅ……」

身体を起こしたロロアは、大きく伸びをした。

「あれ、なんか身体《からだ》の調子がいいです」

敏樹がＨＰとＭＰを回復させたおかげか、いつもより寝起きも良さそうである。

「な、寝てよかっただろ？」

「はいっ」

腹が減っては戦はできぬということで、ふたりはまず水で喉《のど》を潤したあと、軽めの朝食を取ることにした。

あまり腹にたまって行動を阻害してもいけないので、エネルギー吸収効率のいいゼリー飲料と固形の携行食を軽く腹に入れた。

食後には最近ロロアお気に入りのカフェオレもどきを淹《い》れ、このときは敏樹も砂糖を多めにいれたそれを飲んだ。牛乳は【加熱】という初歩の生活魔術で温めることができた。

「よーし、準備運動をしよう」

食後一息ついたあと、敏樹はロロアにストレッチを教えつつ、自身も身体をほぐしていった。

〈無病息災〉を持つ敏樹は寝起きであろうと常に最高のパフォーマンスを発揮できるが、ロロアはそういうわけにもいかない。

寝起きのまま身体がまともにほぐれていない状態で作戦を決行するのは危険だ。

「そろそろいこうか」

「はい」

起床から食事を含めてたっぷり一時間を準備に費やしたふたりは、アジトを目指して歩き出した。

森に身を隠せるうちは〈影の王〉の発動も最低限にし、ロロアにもあまり集中しすぎないよう注意しておいた。

「あれがアジトかな」

森が途切れ、開けた場所が現れた。

周りをぐるりと柵《さく》で囲まれた集落のような場所である。

テントや木造の家が並んでおり、規模はロロアの集落より少し広いかもしれない。

奥のほうに洞窟《どうくつ》を利用した施設があり、その奥が山賊幹部の住居や宝物庫、それに人質がいるところだった。

現在人質は全員同じ場所に固まっていることを『情報閲覧』で確認していた。

「しっかし、セキュリティが甘いなぁ」

おいそれと見つけられるような場所ではないので、見つからないのを前提に警備体制が敷かれているらしく、門らしきものは開け放たれている。

現在そこにはふたりの門番が警備に当たっているが、椅子に座ってだらけきっていた。

時刻にして午前五時。空は徐々に白み始めるころだが、山間にあるこのアジトはまだ暗い。

見張りの交代はもう少し明るくなってからであり、アジト内のほとんどの人間が眠りについているということもあって、いまが最も警備が手薄な時間帯なのである。

「ロロア、手を」

〈影の王〉スキルは隠密系スキルをすべて合わせたスキルであり、習得に一億ポイントを要する。

が、隠密系スキルを個別に選択したとしても実は一〇〇万ポイント程度ですべて習得できるのである。

このことを知ったとき、敏樹はポイントを無駄遣いしてしまったと後悔したが、〈影の王〉固有の効果を知ったことでその後悔は薄れ、いまその効果を発揮する段階に至ってはよくぞ習得したものだとあのときの自分を褒めてやりたい気分であった。

「はい、お願いします」

少し遠慮がちに出されたロロアの手を敏樹はしっかりと掴《つか》んだ。

少しひんやりとした感触が伝わってくる。

それと同時に、ロロアの気配が徐々に薄れていく。

——スキル効果の付与。

これが〈影の王〉の固有効果のひとつである。

使用者が触れた人や物、放った道具や魔術に対して〈影の王〉の効果を付与することができるのである。

ならばロロアに隠密系スキルを覚えさせる必要はなかったのかといえば、そういうわけでもない。

他者に付与される〈影の王〉の効果はスキルレベルに応じて減衰される。

現在敏樹の〈影の王〉レベルは4であり、付与される効果は四割、すなわち半分以下となるのだ。

隠密効果は付与された側の能力に上乗せされるので、ロロア本人のスキルもかなり重要になってくるのである。

敏樹とロロアは手をつないだままアジトの門をくぐり、敷地内を歩いて行く。

半分眠っているような門番ふたりは、敏樹たちが目の前を通ったにもかかわらず、一切気付く素振りを見せなかった。

敷地内にも人の姿はなく、テントや家から漏れる音もない。

万が一、外からアジトを見られてもわかりづらくするように、テントや家は暗めの色が塗られている。

街灯などがあるはずもなく、星明かりすら反射しないアジトの敷地内はかなり暗かった。それでも敏樹とロロアは〈夜目〉を習得していたので、危なげなく敷地内を進んでいった。

ほどなく洞窟の施設にたどり着く。この入り口の扉も普段は開け放たれており、そこを警備しているのもだらけきった二人の見張りだけだった。

（いくらなんでも不用心すぎないか？）

ここから先は幹部のプライベートスペースであるだけでなく、貴重な人質や、場合によっては宝物庫などもあるはずだ。

外部からの侵入への警戒はもちろんだが、山賊団の中には手癖の悪い連中もいるだろう。そんな内部の人間への警戒という意味でも、半分寝ているような見張りが二人だけというのはあまりに無防備すぎるように感じられた。

（念のため……）

敏樹はロロアの手を離さないように気をつけながら、タブレットＰＣを片手に持ち、『情報閲覧』をカメラモードにして入り口を映した。

（なにか通行を妨げる物はないか？）

そう心の中で問いかけると、画面上に反応があった。どうやら入り口上部にガラス玉のような物が取り付けられているようだ。

（魔力感知と識別の魔道具？）

それは門を通った者の魔力を感知し、その魔力パターンを判別することができる魔道具だった。そして識別の結果、事前に登録されていない魔力パターンの持ち主が通った場合、警報が鳴るシステムであるらしい。

（……一応ロロアの〈魔力遮断〉レベルを上げとくか）

敏樹はそのままタブレットＰＣのモードを変えて、ロロアのスキルメニューから〈魔力遮断〉のレベルを上げた。

そのうえで〈影の王〉に注ぐ魔力を高め、門ををくぐった。

（……よし）

無事施設内に侵入を果たしたふたりは、天然の洞窟を加工して作られた入り組んだ通路を進んでいく。

この時間に施設内の通路にはだれひとりおらず、ふたりは問題なく目当ての部屋を訪れることができた。

扉の前には一応見張りがひとりいたのだが、椅子に座って完全に眠っていた。

まぁ侵入者があれば警報が鳴るはずなので、洞窟内部の警戒にはどうしても油断が出てしまうのだろう。

「ま、俺らにしちゃありがたいけどな。もう少し深く眠ってもらうか」

すぐ近くで囁《ささや》かれた敏樹の声も、だらしなく眠る見張りの耳には届かない。

敏樹は〈影の王〉の効果を付与しつつ【昏倒《こんとう》】という魔術を見張りの男にかけた。

「うおっ……っとぉ」

充分だらしない姿勢だった男の身体《からだ》からさらに力が抜け、危うく椅子から転げ落ちそうになるのを支え、姿勢を調整した。

「ついでに魔力も貰《もら》っとこう」

姿勢を調整するために触ったついでに、敏樹は男の魔力を吸収した。

これで魔術の効果が切れても当分の間は目をさますことはあるまい。

敏樹はドアに触れて〈音遮断〉の効果を付与し、閂《かんぬき》を外してドアを開けた。

金属製のドアは閂を外すときも、ドア自体を動かすときもかなり大きな音が鳴ったが、それらは敏樹とロロア以外には聞こえない。

部屋に入ったあと、敏樹はドアを閉め、一部が格子になっていたのでそこから手を突っ込んで閂をかけ直した。

「暗いな……」

「ですね」

そこは鉄格子のある牢屋《ろうや》だった。

照明器具もなければ窓もないので、中は真っ暗である。

部屋の中と外を仕切る壁は天然の洞窟を利用しているだけあってかなり分厚く、そこに扉の分だけくり抜いたような形になっている。

「扉のあたりにだけ〈音遮断〉付与しときゃいいか」

壁から音が漏れることがないと判断した敏樹は、扉とその周辺にだけ〈音遮断〉の効果を付与し直した。

効果と範囲を限定することで、魔力消費はかなり抑えることができるのだ。

「じゃあ、手、離すよ」

「……はい」

少し名残惜しげな返事だったが、敏樹は気づかないふりをしてロロアの手を離し、〈影の王〉を解除した。

部屋の中に山賊の一味がいないことは事前に『情報閲覧』で確認済みである。

「だれだっ⁉　いつからそこに……？」

鉄格子の向こう側から誰何《すいか》の声が飛ぶ。敏樹は【灯火】の魔術を使い、ひとまず室内に明かりを灯した。

「くっ……‼」

明るくなりすぎないよう光量を調整したので、眠っている者は反応しなかったが、起きていたものは眩《まぶ》しそうに目をかばった。

牢屋はふたつに区切られており、男女に分けられているようである。

男性のほうは蜥蜴《とかげ》頭の水精人が五人。

女性のほうは一一人で、ヒトや獣人、ハーフエルフなど多様な人類種に加え、獣の因子が少ない水精人が二名含まれていた。

　全員が簡素なローブを着せられていた。

「ゲレウさん……？」

「……ロロアか？」

　先ほど声を発した男はどうやらロロアの知り合いであるらしい。

　いや、ここにいる男がすべて水精人で、ロロアの集落から連れ去られた者ばかりなのだから、少なくとも男性のほうには知り合いしかいないのだが。

　ロロアが鉄格子の前に駆け寄ると、ゲレウと呼ばれた蜥蜴頭の男もしっかりとした足取りでロロアの前に移動した。

「ロロア、どうして？」

「あの……」

　そこで口ごもったロロアは、申し訳無さそうな表情で敏樹のほうを見た。

　その視線を受け、敏樹は優しく微笑《ほほえ》み、頷《うなず》いた。ロロアは敏樹に頭を下げると、再びゲレウに向き直った。

「みなさんを助けに来ました‼」

＊＊＊＊＊＊＊

　ロロアはここに至るまでの経緯をゲレウに説明し、ときおり敏樹がそれを補足した。

その話し声で何人かは目を覚ましたが、男性のほうはともかく、女性のほうは敏樹をかなり警戒しているようだった。

このような所に囚われている以上、どのような目に遭っているのかは想像に難くない。

男性であるというだけで警戒しても仕方のないことなのだろう。

「よくぞロロアを救ってくださった。トシキ殿、改めてお礼を」

「いえ、俺がそうしたかっただけですから」

「ふむ。しかしここから出ると言うが一体どうやって？　少人数ならともかくこれだけの人数となると……。それにこの牢《ろう》をどうする？」

「転移がありますから」

念のため〈拠点転移〉の同行条件を再度調べなおしてみたところ、〃使用者に直接触れるか、一〇センチ以内の距離で間接的に触れること〃という条件を確認できた。

おそらく間接的な接触に関しては、衣服や装備越しでも触っていれば同行者と見なされるようにするためのものだろう。

幸いお互いを隔てているのは鉄格子なので、敏樹が手を突っ込むなりして触れてもらえば問題なく転移を発動できるだろう。

「ただ、全員を一気にというのは厳しいですね。魔力が足りない」

前回〈拠点転移〉で集落に戻ってまだ二時間ほどしか経《た》っておらず、いま〈拠点転移〉を発動するには魔力を消費する必要がある。

消費魔力は転移先の距離と同行者の人数で変わってくるのだが、『情報閲覧』で算出したところ集落まで転移する場合、いまのＭＰだと六人が限度だということがわかっている。

ロロアの他に五人でＭＰは枯渇するわけだが……。

「そういうことなら女性たちを優先させて欲しい」

とゲレウが申し出るのは自然な流れであろう。

「助かるとわかってあと半日耐えるのは相当キツいものがあるはずだ。助けられるなら一秒でも早く解放してやりたい」

「しかし……」

「なに、俺たちは連中にとって大事な商品だから、あまり傷つけられることはない。食事も不要だしな。それに、トシキ殿に少し確認したいことがあるのだが」

「なんでしょう？」

「この山賊団を潰《つぶ》すと言ったな？」

「ええ、まあ」

「だったら……」

と、ゲレウからの確認や提案を受けた敏樹は、ひとまず彼らをここに置いていくことにした。

「では足りない魔力は我々のものを。どうせ日がな寝ているだけだから、気絶するまで持っていってくれてかまわんよ」

「後日のこともありますし、ほどほどにしておきますよ」

五人の水精人から魔力を提供してもらい、さらに手持ちの魔石から魔力を吸収したところで、女性たち全員を同行できるようになった。

準備を終えた敏樹は、鉄格子の前にしゃがみ両腕を牢屋内に突っ込んだ。

「じゃあ、適当に触ってください。触りたくなければ服をつまむとかでもいいんで」

敏樹が鉄格子の前に立った時点で中の女性たちの大半が一時後ずさったが、ひとりふたりと敏樹の腕に触ったり服をつまんだりしている内に残りの女性たちも安心したのか、身を寄せ合って敏樹の腕に集まってきた。

ただ、ひとりだけ立ち上がれないのか這《は》い寄《よ》ってくる女性がいた。

立ち上がれないどころか両腕も動かないようで、言い方は悪いが芋虫のように身体をよじらせてなんとか移動していた。

何人かの女性が手助けしようとしたが、その女性は首を振って拒否し、自力で敏樹の元に訪れると、口を開けて彼の指を咥《くわ》えた。

「っ⁉」

咥えられた指には歯の感触が伝わってこなかった。

見れば上下とも前歯から犬歯のあたりまですべての歯が抜かれているようだった。

その理由がなんとなくわかるだけに、敏樹は山賊どもに対して胸くそ悪い思いを抱く。

「ゲレウさん、後ほど」

「ああ。トシキ殿、頼んだぞ」

「では、集落に帰らせていただきます！」

全員が自分に触れていることを確認した敏樹は、集落に向けて〈拠点転移〉を発動した。

＊＊＊＊＊＊＊＊＊

「もう、離しても大丈夫ですよ」

突然景色が変わったことに声を上げることもできず驚く女性たちに、敏樹は優しく声をかけた。

「ああ……ほんとうに……？」

「もう、外なの？」

「……うそ、こんな簡単に……」

女性たちは戸惑いつつも、敏樹から離れ、周りを見回したり、壁も鉄格子もない広場をふらふらと歩いたりし始めた。

やがて実感がわいてきたのか、大声を上げて泣き始めたり、手を取り合い、あるいは抱き合って感涙にむせぶ者もいた。

最後に残ったのは敏樹の指を咥えていた女性だった。

身を起こして敏樹の指を咥えていたのだが、力尽きたのか指を離してその場に倒れそうになった。

「おっと……」

このまま地べたに倒すのもかわいそうだと思い、敏樹は咄嗟《とっさ》に踏み込んで女性の肩を抱いて支えた。

自分が抱えられたことに気付いたその女性は、敏樹のほうを見上げ、ゆっくりと口を動かし始めた。

「あ……ぃ……が……おぉ……」

彼女はそう言って力なく笑ったあと、目を閉じてぐったりと敏樹に身を預けた。

と視線を動かすと、その女性の頭にぴょこんと立つ犬耳が見えた。

「……ロロア」

「はい」

ロロアは敏樹のすぐ近くで心配そうにその様子を見ていた。

「この娘、ロロアのテントに入れてやってもいいかな?」

「はい、もちろん」

敏樹は犬耳の女性を抱き上げてロロアのテントに入り、マットレスを敷いて横たえてやった。

穏やかに寝息を立てる彼女に毛布を掛けたあと、ロロアのテントを出てテント近くの広場へむかう。

そして〈格納庫《ハンガー》〉からワンタッチ式のテントをふたつ取り出して組み立てた。

明け方のまだ寒い時間帯である。

いまは興奮であまり寒さを感じないかもしれないが、いずれつらくなってくるだろう。

敏樹は組み上がったテントを適当に固定し、中に布団やクッションを置いていった。

二人用のテントだが、詰めれば三~四人は入れるだろう。

一時的に寒さをしのぐだけならロロアのテントと合わせてこれで充分だと思われる。

女性たちはその敏樹の様子を、遠巻きに、少し怯《おび》えたように見ていた。

「ロロア、あとは任せた」

「はい」

「俺はグロウさんのところへ報告に行ってくる」

もう少し落ち着くまでは、この場に男である敏樹はいないほうがいいだろうと思い、敏樹はロロアに後を任せてその場を去った。


敏樹がロロアのテントを離れてグロウの家に向かっていると、進行方向から数人の住人がこちらに向かってくるのが見えた。先頭にいるのはどうやらグロウの息子のゴラウらしい。

「トシキさん⁉　どうして……」

「いや、ゴラウさんこそ」

「僕は、なにやらこっちから声や物音が聞こえてきたので様子を見に……。じゃあもしかしてロロアは？」

「ええ、無事救出しましたよ。他にも――」

「エルア⁉」「ニリアッ‼」

突然、ゴラウ一行の中から声が上がった。敏樹が後ろを見ると、救出した水精人の女性ふたりがそのあとについてきていたのだった。

「トウサン‼」「ア……アナタァ‼」

ふたりは家族の元に駆け寄り、抱き合って帰還を喜んだ。

よくよく考えれば彼女たちにとってここは実家であり、わざわざ集落の外れにとどまる必要はない。

であれば、もっと早く帰るよう促してやればよかったと、敏樹は少し反省した。

「トシキさん、これは……？」

「ちょっとアジトに忍び込んで、囚われていた女性たちを助けてきました」

「助けてきました、ってそんなこともなげに……。じゃあ他の住人も？」

ゴラウの言葉に敏樹は首を横に振る。

「さすがに全員は無理だったので、ゲレウさんの頼みで今回は女性だけを。ここの住人はそちらのお二人だけでした」

「そうですか、ゲレウが……」

「で、いろいろとグロウさんに報告と相談をしたいんですが……」

「じゅあ、一緒に行きましょう」

「ああ、それから。ロロアの家の近くに救出した女性達を休ませています。できれば男性は近づけないようにしてください」

「わかりました。みんなに申し伝えておきます」

ゴラウは同行した者たちに指示を伝えると、敏樹を連れてグロウの待つ長の家へ向かった。


「トシキよ、ロロアを助けてくれてありがとう。まずは礼を言わせてもらう」

そう言ってグロウは深々と頭を下げた。彼の希望で家の中にはいま敏樹とグロウしかいない。

「しかし、その上で言わせてもらう。なぜ戻ってきた？」

「ロロアがそれを望んだからですよ。あなたたちの犠牲の上にある人生なんかじゃあの娘は幸せになれない」

「むぅ……」

「それに俺だって随分と世話になったんです。見殺しにして、はいさようならなんて無理ですよ」

「だが……、ではどうするのだ？　このままだと奴らはまだ来るぞ？」

「ええ。なので、とりあえずあの山賊団は潰そうと思います」

「は？」

表情の読みづらい蜥蜴《とかげ》頭ではあるが、口をぽかんと開けているいまのグロウは、呆《ほう》けているのがまるわかりのなんとも間抜けな表情であり、敏樹は吹き出しそうになるのをこらえた。

「アレを潰してそのあと何が出てくるかはわかりませんがね。鬼が出ようと蛇が出ようとその都度叩《たた》き潰せばいいのかなって」

「むむ……」

グロウが腕を組んで頭をひねっていると、突然入り口のドアが勢いよく開け放たれた。

「父さん、やろう‼」

「な……ゴラウ⁉」

扉を開けて現れたのは、グロウの息子ゴラウ……だけではなかった。

「長、もう俺たちも我慢の限界です」

「オサ‼　タタカイマショウ‼」

「長っ‼」

「オサッ‼」

と、一〇名を超える住人がゴラウの後ろに控えていた。

「お主ら……」

「グロウさん。恒久的にではないにせよ、この集落がある程度平和にならないと、ロロアはここを出ませんよ?」

「むう……。では……、やるか」

「おおっ!!」

集まった住人から歓声があがる。

「できるかぎり俺も協力させてもらいますよ」

敏樹は集まった住人たちに作戦の概要を伝えた。

「みなさんがその気になれば二〇〇人やそこらの山賊団なんて簡単に潰せると思うんですけどね。どうせならこっちの犠牲は少ないほうがいいでしょう」

「ふむ……。しかしトシキの負担が大きすぎやせんか?」

「なんの。これまでお世話になった分のお返しだと思えばどうってことないですよ」

住人達から心配げな、あるいは申し訳なさそうな視線を受けた敏樹だったが、彼は気負う様子もなく笑って応えるのだった。

＊＊＊＊＊＊＊＊＊

「トシキさん、連れてきましたけど……」

敏樹の前に現れたロロアは、例の犬耳の女性を抱えていた。

女性のほうは目覚めており、手足はだらんとたらしているが体幹には力が入るようで、身を寄せるようにロロアへと身体を預け、敏樹に不安げな視線を向けている。

あのあと軽く話し合いを終えた敏樹は、グロウに頼んでロロアへ使いをよこし、犬耳の女性を連れてきてもらったのだった。

「ありがとう。こっちへ」

これまでに集落の住人は二〇名以上が連れ去られており、集落内には空き家状態のテントがいくつかあった。

そのうちのひとつを使わせてもらうようグロウに許可を取り、【浄化】という生活魔術で綺麗《きれい》にしたあと、マットレスを準備していた。

「ここに寝かせてもらえるかな」

「はい」

ロロアは犬耳の女性を慎重に横たえる。

「あうっ……」

「あっ……ごめんなさい」

マットレスに身体を乗せた瞬間、犬耳の女性の顔が苦痛に歪《ゆが》む。

ロロアは咄嗟に謝ったが、女性のほうは気にするなとでも言ったような表情で首を横に振った。

「しかしひどいな。なんでこの娘だけ……」

「……他の人たちから聞いたんですが」

この女性、とにかく気が強く、最後まで反抗的な態度を崩さなかったらしい。

最初の内は泣いて謝って許しを請うていたようだが、それが無駄と悟ってからはひたすら反抗を続けたようだ。

あまりにも抵抗が激しかったため、手足の指を折られ、腱を切られて動きを封じられたが、それでも抵抗を止めず、とある山賊の一部を咬《か》みちぎったことで歯を抜かれ、舌の一部を切り取られたのだとか。

それだけ酷い目に遭っておきながら、彼女の目からはまだ光が消えていなかった。

とても強い女性なのだろう。

それでも安全な場所に出て張り詰めていた緊張が解けたのか、敏樹が軽く肩に手を置いただけでビクンと体を震わせ、ロロアから聞いたような気の強さはなりを潜めて、ただただ怯えた視線を敏樹に向けるのだった。

「んん……むぅ……うぅ……」

「大丈夫、酷いことはしないから怖がらないで」

犬耳の女性は敏樹から逃れようと身体を仰け反らせ、目尻《めじり》に涙をためて小刻みに首を横に振った。

敏樹は肩に手を置いたままタブレットＰＣを取り出し、思念で『パーティ編成』メニューを開いてフレームに彼女を収めた。

《シーラ　をパーティに加えますか？》と表示されたため、迷わず《はい》をタップする。

「シーラっていうんだな」

「っ⁉」

突然名前を呼ばれたことにシーラは驚き、そして表情が怯えから警戒に変わる。

そのせいかシーラの目に少し力が戻ったのを感じた敏樹は、これ以上なだめるのをやめて本題に入ることにした。

「さて、シーラがこの先どういう人生を歩むにせよ、身体《からだ》はしっかりと治しておかないとな」

その言葉に、シーラの目が大きく見開かれた。

「俺なら君の身体を元に戻せる」

「あ……あ……」

シーラの目がさらに大きく開かれ、口内を見られたくないと思ってかずっと閉ざされた口がぽかんと開かれた。

敏樹の背後では驚きのあまりロロアが息をのむ音が聞こえた。

魔術が発達したこの世界では、病気や怪我《けが》の治療を行なう術もかなり発達していた。

原理は魔術と同じものではあるが、治療や回復に関わるものは特別に回復術と呼ばれ、魔術とは異なるものとして人々に認識されている。

その管理元である組織も異なり、魔術の管理は魔術師ギルドが、回復術の管理は治療士ギルドが行なっているのだが、ここでの詳細説明は省略させていただく。

大抵の怪我や病気は回復術で治せるが、欠損の再生だけは不可能である……ということになっている。

しかし実際のところ治療士ギルドのごく一部の者のみが欠損再生も可能な回復術の存在を知っている。

ただし、あまりに高度な術式のため習得できる者がほとんどおらず、それは回復術というよりも奇跡と呼ぶにふさわしいものであった。

その奇跡の技を、敏樹はポイントを消費して〈全魔術〉というスキルにチェックを入れることで習得していたのだった。

「ただし、これだけボロボロになった身体を戻す以上、それ相応の傷みや苦しみがある」

欠損、あるいは損傷部位の再生を行なうということは、死滅した、あるいは機能が停止した細胞や神経を作り替える必要がある。その工程で相当な痛みに耐えなくてはならないということを、敏樹は『情報閲覧』で確認していた。

指の一本を再生するだけでも、常人なら正気を失うほどの痛みを伴うらしいが、そのあたりも自分ならフォローできるという確信が、敏樹にはあった。

「もしかすると死んだほうがマシってくらい、つらいかもしれないけど――」

そこまで言ったところでシーラは身体を起こし、敏樹に身を預けてきた。

敏樹を見る目には力が戻り、口は固く結ばれている。

「よし、じゃあ始めるか」

敏樹は唯一『聖級』と呼ばれる最高ランクの回復術【癒やしの光】を発動した。

「くっ……」

めまいを覚え意識が遠のきそうになるのを必死でこらえながら、敏樹は術をかけつづけた。

高度な回復術だけあって、消費魔力量も尋常ではないが、そのための魔力はさきほどグロウの家に集まっていた住人から譲り受けていた。

さすが精人だけあって魔力の回復量が多いのか、前回かなりの魔力を融通してもらってそれほど経《た》っていないにもかかわらず、今回も相当な量の魔力をもらえた。

集落とは関係のない人間の女性に使うという事情を説明したが、彼らは快く力を貸してくれたのだった。

「あぁ……う……ぐぐぅ………ぎゃあああああああああああっ‼」

最初は淡い光に包まれ穏やかな表情を浮かべていたシーラだったが、やがて苦悶《くもん》に歪み始め、そして絶叫をあげた。

こうなることは事前に予想がついていたので、テントに対して〈音遮断〉の効果を付与しており、彼女の悲鳴はこのテント内にのみ響くのだった。

敏樹はその苦痛を少しでも和らげるべく、タブレットPCを使って〈苦痛耐性〉と〈精神耐性〉のスキルレベルを上げていった。

このために、先ほど彼女をパーティに加えたのである。

もともと長い監禁生活のせいかそれらのスキルを習得していたシーラは、悲しいかなその監禁生活のおかげでかなり多くのポイント所有していた。

各スキルもパーティに加えた時点ですでにレベルアップ可能な状態だったので、【癒やしの光】発動前にまずスキルレベルをアップさせていたのだが、発動から数十秒でさらにレベルアップが可能な状態になった。

その後も適宜レベルアップを行なっていった結果、〈苦痛耐性〉はレベル9に、〈精神耐性〉はレベル8まで上がった。

そのおかげか、シーラはうめき声を上げる程度で、最初のように絶叫することはなくなった。

「もう少しか……」

敏樹が【癒やしの光】を使っておよそ二時間が経過している。

「んぁっ……ふぐぅ………」

回復が順調に終わりかけているのか、あるいは耐性スキルが上手《うま》く作用しているのか、シーラはときおりくぐもったうめきを上げてわずかに身じろぎする程度にまで落ち着いた。

「んぅ……すぅ……すぅ……」

さらに一時間が経過し、ときおり短くうめくものの、シーラは寝息のような等間隔で穏やかな呼吸を始めた。

シーラのローブやマットレスがぐっしょりと汗に濡《ぬ》れているのを見て取った敏樹は、シーラを抱え上げると、汗まみれのマットレスに足で触れて〈格納庫《ハンガー》〉に入れ、その機能をつかって綺麗にした。

抱え上げたシーラに【浄化】をかけてやると、汗まみれだった身体とローブが綺麗になった。

そのおかげか表情も少し穏やかになり、半開きになっている口からは、綺麗に生えそろった歯が見えていた。

マットレスを置き直した敏樹は、その上にシーラを横たえ、タオルケットを掛けてやった。

「ロロア、〈格納庫〉の中の物を使っていいから、あとは任せてもいいかな?」

「はい」

ロロアに開放している〈格納庫〉の共有スペースには、日本で購入した日用品や衣類が収納されているので、それを使えばある程度の看護は可能であろう。

随分苦しそうな状態だったが、ようやく穏やかな寝顔を見せるようになったシーラを見て、ロロアは安堵《あんど》したように息を吐いた。

ロロアはシーラの傍らにしゃがみ込むと、〈格納庫〉からタオルと水のタンクを取り出す。そしてタンクの水でタオルを濡らし、シーラの額に置いた。

「じゃあ、あと頼むな」

「はい。お疲れさまでした」

テントを出た敏樹は少しフラフラとした足取りでグロウの家に行き、部屋の一角を借りて眠りについた。

＊＊＊＊＊＊＊＊

翌日、朝早くに目を覚ました敏樹は、グロウの家でタブレットＰＣをずっと眺めていた。

『情報閲覧』を使って山賊の様子を観察しているのである。

「トシキよ、かなり疲れているように見えるが大丈夫か？」

「あー、はい……」

力の無い返事をした敏樹は、顔は青く目は充血し、いささか頬がこけているように見えた。

敏樹がタブレットＰＣを見始めてかなりの時間が経っていたが、その間敏樹は一度も休んでいない。

このタブレットPCは起動しているだけで一分に一パーセントのMPを消費し、『情報閲覧』を立ち上げると同じペースでHPをも消費するようになる。

そして残りHPが三〇パーセントを切ると『情報閲覧』を起動できなくなり、MPが三〇パーセントを切った時点でタブレットPCは強制終了される。

本来ならば万全の状態であっても七〇分以上の連続使用はできないのだが、敏樹は〈魔力吸収〉で魔石を吸収しながらMPを増やし、さらに回復術でHPを回復させながら、何時間ものあいだ山賊の様子を観察し続けていたのである。

いくら〈無病息災〉という高性能なスキルを持っていようと、このようなことを長時間続けていれば体調を崩してもおかしくない。

実際敏樹の頭は朦朧《もうろう》としており、そろそろまともな思考もできなくなりつつあった。

「……当分は大丈夫か」

しかしその甲斐《かい》あってか、山賊たちの動きをある程度予想できるだけの情報を得ることができた。

山賊たちは女性たちがいなくなったことにひどく驚き、そして怒っているようだった。

同室のゲレウたちはもちろん尋問されたが「朝起きたらいなかった。夜は眠っていたのでわからない」と答えており、実際に見張りの男や魔力感知器を含めて誰も何も反応を示していないことから、その答えを疑う余地はないと判断したようである。

ただ、部屋の前で深々と眠りに落ちていた見張りの男はこっぴどく処罰されたようだが。

ロロアを連れ去っていったふたりの男に関しては「そろそろ戻ってくるかな」ぐらいの様子で待っているようだった。

水精人でもいいのでせめてひとりでも女性を連れて帰ってくれれば……と淡い期待を抱いている者もいるようだが、残念ながら彼らが戻ってくることはない。

仮にあのふたりが帰ってこなかったところで、今回の女性救出――山賊連中にしてみれば集団失《しっ》踪《そう》――の件と例のふたりが帰ってこないことを結びつけることは困難であり、山賊たちはしばらくのあいだ集団失踪の調査にかかりきりになると予想された。

「くぁ……」

グロウの家を出ると、あたりはすっかり暗くなっていた。

長の家の前はかなり広い集会場のようなスペースがあるのだが、いまは誰もいなかった。

何も無いだだっ広いだけの広場の中央までフラフラと歩いた敏樹は、どっかりと腰を下ろした。

「はあぁぁぁ……」

「そんな深いため息ついてちゃ、一生分の幸せが逃げるぞ、おっさん」

「ん？」

突然の声に振り返ると、そこには犬耳の女性、シーラが立っていた。

「えっと、シーラさんだっけ？」

「シーラでいいよ」

「あー、うん。えっと、もう動いて大丈夫？」

「ああ、おかげさまでね」

「ってか、その格好……」

救出した女性達は、いまだにローブを着ている者が多い。

おそらく肌をさらすのが嫌なのだろう。

しかし目の前のシーラは、タンクトップにハーフパンツという格好で、ほどよく日に焼けたような色合いの健康的な腕や脚を惜しげもなくさらしていた。

「ああ、これ。ロロアに借りたの」

よく見ればそれは敏樹がロロアへの土産として買ってやったものだった。

「……上になんか羽織ったら？」

「はは……。悪いけど、あんまり身体を覆われるのは好きじゃないんだ。これだって本当はもっと短いほうがありがたいんだけどね」

シーラは膝上《ひざうえ》辺りに広がっているハーフパンツの裾《すそ》をつまんでひらひらさせながら、敏樹の近くに歩み寄り、彼の隣に座った。

「ありがとう。あんたのおかげであたしは生き返ることができた」

座るなりシーラが敏樹に告げる。

「生き返るって……」

「あそこでのあたしは死んでたようなもんさ。あのまま山賊どものおもちゃにされてただ死を待つだけの人生なんてね」

「……ごめん。俺にはよくわからん」

「別にあんたがどう思おうが関係ないよ。あたしが勝手に恩を感じてるだけだから」

そう言ってシーラは敏樹に身体ごと向き直った。

「だから、ちゃんと言わせて欲しい」

そしてシーラは地面に手をつき、頭を下げた。

「助けて出してくれてありがとう。身体を治してくれてありがとう」

「……よしてくれよ。せっかく助けた人がそのあと不幸になりました、じゃ後味悪いってだけで、善意とかそういうのがあるわけじゃないんだから」

シーラが頭を上げ、そしてにっこりと笑う。

「さっきも言ったろ。あんたがどう思おうと関係ないって」

「む……。でも、つらかっただろ？」

敏樹は【癒やしの光】を受けて、苦痛にのたうち回るシーラの姿を思い出した。

「はは、このまま死ぬんじゃないかってぐらい痛かったね」

「……ごめんな」

「なんで謝るのさ。おかげでほら、こうやって自分の足で立って歩ける」

シーラはさっと立ち上がり、軽快に歩いて敏樹の背後に回った。そしてそのままあぐらをかく敏樹の後ろに膝《ひざ》をつき、彼の身体に腕を回した。

「……こうやって恩人に抱きつくことができる」

「ちょ……、おい……？」

突然後ろから抱きつかれた敏樹は狼狽《ろうばい》した。

背中に当たる感触は、ロロアのそれには遠くおよばないものの、それでも女性特有の柔らかさがあった。

後ろから抱きついたシーラだったが、彼女は数秒で離れ、敏樹の肩をポンとたたいた。

「なーに興奮してんだよ、このエロおやじ」

「う、うるさい」

再び立ち上がったシーラは、軽く膝を手で払った。

「ほんと、すっごく痛かったけどさ。それでもおっさんがいてくれたから耐えることができたと思うよ」

「……あれは、シーラが頑張ったから」

「でも、途中何度かくじけそうになったんだよ？　そのたびに、あんたが力をくれたような気がするのさ」

タブレットＰＣで〈痛覚耐性〉や〈精神耐性〉のレベルを上げていたことを敏樹は思い出したが、それについては何も言わないことにした。

「だからさ……。ほかの娘たちも救ってやってくれないかな？」

振り向くと、シーラがすがるような目を敏樹に向けていた。

「あたしを救ってくれたみたいにさ……」

犬耳をペタンと寝かせ、まさに子犬のような目を向けてくるシーラの姿に、敏樹は少し胸を締めつけられるのを感じた。

「ふぅ……。よっこらせっと」

立ち上がった敏樹はシーラの元に歩み寄り、ポンと頭に手を置いた。

寝ていた犬耳がぴょこんと起き上がる。

そうやってシーラの頭に手を置いたまま、敏樹は女性たちを救出した直後のことを思い出していた。

集落に着いた直後は皆一様に驚きつつも嬉《うれ》しそうにしていたが、少し落ち着いたところで敏樹から距離を置き始めた。そして恐怖と嫌悪に満ちた視線を向けられた敏樹は、少しばかり居心地の悪い思いをしたものだが、だからといって彼女たちを責めるつもりはない。彼女たちがどんな目に遭ったかを考えれば、それは仕方が無いことだからだ。

ただ、この先彼女たちがああやって男性に怯《おび》え続けなければならないのかと思うと、どうにもやるせなくなってくるのだった。

「なぁ……、いつまで頭、触ってんの……よぅ……」

シーラが少し不機嫌そうに、しかしどこか困惑したような視線を上目遣いに向けてきた。

「あ、ごめん。考え事してた」

敏樹が慌てて手をどけると、シーラは視線を逸らして口を尖《とが》らせた。

「べ、べつに……、嫌とは、いってない、けど……」

どこか名残惜しげな表情のなか漏れたそのつぶやきは、あまりに小さすぎて敏樹の耳には届かなかった。

「……ま、このままだと後味は悪いよな」

独り言なのかシーラに語りかけたのか、そんな言葉を残して敏樹はグロウの家のほうに去って行った。

その場に残されたシーラは敏樹に触られたあたりを手で押さえ、長い毛に包まれた尻尾《しっぽ》をパタパタと振るのだった。

＊＊＊＊＊＊＊＊

「なるほど、〈精神耐性〉のレベルを上げると、精神的ダメージの回復につながるのか……」

再度グロウの家で眠らせてもらったあと、目覚めた敏樹は救出した女性たちをなんとかできないか考えあぐねていた。

そして、そのヒントはシーラにあると考えたのである。

シーラは女性たちの中で最も酷い状態だった。

肉体的には言うまでもないが、精神的なダメージも相当酷かったはずである。

実際回復前に敏樹が近づいたときは、相当怯えていたのだ。

それが昨夜は当たり前のように話し、嫌悪と恐怖の対象であるはずの男である敏樹に後ろからとはいえ抱きついていたのである。

となれば考えられるのは回復魔術の【癒やしの光】か、回復の過程で襲い来る激痛を耐えるために与えたスキルのどちらかが有効に作用したのだろう。

そこでまず敏樹は、精神的なダメージの回復に役立つ魔術がないかを『情報閲覧』で調べてみたのだが、残念ながらいまだ魔術は人の心を癒やすには至らないらしいことがわかった。

肉体的な傷を治すことで間接的に精神を癒やすことはあっても、傷ついた精神に直接作用する魔術はないらしい。

ならばあとはスキルだろうとさらに調査を進めた結果、〈精神耐性〉のレベルを上げることで精神的なダメージの回復につながるという情報を得ることが出来たのだった。

『情報閲覧』によれば、精神も肉体同様放っておけば自然に回復するものらしい。

しかし肉体と違って精神というのは意図的に休ませるのが困難だという。例えばつらい経験をした人は、望むと望まざるとにかかわらず、そのつらい経験を思い出してしまい、思い出す度にまた精神が傷ついていく。

そのつらい記憶を思い出しても傷つかないだけの耐性を手に入れてしまえば、後は時間とともに壊れた精神は癒やされるのだとか。

「へええ……」

ただし、これら精神云々《うんぬん》の話はこちらの世界にしか通用しないことかもしれない。

『情報閲覧』はあくまでこちらの世界の情報を網羅しているに過ぎないのだ。

魔法というものが存在し、その影響を受けながら歴史を紡いできた人類と、まったく異なる文明とともに発展してきた元の世界の人類との間で、精神構造に根本的な差異があっても不思議ではない。

「トシキよ、そろそろよいか?」

「あ、はい。大丈夫です」

グロウに促されて立ち上がり、彼について家を出ると、そこにはロロアが立っていた。

「あ、あの……トシキさん。みんなから伝言が」

「みんな?」

「トシキさんが山賊から助けた――」

「ああ、俺たちが助けた、な。えっと、伝言って？」

「〝ありがとうございました〟と」

「ん？」

「その……、みんな、まだトシキさんにお礼を言ってないというか……言えないというか……。だから代わりに伝えて欲しいって」

あのとき。彼女たちを助けて集落に着いたとき。彼女たちは怯えるように怖れるように遠巻きに敏樹を見ていた。しかしいま思い返すと、皆一様に戸惑いがあったように思える。それは恩人である敏樹に礼のひとつも言えないことに対する申し訳なさのようなものではないだろうか。

「そうか……」

別に感謝されたくて彼女たちを助けたわけではない。ただ見過ごせなかったというだけのことである。

だとしても、この先ずっと彼女たちにそのような想いを抱かせたまま過ごさせるというのは、どうにも後味が悪い。せっかく助けたのだ。どうせならこの先いい人生を送ってもらいたいものだ。

「あの、ところでこれは……？」

家の前の集会場に、そこに集落の住人の、おそらく全員が集まっていた。

その八割ほどが蜥蜴《とかげ》頭であり、その蜥蜴頭の水精人が数十人ひしめき合っているというのはなかなかに壮観であった。

「うん。ちょっとみんなに集まってもらって――、そうだ。悪いけど彼女たちも呼んできてくれないかな」

「わ、わかりました」

物々しい雰囲気と、どこか真剣な敏樹の様子に押され、ロロアは慌てて自分のテントのほうへと走った。

「トシキ殿、全員集まっています」

集合した住人の中から、ゴラウが進み出てそう告げた。

「わかりました。少し待ってください」

しばらく待ち、ロロアが女性たちを連れて住人の少し後ろに待機したのが見えた。

女性たちはただ事では無い雰囲気を感じ取って怯えてはいたが、ロロアが彼女たちの精神的な支柱になっているのか、なんとか踏みとどまっていた。

「みなさま、お世話になっております。トシキです！」

女性たちがそろったところで、敏樹は全員に声が届くようまずは挨拶《あいさつ》をした。

どこか場違いな挨拶ではあったが、普通の社会人にできるのはこれが精一杯だろう。

「先日俺とロロアで山賊のアジトに忍び込み、一部人質のみなさんの救出をしたのはご存じかと思います」

住人たちがどよめく。敏樹自身はグロウとゴラウ、帰還時にゴラウとともにいた一部の住人に対してのみ正式に報告していたが、狭い集落なのでその事実は全員が知っていた。

「それ以降、俺が調べた山賊たちの状況をお知らせします」

そこで敏樹は、昨日ふらふらになりながら調べ上げた情報を朗々と話し始めた。

未だ囚われているゲレウたちには危害を加えられていないこと、今回の救出劇と集落との関連はまだ疑われていないことなどである。

「連中が動くにはまだ時間があると思います。なのでそのあいだ、しっかりと準備を進めましょう。そのお手伝いはさせてもらいます。なので時機が来たら――」

そこで言葉を区切り、敏樹は集まった人たちをぐるりと見回した。そして大きく息を吸う。

「山賊団・森の野狼を叩《たた》き潰《つぶ》しましょう‼」

おおー‼　とゴラウを中心とした十数名の住人から歓声があがる。しかし大半の住人は不安のほうが大きいようである。

「みなさん。何が不安ですか？　アジトの場所がわからない？　俺とロロアはそのアジトに潜入しました。誰にも気付かれずにたどり着ける方法もルートもわかっています」

その言葉に、住人の間からざわめきが起こる。そう、いままでこの集落が森の野狼に逆らえなかった最大の要因はそこにあった。

なんどか一部の武闘派が集落から帰る山賊一味を追跡して襲撃をかけようとしたのだが、なぜか事前に察知され、森のゲリラ戦で撃退されていたのである。そのときに多くの住人が囚われ、あるいは命を落としたため、それ以降はほぼ言いなりの状態であった。

しかし敏樹とロロアは実際にアジトへ忍び込み、十数名の人質の救出に成功しているのだ。これは、はったりでも何でもないのである。

「武器が足りない？」

そう言ったあと、敏樹は予備も含めた片手斧槍《ハンドハルバード》四丁、トンガ戟《げき》二丁、ダガーナイフ八本、コンパウンドボウ五張と矢を百本以上、なんとなく使えそうだと思って持っていたサバイバルナイフなどを〈格納庫《ハンガー》〉から取り出し、地面に並べた。

「俺が用意しましょう！　戦い方も俺がなんとかしましょう。というか、そもそもみなさんが本気になれば二〇〇人そこらの山賊団なんてひとひねりでしょう」

それもまた事実である。精人の能力は人類を遥《はる》かに上回るのだ。多少の犠牲を覚悟するのなら、五〇人いれば素手であっても制圧できるはずである。

「あとは……連中の後ろにいる奴らが怖いですか？」

これも大きな懸案事項である。森の野狼のバックには、なにやら大きな権力がひかえているようだった。そこを下手に刺激することで、精人と人類とが敵対するようなことになっては困るのだ。

「ご心配なく。この世界にあるどの国も、精人のみなさんを害することは法で禁じられています。である以上、義は俺たちにあるんです」

これも『情報閲覧』によって調べ上げた事実である。精人を害しようなどというのは、人類の内でもごく少数であり、だからこそそういった連中は山賊などという非合法な組織を使わざるを得ないのだ。

「森の野狼を殲滅《せんめつ》すればそのバックにいる連中は当分の間動けません。それに、どういう人物や組織が後ろにいるかもすべて調べ上げています。なら、そういった連中が妙な動きを見せたら、片っ端から潰していけばいいだけです」

そこでもう一度敏樹は集まった人たちをぐるりと見回した。

「もう一度言います。森の野狼を潰しましょう!!」

『おおおおおおぉぉぉぉぉ!!』

怒濤《どとう》のような歓声が上がった。

＊＊＊＊＊＊＊＊

ロロアのテント近くの空き地に女性たちが並んでいた。

先ほどの集会が終わり、ある程度住人たちの熱が収まったところで、敏樹の指示によりロロアが彼女らを集め、横一列に並ばせていたのだった。

これから何が起こるのかと戸惑っている女性も多いが、こちらに来てから彼女らをかいがいしく世話したロロアに対する女性たちの信頼は篤い。

戸惑いはするが、不平を言う者はひとりもいなかった。

その女性たちの背後、彼女らに気付かれない少し離れた位置に立つ敏樹は、タブレットＰＣを構えていた。

ひとりひとりカメラに収め、パーティに加えていく。

別に正面からでなくとも個人を特定できたので、パーティに加えることは可能だった。

あとはそれぞれの〈精神耐性〉レベルをあげていく。

レベルの差はあれど、全員が〈精神耐性〉や〈苦痛耐性〉のスキルを習得していたことに、敏樹は軽い胸の痛みを覚えた。しかし感傷に浸っている場合でもなく、冷静にタブレットＰＣを操作して各人の〈精神耐性〉レベルを上げていった。

レベルの差はともかく、全員がレベルアップ可能な状態であった。

〝レベルアップ可能な状態〟から次の段階にスキルレベルを上げるという行為だが、本来これには相当な努力や経験、時間が必要な物であるらしいことが、敏樹には最近わかってきた。

この〝レベルアップ可能な状態〟というのは、努力や才能の壁にぶつかっている状態といえる。

本来はそこに到達してから、さらに多くの時間をかけて努力や経験を積み重ね、人はようやくスキルレベルをアップさせるのである。

人によってはそこが才能の限界となり、一生かけてもレベルアップできないということもあるだろう。

しかし敏樹はタブレットPCを使ってトントンと画面をタップしていくだけでその壁を超えることが、そして超えさせてやることが出来るのである。

これこそ敏樹が手に入れた最大のチート能力といっていいのかもしれない。

「一〇〇〇億ポイントは伊達《だて》じゃないな」

女性たちの中にはなにやら首をかしげたり、辺りを見回したりと、自身の内に起こった何かしらの変化に気付く者が数名いた。

全く様子の変わらない者もいたが、レベルの高い者ほどその変化を感じ取っているようだった。

「さて、ここからだな」

スキルレベルをひとつあげたぐらいで彼女たちの精神が復調に至るとは限らない。

可能な限りレベルをあげてやりたいところだが、そうなるとスキルの経験値とでもいうものを積ませてやる必要がある。

「〈精神耐性〉スキルのレベルを上げるには……、精神的な負荷を与えてやる必要があるのかぁ

「…………」

物憂げにため息をついた敏樹だったが、ここまで助けた以上最後まで面倒を見るのは自分の役目だろうと覚悟を決めた。

そのプレッシャーのせいか、彼の〈精神耐性〉スキルもレベルアップ可能な状態になっていたので、ついでに上げておいた。

「お、ちょっとだけ、楽になったかも」

そうつぶやきながら、敏樹はタブレットPCを片手に女性たちのほうに向かって歩いて行く。

「みなさんに大事なお話があります」

横一列に並ぶ女性たちの背後から、敏樹が声をかけた。

『――っ⁉』

程度の差はあれど皆一様に驚き、各々恐怖、あるいは嫌悪の表情を浮かべて後ずさる。

アジトで救出されたときは真っ暗で周りがほとんど見えなかったことと、なにより助かるかもしれないという希望が恐怖に勝っていたため、誰も欠けることなく敏樹に触れることができたのだが、いざ助かって落ち着いてみると、男性に対する言いようのない恐怖や嫌悪は隠すことも出来ないようだった。

それでも目の前の男が自分たちを救ってくれた張本人であり、憎き山賊を討伐するために立ち上がったのだとわかったところで、少なくとも嫌悪の表情を浮かべる者はいなくなったが、男性に対する恐怖だけはどうにもならないようである。

「みなさんが俺を怖がっている……、というか、男性を怖がっているということはわかっています」

敏樹は女性たちに語りかけ、自分が彼女らの力になりたいこと、そして力になれることを言って聞かせた。

しかし長年多くの男たちから酷い目に遭わされ続けた女性たちの信用を得るのは難しい。

たとえ恩人であってもだ。

こうやって敏樹と向かい合っているだけでもそれなりの精神的ストレスになるようで、幾人かはスキルレベルを上げることができた。

しかし一定以上は上がらないようであり、彼女たちが立ち直るにはもう少し高いレベルが必要であると『情報閲覧』は答えるのだった。

「みんな。この人は信頼に足ると、あたしは思うけどね」

そんな中、援軍は思わぬところから現れた。シーラである。

「あたしがどんなだったか、みんな覚えてるよね」

女性たちは信じられない者を見るような目でシーラを見ていた。

少し前までのシーラの状態を知っているだけに、いま当たり前のように立って歩き、普通に話せていることが信じられないようである。

「あたしはこの人に、トシキさんに救われた。身も心もね」

そう言って敏樹のすぐ横に立ったシーラは、敏樹の肩にポンと手を置いた。その様子に、女性たちの間からどよめきが起こる。

それもそのはずであろう。

自分たちの中で最も酷い状態だったがシーラが、あろうことか男性のすぐそばに立ち、軽くとはいえ触れているのだ。

女性たちの雰囲気が変わったことを感じた敏樹は、一歩前に進み出た。

「ここから先、無理強いはしない。今のままでも時間が経てばある程度心の傷は癒やされるだろうしね。でも、シーラのようにしっかりと立ち直りたいのなら、これからどう生きるのかという問題に向き合って欲しい」

そう言ったあと、敏樹は地面に少し大きめの円を描き、その中に椅子を二脚、向かい合うようなかたちで配置した。そして円を境界にした【結界】を張り、〈音遮断〉の効果を付与する。

そして〈格納庫〉から鍋《なべ》とお玉を取り出し、お玉で鍋底《なべぞこ》を叩いてカンカンと音を鳴らした。

「この円の中に入ったら、外には音が漏れない」

敏樹は鍋底を叩きながら鍋とお玉を結界内に入れた。そして敏樹の言ったとおり、カンカンと耳障りな音を立てていた鍋底は一切音を発しなくなる。

「この円には出入り自由だ。周りにはみんないる。でも話している内容は聞こえない。もし俺と話している様子を見られたくないというのなら――」

敏樹は結界に〈擬態〉の効果を付与すると円の中にあった椅子が消えた。正確には見えなくなったというべきか。

「こうやって周りから見えなくすることもできる。ちなみに中から外はちゃんと見えるから安心して欲しい」

〈擬態〉が解除され、二脚の椅子が再び姿を現す。

「この中で、俺と一対一で会話をしてもらう。それで、まぁ男に慣れてもらおうかって感じかな。

誰からでもいいから心の準備が出来た人から来て欲しい」

「あの……」

敏樹が円に入ろうとしたところで、ひとりの女性が声をかけてきた。

大柄なボサボサ頭の女性で、確か熊獣人のベアトリーチェという名前だったはずだ。

明るい茶色の髪は伸び放題でかなり傷んでおり、頭にあるはずの熊耳が隠れてしまってあまり見えない。

伸びた前髪の陰から小さくつぶらな瞳《ひとみ》が見え隠れしていた。

「なに？」

「なにを、話せば……いいんですか？」

「なんでもいい……じゃ、逆に話しづらいか。じゃあこの先どういう人生を送りたいか、とか、子供のころ何になりたかったとか、夢物語でいいからさ、自分がこうありたいっての聞かせてもらえると嬉《うれ》しいかな」

「わかり……ました……」

こうして敏樹のカウンセリングが始まった。タブレットPCを片手に女性たちの話を聞きながら、彼女たちの〈精神耐性〉レベルを上げつつ、要望に合いそうなスキルも習得させてくのだった。

＊＊＊＊＊＊＊＊＊

敏樹が山賊討伐宣言を出し、女性たちのカウンセリングを始めてから十日ほどが経った。

彼はときおり実家に帰っては武器になりそうな物を持ち込み、集落にいる間は一日の半分を住人の強化に、残りの半分を女性たちのカウンセリングに努めた。

この期間に持ち込んだ武器類だが、長柄の農具一〇丁、鉈《なた》、斧《おの》、金槌《かなづち》が各一〇丁ずつ、ミリタリーマチェット二〇本、サバイバルナイフ三〇本、コンパウンドボウ二〇丁に矢を五〇〇本、それとは別に狩猟用の鏃《やじり》を千個ほど調達できた。

まず長柄の農具は分解して柄だけを使い、ダガーナイフやサバイバルナイフを組み合わせて簡易の槍《やり》や長柄刀を作った。

これらは戦いが終わったあと、一部は農具に戻す予定だ。

元々あった農具の柄や、切り出した木を加工して新たに柄を作るなどして、五〇本近い槍の製造に成功していた。

砕石用の金槌や薪割り用の斧はそのまま使う者もいたが、例えば農具の柄を合わせてポールアックスや長柄のメイスのような物を作っている者もいた。

人の手で振り回すのは困難な代物だが、膂力《りょりょく》に優れた水精人にとっては軽々扱えるものらしい。

もっと早く山賊団が動き始めると思って慌てて長柄の農具を用意していた敏樹だったが、山賊団は先日集落を訪れた二人が帰ってこないことを不審に思いつつも、どちらかといえば女性たちが消えたことのほうを重視しており、アジトの設備点検や裏でつながりのある人物や組織への連絡などにかなりの人員と時間を取られていた。

これは敏樹にとって嬉しい誤算だった。

女性たちも最初の頃と比べて見違えるほど状態がよくなっていた。

彼女たちは、精神的ダメージはもちろんのこと、肉体的にもかなり傷つけられており、そういった傷を『情報閲覧』で解析しながら適切な魔術を使って治療することで、それがうまく精神に作用することも多く、みんな思ったよりも早く回復していった。

「トシキさん見てくださいよ！　髪さらっさらですよ、さらっさら‼」

そう言いながら長い茶色の髪を自慢しているのは熊獣人のベアトリーチェである。

以前敏樹がロロアに買ってやったシャンプーとコンディショナー、それにトリートメントを使ったところ、ゴワゴワだった髪質が幾分かマシになったのだ。

それから毎日のように手入れをしていたら、随分とよくなったらしい。

「あー、うん。よかったな」

元々の髪質がかなり硬そうなのでさらっさらというのは少し違うような気がしないでもないが、当初よりはかなり綺麗《きれい》な髪になっているし、何より本人が満足しているので問題ないのだろう。

「あ、トシキっちー、おかげさまで手が荒れずにすんでますよぅ」

浣熊《アライグマ》獣人のラケーレが水場で洗濯をしながら敏樹に声をかけてきた。

種族の特性なのか個人の嗜好《しこう》なのかは不明だが、彼女は食器洗いや洗濯などを進んで行なっていた。

綺麗になるのが嬉しいのか、敏樹が日本から持ち込んだ洗剤はもちろん、漂白剤まで使って素手で洗い物をしていたので、手がかなり荒れていた。

『あのなぁ、洗剤はまだしも、漂白剤につけたやつは触れずにまず洗い流せって言ってるだろう?』

『でもぅ……、これつけてゴシゴシすると真っ白になるんですよぅ』

『それでこんなに手をボロボロにしてちゃだめだろうが』

『えへへ……トシキっちが治してくれるからぁ』

『あのなぁ……。いつまでも俺が面倒見てやれるわけじゃないんだからな?』

獣人であっても人である以上、金さえ用意すれば魔術だろうが回復術だろうが習得は可能であるが、それは庶民がおいそれと出せるような額ではない。

敏樹であればタブレットPCでちょいちょいとチェックを入れるだけで習得させてやることも可能だが、魔術は魔術士ギルドが、回復術は治療士ギルドが厳しく管理しており、モグリで魔術や回復術を習得していることがギルドにばれると大変な目に遭うのである。

ここにいる間は覚えさせてやってもいいが、敏樹の手を離れるときにはチェックを外す必要があるだろう。

『次からはこれ使え』

と、敏樹がゴム手袋を渡して以降、ラケーレはゴム手袋をして洗い物をするようになり、手が荒れることもなくなった。

女性たちは皆すでにローブではなく普通の服を着ている。

元々村にあった素材や、敏樹とロロアが狩っていた魔物や獣の革を使って作られたものである。

中には敏樹が日本で買ってきた服をリサイズ、あるいはリメイクしたものもあった。

「ねぇ、胸強調しすぎじゃないかなぁ？」

「アホかっ！　その胸を隠すのはむしろ罪やで」

「せやせや！　コルセットベストっちゅうんはファランのためにあるような服やでぇ」

一人の少女の周りを、背の低い女性二人がくるくると動き回っていた。

ファランと呼ばれたのは商人を父親に持つヒト族の少女である。

紅毛碧眼《へきがん》で身長は一六〇センチ前後。どこか幼さの残る顔とは裏腹に、女性らしい大きな胸と、しなやかで長い手足の持ち主である。

その周りをくるくると動き回っているのはドワーフの姉妹で、姉のほうがクク、妹はココという。ドワーフの女性は手先が器用で、縫製や革細工を得意としているため、敏樹によってそのスキルを伸ばされ、現在は女性たちの衣服を製作している。

「うーん。ボクにこんな女の子らしい格好は似合わないよー」

「あのなぁ。ウチの知っとる中で、ファランほど女らしい身体《からだ》の持ち主はおらんで？」

「せやせや。その格好がファランに似合わんのやったらそれが似合う女なんかどこにもおらんわ」

「そうかなぁ……。あ、トシキさん！」

「おう」

「ねぇねぇ、このカッコどう？　変じゃない？」

そう言いながら、ファランは敏樹の前でくるりと一回転した。

現在ファランは、少しゆったりとしたシャツにコルセットベスト、下はロングスカートという格好だった。腰回りをキュッと締めるコルセットベストのせいで、ゆったりとしたシャツの下にある大きな胸が強調されているように見える。

「うん。似合ってると思うよ」

「ほんとに？　やったっ‼」

「さっすが兄やん！　見る目あるでぇ」

「兄やんのそのもっさりした服もなんとかしたるからな」

「あー、俺のは後回しでいいよ」

「遠慮せんで、もう兄やんの装備も用意してあんねん。ついでにロロアんのもな」

「ええっ⁉　私のも？」

と、そんな流れで敏樹とロロアの衣替えがはじまった。


「お、ええやんええやん！　兄やんなんかシュッとしたで」

「せやなぁ。さっきのもっさりしたのんよりだいぶマシになったでぇ」

ククココ姉妹がぱたぱたと動き回りながら敏樹に装備を着せていく。

「お、おい。自分で着れるから」

「まぁまぁ照れんと」

「せやせや。ウチらみたいな可愛い子ちゃんが着せたってんねやから、じっとしときぃ」

対山賊戦に向けて姉妹が指揮を執りながら、集落の非戦闘員たちによって新たな装備が作られており、どちらかといえば先ほどのファランの衣装などはそのついでと言っていいのかもしれない。

「どやロロアん。兄やんの男前度がグッとあがったやろ？」

ちなみに〝ロロアん〟のアクセントはふたつ目の〝ロ〟である。

敏樹はククココ姉妹が作った異世界風の服の上から革の胸甲と手甲、すね当て代わりのロングブーツを身につけていた。

兜《かぶと》代わりのヘルメットは引き続き装備する予定だが、いまはかぶっていない。

「あの、はい。すごく……その、かっこいい、です……」

「そ、そう。ありがとう」

ストレートに褒めるのが恥ずかしいのか、ロロアの声が徐々にしぼんでいき、そんな調子で褒められた敏樹のほうも恥ずかしくなったのか、あらぬほうを見ながらポリポリと頬をかいていた。

「なんやんねんな、自分ら」

「あぁー、なんか背中痒《かゆ》ぅなってきたわ」

「あ、いや……。そうだ、それ、ちょっと裾《すそ》短すぎないか?」

敏樹同様ロロアも着替えを済ませていた。

少しくすんだカーキ色のワンピースの上から革の胸甲とフード付きの短いマントを身につけている。

手には前腕の大半を覆う指抜きグローブ、足には膝《ひざ》まであるロングブーツという装備だった。

腰に巻いたベルトには、護身用兼解体用のナイフと小物入れ、そして矢筒が取り付けられている。

〝ザ・弓使いって感じだな〟というのが、ロロアの格好をみた敏樹の印象だった。

ワンピースの裾はミニスカートレベルで太もものほとんどが露わになっており、そこを敏樹は指摘したのである。

ちなみにロロアはマントのフードをかぶっているのだが、これまで着ていたローブのものに比べるとすこしサイズが小さいのか、フードの端をつまんでうつむき加減になっている。

「アホ抜かせぇっ！　女は生脚出してなんぼやろがいっ‼」

「せやせや。シーラなんか見てみぃ。ケツ半分出とるやないかい！　出し過ぎいうんはあれのこっちゃで！」

「あーあれな。あれちょっと引くなぁ」

「ホンマになぁ」

「誰が誰の何に引くってぇ？」

「せやからシーラの半ケツにやなぁ…………あー、その…………男はメロメロ～って話を……」

「…………してたんやで？」

突然現われいきなり割り込んできたシーラの存在に最初は気付かず調子に乗っていたクココ姉妹だったが、途中からその存在に気付き話を無理矢理修正した。しかし――、

「はべらっ」「ぶべらっ」

そんなことでごまかせるわけもなく、シーラに鼻先を指で弾かれ、大げさに倒れるクココ姉妹であった。

「ったく」

シーラは呆《あき》れたように頭を振ったあと、敏樹とロロアの格好を見て感心したように目を瞠《みは》った。

「へええ。いいじゃんふたりとも」

かくいうシーラはヘソ出しチューブトップと引くぐらい裾の短いホットパンツ姿である。

「脚……出し過ぎじゃないかな……？」

「んー、いいんじゃない？　ほらおっさんも鼻の下伸びてるし、効果は抜群だよ」

「誰の鼻の下が――」

「いつもの倍ぐらいになっとんなぁ」

「ほんまやなぁ。計画通りやで」

「いやだから鼻の下なんて……ん？　計画……？」

いつの間にか起き上がったククココ姉妹が、敏樹の両脇に立っていた。

「ロロアんの服は兄やんのために作ったからな」

「は、俺の……？」

「せやで。後ろを歩くロロアんが気になってふと視線を移したとき、白い生脚がバッチリ見えるように」

「ロロアんの後ろを警戒するとき、ふと前を見たらぷりんとしたお尻《しり》のラインがほんのちょっとだけ見えるように」

「「そこにウチらは命かけてデザインしとんのんじゃぁぁー‼」」

と、ククココ姉妹が拳《こぶし》を握って意味不明な宣言をする。

「あぅ……」

敏樹とシーラはやれやれとばかりに頭を振り、フードからわずかに覗《のぞ》くロロアの頬が真っ赤に染まる。しかしククココ姉妹の話は止まらない。

「ええか兄やん。ウチらはロロアんの身長と兄やんの目線の高さを緻密《ちみつ》に計算した上で裾の長さを決めとんねや」

「せやで。兄やんの視点からやと見えそうやけど絶対見えへんという絶妙な長さやねん」

「うぅ……」

ロロアは片手でフードの端をつまんだまま、もう片方の手でワンピースの裾を持って引き下げようとした。

「ったく。もうちょっと裾長くしてやれ」

「嫌やっ‼」

「そこは絶対譲りまへんでぇ‼」

「いやいや、ロロアも嫌がってるだろ？」

「そうなん⁉　ロロアんその服着るん嫌なん⁉」

「ロロアん、兄やんに生脚見られんの嫌なん⁉」

「え？　え？　あの……その……嫌じゃ……ないけど、でも、お見苦し――」

「そうなん⁉　兄やん、ロロアんのむっちむちの太もも見苦しいん？」

「ロロアんのぷりんっぷりんのお尻、見苦しいん？」

「とんでもない‼　そりゃ見事な……、あ、いや……その……」

「「ふむふむ」」

敏樹とロロアの間に並んで立ったククココ姉妹が腕を組んで感心したようにうなずく。

そしてククはロロアのほうを、ココは敏樹のほうを向いた。

「ロロアんは見られて幸せ」

「兄やんは見れて幸せ」

そしてふたりは横並びになり、拳を高らかに振り上げた。

「「どこに問題があるんじゃ――――」」

「調子にっ、のるなっ」

「はべらっ」「ぶべらっ」

結局シーラにのされるククココ姉妹であった。

そしてロロアのワンピースの裾は、ほんの少しだけ長くなった……らしい。


「みんな元気になったようでよかったよ」

「ふふ……トシキさんのおかげですよ」

敏樹らが新たな装備を調えた翌日、すっかり元気を取り戻した様子の女性たちの姿を思い浮かべながら、敏樹は感慨深げにつぶやき、隣を歩くロロアが応えた。

ロロアは相変わらずマントのフードの端をつまんで引き下げ、うつむき加減に歩いており、敏樹は気を使って彼女の少し後ろを歩いていた。

「みんなが頑張ったからだよ。俺はちょっと背中を押しただけ」

「そういうことにしておきますね」

そしてふたりは住人たちが戦闘訓練を行なっている広場に向かった。

集落から少し離れた場所を切り開いた、訓練場のようなものができていた。

必要であればチェーンソウなどを用意しようかと敏樹は考えていたのだが、水精人の膂力《りょりょく》と魔法とで意外とあっさり広場を作ることが出来た。

そこでは住人の半数程度が訓練用の木剣や棒を使って訓練を行なっている。

『パーティ編成』機能に参加人数の上限はなかったので、戦いに参加する住人はすべてパーティに加え、適宜スキルを習得させている。

このとき、スキル習得に必要なポイントに個人差があることがわかった。

そのスキルに適性が高いほど、必要なポイントは少なくて済むようだ。

それはスキルレベルアップにおいても同じだったので、使用武器に関しては本人の希望よりも適性を優先させてもらった。

模擬戦や素振りを行なっている住人の中に、ひと際目立つ存在があった。

四〇センチほどの木剣を二本持ち、数人の対戦相手を翻弄《ほんろう》しているその人物は、犬獣人のシーラだった。彼女は〈双剣術〉に高い適性があった。

シーラは対戦相手を翻弄しつつ実戦であれば致命傷になるであろう一撃を軽く入れていき、全員に負けを認めさせた。

「おう、おっさん！　元気か」

「まぁな。ほれ」

「おっ、ありがたい」

シーラは敏樹が投げてよこしたタオルを受け取ると、じっとりと全身に浮かび上がった汗を拭《ふ》き始めた。

「……なぁ、露出多くない？」

「ん？　いいんだよ、動きやすいから」

いまのシーラの格好だが、胸だけを守る革の胸当てに尻が半分見えるんじゃないかというほど裾の短いホットパンツ、手首に革の手甲、ショートブーツに革のすね当てという状態であり、肩や腕、腹、太ももなどは惜しげもなく露出していた。

聞けば犬獣人の特性として、関節を覆うのを嫌う、というものがあるらしい。

手甲に関しては、ある程度手首を固定したほうが双剣を扱いやすいということから装備しているのだとか。

彼女の装備品に関してもドワーフのクココ姉妹が作成していた。

金属加工は困難だが、革製品であればちょっとした防具も作れるようだ。

「ふふん。もしかして、あたしの身体《からだ》に欲情したのか、おっさん？」

シーラはタオルを首に掛け、両手で自分の乳房を持ち上げながら、敏樹に蠱惑《こわく》的な笑みを向けた。

「ア、アホぬかせっ……‼」

とつっこんでみたものの、実際シーラの肢体は魅力的である。

胸の大きさこそファランやロロアに及ばないものの、くびれた腰にほどよく肉付きのいい尻や脚、健康的な褐色の肌にじんわりとにじむ汗……。冗談とはいえ誘惑されて意識してしまっては、そうやすやすと目を離せないのが悲しい男の性である。

「ちょ、ちょっとシーラ！　はしたないよっ‼」

ロロアが抗議の声をあげる。

その対象が、冗談半分に敏樹を誘惑したシーラに対するものか、冗談とわかってなお鼻の下を伸ばしている敏樹に対しての間接的なものかはともかく。

「あはは。冗談だよ冗談。ロロアの大切なトシキさんを、取ったりしないから安心しな」

「や、私は……そんな……」

あたふたと狼狽《ろうばい》したあと、ロロアはうつむいてフードを下げた。

「こら」

「いてっ」

敏樹がシーラの頭に軽く手刀を入れる。

「あんまりからかうなよ」

「……へいへい。そうまんざらでもないって表情で言われても説得力ないけどねぇ」

「くっ……‼」

顔を赤らめながら視線を逸らす敏樹や、相変わらずフードを引き下げておたおたと狼狽している
ロロアを見ながら、シーラはケタケタと笑った。

シーラのように戦うことを選んだ女性も少なくない。

先日髪の毛自慢をしていた熊獣人のベアトリーチェもそのひとりだ。

ただし、彼女の場合はあくまで集落を、故郷に帰ってからは故郷を守るための力が欲しいという
ことだった。

対してシーラは山賊達への復讐《ふくしゅう》を望んだ。

復讐は何も生まない、などというきれい事を、敏樹は言うつもりもない。

恨みつらみも立派な感情であり、前を向くための原動力になり得るのだ。

山賊どもは復讐されるだけのことをしたのだから、せいぜい彼女が前を向いて生きるための糧になってもらうのがいいだろう。

「わたくしも、シーラのような戦う力が欲しい……」

ベアトリーチェのように、ではなくシーラのような力が欲しい、と願う者がさらにふたりいた。

ひとりはハーフエルフのメリダ、もうひとりはヒト族のライリーである。

メリダはエルフの血をひいているだけあって、〈弓術〉と〈風魔法〉に適性があった。二五ポンドのコンパウンドボウがなんとか使える程度の腕力しかないが、放たれた矢に風をまとわせることでクロスボウ並みの威力を持たせることに成功している。

標的をしっかり捉《とら》えていれば、多少の軌道修正もできるようだ。

まっすぐな金色の髪に空色の瞳《ひとみ》、真っ白い肌を持つ、スラリとした長身の美女である。

「ん、新しい魔術、教えて」

ライリーのほうは魔術に適性があった。

もともと生活魔術をいくつか覚えていたが、さらに戦闘用の魔術も覚えさせた。

これに関しては一段落ついたらすべて使えなくなり、改めて魔術士ギルドで習得し直す必要があることは納得済みである。

現存する魔術や回復術は、すべて魔術士ギルドや治療士ギルドが管理しており、ギルドを通さない魔術の習得は厳しく罰せられる。これは魔術という、便利だが使い方次第では治安の悪化につながるものを管理するためのものであった。

山賊などの犯罪組織にも魔術士はいるが、そういった者はギルドに見つかった時点で処罰されるため、ギルド経由で魔術を習得した後に犯罪者となった者は、それ以上魔術を習得できないことがほとんどである。まれにモグリで魔術を習得できる場合もあるが、そういった非合法の魔術というのはやたら効率が悪い、威力にムラがある、酷いときには暴発して自滅するということもあるらしい。

「なんというか、銃火器の取り締まりや医師免許みたいな感じかな」

というのが、ギルドの魔術や回復術の取り締まりについて知ったときの敏樹の感想であった。

ただし、ライリーは〈魔術詠唱短縮〉〈多重詠唱〉〈消費魔力軽減〉〈魔術効果増大〉といった高位の魔術士でもなかなか習得できないスキルを多数習得できており、こういったスキルはギルドの管理ではなく個人の才能や努力によって得られるものなので、継続して利用が可能である。

高身長で色彩の鮮やかなメリダとは対照的に、ライリーは黒髪の小柄な、少し地味な印象のある女性であり、基本的には無口で必要以上にしゃべることはあまりない。

「やぁ、トシキさん。それにロロアもごきげんよう」

「ゴラウさん、どうも」

「お、伯父さん……こんにちは」

訓練場の様子を見ながら歩いている敏樹とロロアに気付いたゴラウが声をかけてきた。

救出されて以降、ロロアと集落の住人との距離は少し縮まったようで、彼女は母の兄に当たるゴラウを伯父さんと呼ぶようになった。

ちなみに長のグロウはお祖父ちゃんと呼ばれ、そう呼ばれるたびにグロウはだらしなく頬を緩めていた。表情の読みづらい蜥蜴《とかげ》頭であるにもかかわらず、はっきりとわかるほどに。

「どうです、調子は？」

「ええ、トシキさんのおかげでみんな力をつけていますよ。それより……」

ゴラウが敏樹との距離を詰め、声のトーンを下げる。

「山賊の根城にいるみんなは無事なんでしょうか？」

「ええ、ご心配なく。いまは連中も下手に動くつもりはないようですから」

敏樹は『情報閲覧』を使って随時山賊達の様子を確認していた。

もしアジトにいる水精人がどこかに連れ出されそうな動きがあれば、即座に救出へ向かうつもりだったが、いまのところ山賊どもは大きく動くつもりがないらしい。

新たに女性が拐《かどわ》かされた場合も救出に向かうつもりだが、逃げられた原因がわからない以上、下手に人質を増やすつもりもないようである。

そのせいで山賊団の若くてそこそこ容姿のいい団員が大変なことになっているらしいが、山賊などに身をやつした我が身を呪うしかあるまい。

そんな殺伐としつつもどこか平和だった時間にも終わりが訪れる。

「みなさん、連中が動き始めました」

集落に向けて、山賊団から五名の人員が派遣されたのである。

四章　おっさん、山賊を退治する

いまのところ山賊団には、本格的に集落をどうこうするつもりはないようである。

女性達がいなくなったことでの調査や報告が一段落ついたところで、〝そういえば集落に行ってた二人がまだ帰ってきてないし、とりあえず様子を見させようか〟という具合での人員派遣であるらしい。

『情報閲覧』で得られた情報を元に迎撃態勢が取られる。

情報を得て一日半ほどで、五名の山賊が集落の入り口に姿を現した。

今回は荷馬車をともなわず、全員が徒歩で訪れていた。

「お前らに聞きたいことがあるっ‼」

一行のリーダーと思われる男が、一歩前に出て大声で叫んだ。

そこそこ立派な金属製の軽鎧《よろい》を身につけ、腰に長剣を佩《は》いている。

男はいつもと異なる集落の様子に、少し戸惑っていた。

どこか殺伐とした雰囲気の住人から、いつも以上にあからさまな敵意を向けられているように感じていた。

本来、能力に長ける水精人を相手にした場合、ここにいる五人ではたったひとりの水精人にも勝てないはずであり、このような敵意を向けられれば多少なりとも恐怖を覚えるはずである。

しかし集落の住人が自分たちに逆らうはずはないと信じ切っているせいか、男は彼らの反抗的な雰囲気に対して、ただ苛立《いらだ》ちのみを募らせていく。

「少し前に俺たちの仲間が二人、ここに来たはずだ！　そのことでなにか心当たりのある奴はいないか‼」

男が住人たちを見回すも、返ってくるのは反抗的な視線だけである。

「お前らぁ……、なんだその態度はぁっ‼」

男は長剣の鞘《さや》を払うと、門の支柱となっている丸太に斬りかかった。

かなり太い丸太だったが、バキィッ！　と音を立てて断ち切られるや、支えを失った門がぐらりと揺れ、地面に倒れた。

この男、それなりの使い手ではあるらしい。

「おい……、俺が優しく訊《き》いているうちにさっさと答えろ。前に来た二人はどこへ行った‼」

住人たちの態度から、彼らが自分たちの仲間を害したのではないかという疑惑が生まれる。

その疑惑はさらなる苛立ちを呼び、男を激昂《げきこう》させた。

「知らないねぇ」

もう一度脅しをかけようかと男が一歩踏み出したところで、集落の奥から女の声が答えた。

「なに？」

そして住人達の間から、シーラが姿を現した。

「そのへんで魔物の餌にでもなってんじゃないのかい？」

その姿に、山賊どもからどよめきが起こる。

「てめぇ……メス犬……⁉」

「ふん、嫌な名前で呼んでくれるじゃないか」

そうは言ったものの、シーラは特に気分を害した様子も見せずただ不敵な笑みを浮かべて男に視線を返した。さらに住人の間から、ベアトリーチェ、メリダ、ライリーが姿を現す。

「おい、こいつら……？」

一味の中にいた別の男が驚きの声を上げる。

逃げたはずの女性一一人の内、四人が姿を見せたのだ。

帰ってこなかった二人の仲間の件とは無縁と思っていた女性の逃走が、ここでつながるとは連中も考えていなかったらしい。

「まさか、他の女どももここにいるのか……？」

「だったらなんだってんだい？」

唖然《あぜん》としていたリーダー格の男だったが、シーラ達の姿を舐《な》めるように見たあと、下卑た笑いを浮かべた。

「そうかい、こりゃありがてぇな。探す手間が省けたってもんだ」

その言葉に、ほかの山賊どもも下品な笑みを浮かべ始める。

「お前らがいなくなってさみしかったんだぜぇ？　よくわかんねぇがお前《め》ぇも元気になったみたいだしよぉ、前みたいに可愛がってやるからおとなしく帰って来いよ」

「へへ、まったくだ……。兄ぃ、帰りに一発やってもいいよなぁ？」

「あほかお前ぇ。帰りと言わず、いまからやっちまおうぜ、へへ……」

「くくく……、面倒な役目と思ったが、こんな役得があるとはなぁ‼」

男たちは好き勝手なことをいいながら、じわじわとシーラ達に迫った。中にはもうベルトの留め具を外している者までいる。

「おおっと、その前に、お前はすぐ報告に走れや」

と、リーダー格の男が一番若い軽装の男に命令を出した。

「嘘だろ？　だったら先に一発――」

「うるせぇっ‼　さっさと行きやがれっ‼」

若い男は怯《おび》えた表情を浮かべ後ずさったものの、おとなしく命令を聞こうとはしない。

「い、いくらなんでも、そりゃねぇぜ兄ぃよぉ……」

「あぁ⁉　お前ぇ俺に逆らうってのか？」

「そ、そうじゃねぇよぉ。すぐに済むから、一発だけ……な？」

「ちっ、しゃあねぇ……。おいメス犬‼」

リーダー格の男がシーラを呼ぶ。

「悪いが先にコイツの相手してやってくれや」

「まってくれ兄ぃ……、俺ぁあの黒髪の小さいのがいい」

「ったく、しょうがねぇ……。お前、いいな？」

そう言ってライリーを睨《にら》みつけたリーダー格の男は、侮蔑《ぶべつ》の視線を向けられていることに気付き、多少苛立ちを覚えた。しかしあとで屈服させることを想像すると、下腹の辺りがもぞもぞとするのを感じ、口角を上げるのだった。

「ライリー、アンタをご指名らしいよ」

シーラが呆《あき》れたような口調で声をかけると、ライリーが一歩前に出た。

「ん、わかった」

「へへ……悪ぃな、すぐ終わるからよ」

「ん、知ってる」

ベルトを外しながら自分に向かってくる若い男にむけてライリーが手をかざす。

「あん？」

そして次の瞬間、人の頭ほどある炎の塊――【炎球】が若い男に向かって飛ぶ。

男はライリーの動作に疑問を持ったものの、その答えに気付くことなく頭を炎に包まれ、声を上げるまもなく絶命した。

仰向《あおむ》けに倒れた男の頭はいまだ髪の毛が燃え上がっていたが、【炎球】の直撃を受けた顔面は原形をとどめず黒焦げになっていた。

「ん、すぐ終わった」

「あいよ、おつかれ」

ライリーはこともなげに言ったあと、一歩下がって山賊どもに背を向けた。

メリダがごく自然な動作でライリーと山賊の間に立ち、後ろ手にライリーの肩へ軽く手を置くと、彼女がガタガタと震えているのを感じた。

いくら高いレベルで〈精神耐性〉を得たからといって、トラウマの原因と対峙《たいじ》し、その上初めて人を殺したのである。

まともでいられるはずがないのだ。

しかし、だからといってこちらが怯える姿を見せて連中を喜ばせる必要はない。

「て、てめぇらなにやって――えっ⁉」

ようやく事態を飲み込めたリーダー格の男が叫んだすぐ近くで、ローブ姿の男の頭が吹き飛んだ。

視線をわずかに移せば、弓を射ち終えたメリダの姿。

「い、いつの間に」

メリダが放った矢は風を纏《まと》い、威力を増していたが、恐怖や緊張、なにより怒りによって感情が昂ぶったせいか、魔力が過剰に乗っていたらしい。

矢に触れるや否や、男の頭は風魔法の効果によって吹き飛ばされてしまったのだった。

「くそっ‼」

少しだけ離れた位置で様子を見ていた軽装の男が、腰に巻いたベルトから投げナイフを取り出し、シーラめがけて放った。しかしそのナイフは、鋼鉄の盾を構えたベアトリーチェが飛び込んで射線を遮り、あえなく弾かれてしまう。

「おおおおおおっ‼」

前面に『ＰＯＬＩＣＥ』と描かれた盾を構えたまま、ベアトリーチェがナイフを投げた軽装の男に突進する。

彼女が習得したスキルは〈盾術〉と〈鎚《つち》術〉。

「ぐあぁっ‼」

シールドバッシュを受けた軽装の男が吹っ飛ばされ、仰向けに倒れた。

「くそっ……へっ⁉」

砕石用の金槌《かなづち》を振り上げる大柄の女。それが彼の見た最後の光景となった。

「ひ、ひぃぃぃっ……‼」

目の前で起こった惨劇に、後方に控えていた男が悲鳴を上げて逃げだした。

しかし、数歩走ったところで男の首がころりと落ち、頭を失った男の身体《からだ》はさらに数歩進んでバタリと倒れた。

メリダの隣には、いましがた倒れた男のほうに手をかざすライリーの姿があった。

彼女は目尻《めじり》に涙をため、肩で息をしていたが、見事風の刃――【風刃】によって逃げ出そうとした男を仕留めたのだった。

「お前ら……、こんなことをしてただで済むと思ってんのかぁっ‼」

ここに至ってなおリーダー格の男に怯えはなく、ただ苛立ちがあるだけだった。

この状況をひとりで覆せる力があるわけではない。

「お前らなにやったかわかってんだろうな？　ただじゃ済まねぇぞ‼」

しかし山賊団の威光を示せば、反抗的な女たちも、住人も、自分の言いなりになると信じているのだった。

「いまならまだ勘弁してやる。俺が口添えしてやるから、無駄な抵抗はやめとけ」

「はんっ‼　あんたらこそあたしらに何をしたのか……、何をしてきたのかわかってんだろうねぇ？」

「ぐぬっ……」

男はシーラから冷たい視線を向けられ、思わず一歩後ずさってしまう。

そのぶんの間合いを詰めるようにシーラが一歩踏み出し、腰に提げた柄を持って鞘を払った。

彼女の両手には、刃渡り四〇センチほどのミリタリーマチェットが握られていた。

「ぬうぅ、メス犬があぁぁぁっ‼」

いましがた感じたわずかな恐怖心をごまかすかのように、リーダー格の男は大声をあげながら剣を振り上げた。

太い丸太を両断するほどの斬撃である。

威力も速度も相当なものであるが、シーラはそれを右手のマチェットで受けようとした。

その細腕とそれほど厚みのない鉈《なた》を見て、その防御ごと断ち切れると確信した男は、ニタリと笑みを浮かべたが、次の瞬間、その表情は驚愕《きょうがく》に変わる。

「なっ……⁉」

刃同士が触れあった瞬間、シーラはマチェットの角度を変え斬撃をいなして軌道を変えた。

そしてがら空きになった男の首筋に左手のマチェットを切りつけた。

「かっ……はっ……⁉」

シーラの放った一撃で首の半分ほどを切断された男は、頸動脈《けいどうみゃく》から勢いよく血を噴き出しながらうつ伏せに倒れた。

「あああああっ‼」

倒れた男の首筋に、シーラがマチェットを振り下ろす。

獣人の腕力にスキルの補正もあり、男の首は頸椎《けいつい》ごと完全に切断された。

「はぁ……はぁ……」

男の首を切断するためにしゃがみ込んでいたシーラはよろよろと立ち上がり、そのまま力なく歩き始めた。

集落のほうへ数メートル歩いたところで両手に持ったミリタリーマチェットを手放した。カランカランと乾いた音を立て、二本のマチェットが地面に落ちる。

そのあとすぐ、シーラは膝《ひざ》をつき、地面に手をついた。

「う……うぅ……」

涙が溢《あふ》れてくる。こぼれた涙がポタポタと落ち、地面にしみを作った。

「やったぞ……」

しばらく涙がこぼれるに任せ、肩を震わせていたシーラが顔を上げ、身体を起こした。

「おっさん！　あたしたちはやった！　やってやったぞおぉぉぉっ!!」

その叫びから数秒後、集落からも歓声が上がった。

そして住人の間をかき分けて、ファランが、ラケーレが、ほかの女性たちが駆け寄ってくる。

「シーラ！　シーラ！　シーラぁっ!!」

ファランがシーラに駆寄り、そのまま抱きついた。

「ありがとう……！　ありがとうっ……!!」

シーラの頭を胸に抱いたファランが、涙を流しながら何度もお礼を言う。

「うぷっ……ちょ、ファラン……、苦しい……」

大きな胸に顔をうずめられたシーラが、ファランの肩を何度かタップした。

「あ、ああ、ごめん」

「ぷはぁっ‼　ったく、せっかく勝ったってのに、あたしを窒息させる気かい？」

そう言いながら、シーラはファランの胸を乱暴に揉《も》みしだいた。

「やっ、ちょ、なにすんのさっ⁉」

「ふふん、いいだろ減るもんじゃないし」

「むぅー」

「あははははっ‼」

目を真っ赤にしたファランが口をとがらせ、シーラがケタケタと笑う。

やがてそれにつられるように、ファランも笑い始め、ふたりはしばらくのあいだ笑い続けた。

「はぁー……こんなに笑ったのひさしぶりだよ」

「うん……。ボクたち、また笑えるようになったんだね」

「あぁ……」

止まっていたはずの涙が再び流れ出し、しばらく見つめ合っていたシーラとファランはどちらからともなく抱き合った。

そして互いの存在を確かめ合うように――いまこのときが夢ではなく現実であるのを確認するように、お互い強く抱きしめあうのだった。

＊＊＊＊＊＊＊

「くそっ！　どうなってやがるっ⁉」

歓喜に包まれる集落の様子を、少し離れた場所にある樹の上から眺めるひとりの男がいた。

この男は帰ってこなかった仲間ふたりが集落の住人に害されたのではないかという、万が一の可能性を考慮した上層部に遣わされた斥候である。

彼の存在は今回派遣された五人の男達にも知らされていない。

上層部の考えを馬鹿らしいと思いつつも、命令だから仕方なくついてきた男だったが、まさかいなくなった女たちがここにいて、その女たちに仲間がやられるなどとは思ってもみなかった。

「とにかく……、お頭に報告だな」

誰に言うでもなくそうつぶやいた男は、樹から飛び降りようと集落に背を向けるのだった。

＊＊＊＊＊＊＊＊

山賊団『森の野狼』の中核を担っているのは、『荒野の狼』という元傭兵《ようへい》団である。

ここ数百年は天下太平の時代と呼ばれているが、それでもちょっとした領土の奪い合いなどは行なわれており、国境での小競り合いなどは日常茶飯事である。

ゆえに、天下太平といっても傭兵の食い扶持はそれなりにあるのだった。

荒野の狼は一〇〇人規模のそこそこの優秀な傭兵団だったが、とある小競り合いで団員の半数近くを失う被害を受け、傭兵団として存続するのが困難になり、やがて山賊に身をやつした。よくある話である。

山賊として根城を転々とし、たどり着いたのがいまのアジトである。

その間、大小様々な山賊団を取り込み、傭兵くずれや犯罪者を受け入れつつ規模を大きくしていった。

森の野狼が山賊団として一目置かれるもっとも大きな要素が、高い諜報力《ちょうほう》にあった。

それは傭兵時代のノウハウを活かして……というものではない。

その高い諜報力の裏には、ひとりの男の存在があった。

その男はとある国の暗部に所属していた。簡単にいえばスパイである。

彼は任務に失敗し、消される予定だった。しかしなんとか国を出て、大陸の反対側まで逃げおおせたところで森の野狼に拾われた。

暗部時代の彼はそれほど突出した能力を有していたわけではないが、所属先が山賊となると話は変わってくる。

彼は暗部時代に得たスキルを存分に発揮し、近隣の上級役人や名士たちとの黒いつながりを得ることに成功した。

そのつながりは王族にまで達するとの噂もある。

禁忌とされている精人売買に手を出すような二〇〇人規模の山賊が、討伐もされずに存続し続けられるのにはそれなりの理由があるのだ。

そんな男が、一〇〇人に満たない水精人のとある氏族の集落を監視している。

山賊団のアジトから女性たちが消えるという、なんとも奇妙な事件が起きた団は、いまかなりの騒ぎとなっており、もっと重要な仕事があるのではないかと男は思っていたが、頭目の命令には逆らえない。

渋々受けた任務だったが、まさか帰ってこなかった団員の件と消えた女性たちの件がつながるとは思ってもみなかった。

「さすがお頭だ……。あの勘だけは侮れねぇ」

ここぞという時の頭目の判断力には目を瞠《みは》るものがある。

森の野狼はなにも優秀な諜報員ひとりのちからで大きくなったわけではない。

それをうまく使える者の存在もまた重要なのである。

斥候の男は諜報員として一流といっていい。かなり高いレベルの隠密系スキルを有しているのはもちろん、探知系のスキルもかなり高い。そもそも彼が暗部の追手から逃れることができたのはその探知系スキルによるところが大きかった。

半径約二〇〇メートル。

自分を中心としたその範囲になにかあれば、彼は即座に察知できる。

その範囲内で自分を狙う者はもちろん、自分の存在に気付いているというだけの者すら察知できる。その範囲の外側から、例えば弓矢や魔術で狙われたとしても、その範囲に入った時点で察知することができた。

その気になればもっと広範囲に探知の輪を広げることもできるのだが、彼は範囲よりも精度を重視した。

そして半径二〇〇メートルというのは、彼にとっていかなる攻撃であっても余裕を持ってかわせる距離なのである。

そもそも高い隠密スキルを持つ彼を発見することはほぼ不可能といっていい。

万が一彼の存在に気付いたとしても、二〇〇メートル以内の位置にいれば彼の存在に気付いたことを察知され、範囲の外から彼の存在に気付き、彼を害しようとしても、あらゆる攻撃は二〇〇メートルの範囲に入った時点で察知され、悠々とかわされてしまうのだ。

ゆえに――、

「ぐぁっ……!?」

背中に矢を受けて樹から落ちることになった彼に、なにかしら油断があったと断ずるのは少々酷というものだろう。

＊＊＊＊＊＊＊＊＊

「ごめんなさい、仕留められませんでした……」

矢を放った直後、それが致命傷に至らないとわかり、ロロアは謝罪の言葉を口にした。

「いや、上出来だよ」

いかに優れた隠密スキルを有していようが、『情報閲覧』からは逃れられない。

敏樹は五人の男たちとは別に斥候の男がついてきていたことを、彼がアジトを出たときから……、いや頭目が彼に様子見を命令した時点から知っていた。

そして彼の能力もすべて把握しており、三〇〇メートルの距離から狙えば気付かれないことも、ロロアの腕ならその距離で充分仕留められることもわかっていた。

そして男のほうは、矢に隠密効果を付与できる〈影の王〉のことを知らなかった。

「次は仕留めます」

ロロアは二本目の矢に手をかけ、少し場所を移動した。

斥候の男がもう少し森の深い位置にいれば、樹から落ちた時点で狙うのは困難だっただろう。

しかし隠密能力に長けた男は多少人目に付いたところで気付かれることはなかろうと、旧交易路沿いの樹を監視場所に選んでいた。

そのため、樹から落ちてうめく男の姿を、ロロアは少し移動しただけで捉《とら》えることができた。

ロロアが二の矢をつがえる。〈遠見〉のおかげで男の姿ははっきりと見ることができた。

不意打ちを受けて樹から落ちたせいか、彼は足を痛めているようだった。

すぐに逃げ出すことはない。

あとはゆっくりと狙いをつけて、仕留めるだけである。

「っ……、なんで……？」

手の震えが止まらない。

一射目で仕留めていればどうということはなかったのかもしれない。

男の眉間《みけん》に狙いをつけて放った最初の矢は、振り返って樹から飛び降りようと少し身体を起こした男の背中を貫いた。

致命傷にはならなかったが、男を足止めするには充分な一撃となった。

そして確実に仕留めるべく男に狙いを定めたとき、ロロアは不意に気付いてしまう。

自分がいままさに人を殺そうとしているということに。

「とまれ……とまれ……」

いつまで経《た》っても止まらない手の震えに、ロロアはいらだちを覚える。

しかし時間が経つほどに精神は乱れ、狙いは定まらなくなっていった。

この矢を放てば、放った矢が的に当たれば、自分は人殺しになってしまう。

その事実がロロアの心に重くのしかかる。

「ひぁっ⁉」

突然耳元に息を吹きかけられたロロアが、素《す》っ頓狂《とんきょう》な声を上げて矢を放ってしまった。

放たれた矢は当初の狙いを大きく逸れ、すぐ近くの樹に刺さってしまう。

「な、なにするんですかっ⁉」

ふざけている場合ではない。

あの男を逃せば自分たちの不利になる可能性は非常に高く、アジトに帰れないとしても、なんらかの連絡手段を持っていないとも限らないのだ。

一刻も早く仕留めなくてはならないというこの状況で、敏樹はロロアの邪魔をしたのだった。

「ごめんごめん。でもロロアはここで待ってて」

「え？」

「あれは俺が仕留めるよ」

そう言って、敏樹は男のほうに向けて走り出した。

「一発で仕留めなくてよかった……」

去り際にそうつぶやいた敏樹の独り言が、ロロアの耳に残っていた。

＊＊＊＊＊＊＊＊

「まったく、俺ってやつは……」

二発目を射てないロロアの姿を見て、人を殺すということの重大さに気付かされた。

いや、最初からわかっていてそこから目を逸らしていたというべきか。

自分たちにとっての障害となり得る者を排除する。

その程度の認識だった。

だから、最も成功率の高い方法として、ロロアの正確無比な剛弓に〈影の王〉を使って隠密効果を付与するという手段を選んだ。

それは一撃で終わるはずだった。

いつも魔物や獣を仕留めるようにあっさりと終わるはずだったのだ。

しかしちょっとした偶然からロロアは仕留め損なった。

それでも追い打ちをかければ容易に仕留められる状況だった。

しかしそこに至って気付いてしまう。

人が人を殺すという事の重大さに。

それはいつもの狩りのようにあっさりと終わるものではない。

そうあってはならないのだ。

これから山賊団との戦闘が本格的に始まったら、ロロアも人を殺さざるを得なくなるだろう。

自分たちの身を守るために、それは仕方がないことである。

だから「人を殺すな」などということを安易に言うつもりはない。

しかし——、

「手を汚すなら俺が先だろう」

と、敏樹は覚悟を決めたのだった。そして男の元に駆けながら改めて思う。

「ロロアが一発で仕留めなくてよかった……」

＊＊＊＊＊＊＊

「ちくしょう……、折れてやがる……」

斥候の男は無理な姿勢で着地したため、足首を骨折していた。

なんとか動けなくもないが、アジトまで何日かかるかしれたものではない。

それ以前に、魔物に襲われて死んでしまうかも知れない。

「いや……、こうしてる間にも俺は狙われてるのかもな」

自分に気付かれず矢を放つような相手である。

いつ次の攻撃が来てもおかしくない状況ではあるのだ。

男は警戒心を高め、周辺の探知に意識を集中した。

可能性として考えられるのは自分の探知可能な範囲外からの攻撃である。

探知の範囲を広げて敵の位置を探るか、あるいは範囲を狭めてでも精度を上げるか。

悩ましいところではあったが、結局どちらも上手《うま》くいかなかった。

「くそぅ……痛ぇ……」

折れた足の痛みでうまく集中できなかったのである。

暗部にいた頃は痛みに耐える訓練も行なっていたが、何年も山賊団というぬるま湯で過ごした結果、最低限諜報活動に必要な能力以外はかなり低下してしまっているようだ。

「だったらこいつで……」

男は懐から黒いコインのような物を取り出した。

それは通知の魔道具という物で、それを叩《たた》き潰《つぶ》すことで、特定の相手に魔道具が作動した場所をほぼリアルタイムに伝えるという物である。

「こいつはもらっておくよ」

突然声が聞こえたかと思うと、手に持っていた魔道具を奪われてしまった。

「なっ……!?」

顔を上げれば、そこには奇妙な格好の男が立っていた。光沢のある丸い兜《かぶと》と、身にまとったごく普通の革鎧とがアンバランスに見えた。

手にはこれまた奇妙なかたちの手斧《ちょうな》が持たれており、男から奪ったはずのコイン型魔道具はどこにもなかった。ポケットにでもしまったのだろうか。

「何もんだてめぇ……」

男は問いかけながらも、目の前のこの男こそが自分をここまで追い詰めた人物であると確信していた。

この男自身が手を下したのかどうかはともかくとして。

「わるいけど、死んでもらうよ」

その言葉に一瞬心臓が止まりかけた男だったが、腐っても元暗部の人間である。

平静を装っているが、相手の声がわずかに震えていたこと、そして半透明な面越しに見える表情に今なお怯《おび》えや迷いがあることを見抜いた。

（こいつは……たぶん人を殺したことがねぇか、慣れてねぇか……そこに活路を見いだすしかねぇ）

「頼むっ、見逃してくれ」

男は足の痛みをこらえつつできる限り姿勢を正し、頭を下げた。

無防備に後頭部をさらせば逆に躊躇《ちゅうちょ》すると考えたのだ。

「俺みたいなちんけな山賊であんたの手を汚すことはねぇ！　そうだろ⁉」

男は頭を上げ、すがるような視線を向けると、相手は少しためらったように見えた。

「あんた、あの集落の関係者か？　だったら俺はこの先敵対しねぇと誓うよ！　山賊からも足を洗って、まっとうに生きると約束する‼　だから、な？　見逃してくれよぉ‼」

男は涙を流しながら懇願した。半分は演技だが、半分は本気である。

実際、ここで助かったら山賊を抜けてもいいと思っている。

痛みで集中力が緩んでいたとはいえ、目の前に現れるまで存在に気付けないような相手を敵に回したくはないし、なにより死にたくなかった。

あと一押しでなんとかなるか、と思ったところで、突然相手の表情が消えた。

「なぁ、お前は同じように許しを請う人たちに、いったいどんなことをしてきたんだ？」

淡々と発せられたその問いに、男は肝が冷えるのを感じた。

自分が過去に行なってきたことを、目の前の男はすべて見通しているように思えた。

だからこそ自分は見逃してもらえないということも。

（ああ……あいつらはあのとき、こんな気分だったんだな）

無様に命乞《いのちご》いをし、それでもなお助からないとわかったときの人間の表情が、男は好きだった。

あえて望みを持たせ、それを断ち切るということを何度行なってきたか。

そうやって自分が手にかけてきた多くの人が感じていたものを、男はいまになって理解した。

おそらく人はこの感情を絶望と呼んだのだろう。

見逃してもらえない、とわかれば、もうジタバタしてもしょうがないだろう。

ひとつ望みがあるとすれば、奪われたあの魔道具である。

あれは潰せば作動する物だが、所有者の魔力を感知できなくなったときも自動で作動するのだ。

所有者から一定の距離を離すか、あるいは所有者が死ぬかで。

「……わかった。じゃあ最後にひとつ聞かせて欲しい」

自分が死ねば魔道具が作動する。頭目ならそれで何かを察し、なんらかの対策をとるはずである。

「あんたの名前を」

最期に一矢報いることができると思ったからか、男の口元に誇らしげな笑みが浮かんでいた。

＊＊＊＊＊＊＊＊

「大下敏樹、四〇歳」

突然男の態度が改まり、覚悟を決めたように名を問われた。

一瞬戸惑ったが、初めて手にかける相手である。

冥土《めいど》の土産に名前を教えてやるのもいいだろうと思い、敏樹は答えてやった。

そしてそのことでむしろ覚悟が固まった。

命乞いをされたとき、少し心が揺らいだ。このまま立ち去ってくれるのであれば、見逃してもいいのではないかと。

しかし、ふとアジトから救出した女性たちのことが頭をよぎった。

歯を抜かれ、舌を切られ、手足の自由を奪われたシーラの姿を。

恩人とわかっていても男というだけで敏樹に恐怖してしまう女性たちの姿を。

山賊たちにされてきたことに苦しむ女性たちの姿を思い出したとき、男の謝罪がとても薄っぺらい物に感じられた。

そして自分のなかで何かがすーっと冷めていった。

そんな敏樹の様子に男は覚悟を決めたようだった。

敏樹の名を聞き、わずかにうなずいた男の脳天に、敏樹は片手斧槍《ハンドハルバード》を振り下ろした。

男は刃が頭に到達するその瞬間まで、不敵な笑みを浮かべたままじっと敏樹を見つめていたのだった。

――人を殺した。

頭の半分を叩き潰され、脳漿《のうしょう》を垂れ流してぐったりと倒れる男の死体から少し離れたところで、敏樹は胸を押さえてうずくまっていた。

片手斧槍を通じて伝わってくる骨の砕ける感触、そしてそれを超えたあとに訪れる柔らかい物を潰す手応え。

命が失われ、頭の半分を潰された男が、人からただの肉塊に変わっていくのを敏樹は感じたのだった。

それはやがて不快感につながり、その不快感を発散すべく絶叫したくなるのをこらえるように口元を押さえた。

そうやって口元を押さえながら少しでも男の死体から離れるべく歩こうとするが、足に全く力が入らない。

頭が重いと感じた敏樹は、片手で口を押さえたまま、片手でヘルメットを脱ぎ捨てた。

それでもガクガクと震える膝《ひざ》は敏樹を支えきれず、数歩で崩れて膝をついた。

やがて胃の辺りがムカムカとしてくるのを感じ、それが胸の辺りまでせり上がってくる。

背筋には寒気が走り、全身の肌が粟立《あわだ》つのを感じていた。

ゴクリとつばを飲み込み、なんとか嘔吐《おうと》感を耐え忍んだが、再びせり上がってきた不快感に耐えるように、敏樹は胸を押さえてうずくまった。

男を手にかけてどれくらいの時間が経ったのだろうか。

（そういや初めてゴブリン殺したときも……）

異世界に来て、初めて人型の魔物であるゴブリンを殺したときも、同じく気分を害したのを思い出した。

いまはあのときよりもさらに不快であるが……。

（あのときは、ロロアがいてくれたんだっけ……）

いつの間にか身を縮めて寝転がっていた敏樹の頭が、不意に持ち上げられた。

弾力のある柔らかいものの上に頭を乗せられた敏樹は、なんとも言えぬ心地よさを感じていた。

そしてうっすらと目を開けると、ロロアの顔が見えた。どうやら敏樹は膝枕《ひざまくら》をしてもらっているらしい。

「ロロ……ア……？」

彼女は泣いていた。

「ひとりで……無理しないで……!!」

ロロアが絞り出すように告げた。

敏樹をじっと見つめる彼女の目からポタポタと涙が落ちた。

敏樹は頬に温かいものが当たるのを感じながら、なにか違和感を覚えていた。

「私が……、これからも私がずっと一緒にいますから……。だから、なんでもひとりで背負い込まないで……」

（ああ、そうか……。目が……）

膝枕をされうつむくロロアの顔を下からのぞき込むようなかたちになったため、普段フードで隠れているロロアの目がしっかりと見えていたのだ。

先ほどからずっとロロアと目が合っていることに、敏樹はようやく気付いたのだった。

（ロロアがいてくれれば……、俺は大丈夫、かな）

特に根拠があるわけではない。

ただ、涙に濡《ぬ》れる黄金《こがね》色の瞳《ひとみ》を見ながら、敏樹はそう思った。

「……ありがとう」

弱々しい声で、しかしはっきりと敏樹がつぶやくと、ロロアは穏やかにほほ笑んでくれた。

そしてそのまま優しく頬を撫《な》でられながら、敏樹はゆっくりと眠りにつくのだった。

＊＊＊＊＊＊＊

山賊たちを撃退したその日。少し明るい時間から、宴会が開かれていた。

といっても本格的な戦いはこれからなので、それはささやかなものであったが。

ひとり一～二杯ずつの酒と、ちょっとした料理を肴《さかな》に、ささやかながらも賑《にぎ》やかな宴会となった。

遅れて参加した敏樹とロロアがからかわれるという一幕もあったが、夜の早い時間に宴会はお開きとなった。

宴会がお開きとなり、いつものようにロロアのテントに帰ったあとの事である。

「トシキさん……だ、大事なお話があります」

ロロアと向かい合って座った敏樹は、真剣な様子でそう告げられた。

「だ、大事な……？」

しかしそう言ったあとのロロアは、気を鎮めるように胸に手を当てた状態で無言のままだった。

テント内にはロロアの荒い呼吸音だけが響き、そのせいか敏樹の心拍数もそれに釣られように高まり始めた。

そして昨日見た黄金色の瞳を思い出し、さらに鼓動が早くなる。

（四〇のおっさんが情けない……）

平静を装ってはいるが、どうせ顔に出ているだろうと開き直りにも似た心境のまま、敏樹はロロアの様子を見つめていた。

ロロアのほうはそんな敏樹の気を知ってか知らずか、ときおり敏樹のほうに顔を向けては逸らし、あらぬ方を見回してはまた敏樹のほうを見る、というのを繰り返している。

「あのさ、大事な話って？」

ロロアの身体がビクッっと震えて硬直する。無言のまま敏樹のほうに顔を向けたロロアだったが、どうやら呼吸を整えているようなので敏樹はしばらく様子を見ることにした。

「え、えっとですね……、大事な話というか、用事というか、その……」

たっぷり一分ほどかけて呼吸を整えたロロアは、胸を押さえてうつむき、さらに深呼吸を何度か行なったあと、ゆっくりと顔を上げ、敏樹に向き直った。

「ト、トシキさん……、か、かか覚悟は、いいですか……？」

「覚悟……？　ああ、うん。大丈夫」

ロロアの狼狽《ろうばい》ぶりのおかげで逆に落ち着きを取り戻した敏樹は、あまり意味がわからないまま、とりあえずそう答えた。

「で、では……」

その声はわずかに震え、再びロロアの呼吸が乱れているのがわかった。

手もわずかに震えており、ロロアは自分を落ち着けるために何度も大きく息を吐いた。そして──、

「えいっ‼」

可愛らしいかけ声とともに、ロロアはローブのフードに手をかけそのままの勢いで後ろにずらした。

「あ……」

敏樹が思わず声を漏らす。フードを外して顔をさらしたロロアだったが、その目はぎゅっと閉じられていた。

敏樹の反応が怖いのか、しばらく目を閉じていたロロアだったが、彼が最初に短く声をあげたきり黙り込んでしまったため、恐る恐るといった様子で目を開いた。

開かれたまぶたの下から、黄金色の瞳が現れ、敏樹は思わず息をのんだ。

「あの……、どうですか……？　私の顔、変じゃな──」

「綺麗《きれい》だ……」

「ふぇっ……⁉」

「あ、いや、その……」

咄嗟《とっさ》に口をついて出た言葉に、敏樹自身狼狽してしまう。

昨日はただ目だけを注視していたが、こうやって顔全体を見るとその造形の美しさに息をするのも忘れてしまいそうだった。

少しつり上がった目は、それだけだとキツそうに見えるが、下がり気味の細い眉《まゆ》と穏やかな表情、ふわりとした青緑の髪がその印象を和らげている。

すっと通った鼻筋から口元、そして輪郭のバランスは以前からかなりいいと思っていたが、露わになった目と合わせてみればそれはもう完璧《かんぺき》な造形と言わざるを得ないものだった。

「う……あ……」

敏樹はそのままじっとロロアの顔を見つめ続けたが、ロロアのほうは狼狽したように短くうめきながらキョロキョロと視線を動かしていた。

それでも顔だけは逸らすまいとかなり頑張っているのだが。

「うん、綺麗だ」

先ほどは思わず漏れた言葉だったが、しっかりとロロアを見て、改めて思ったことである。

勢いに任せるのではなく、ちゃんとした自分の言葉としてもう一度伝える必要があるだろうと、敏樹は穏やかな口調でそう言った。

「ふぁ……あ、ありがとう……ござ――」

「ひゅぅー、おっさんやるねぇ」

突然の声にロロアは振り返り、敏樹も声のほうへ視線を向けると、わずかに開かれたテントの入り口から五対の目がこちらを覗《のぞ》いているのが見えた。

「あえて飾らぬシンプルな言葉で……、さすがですわ」

「ん、合格」

「ロロアちゃんナイスファイトー」

「ロロア……よくがんばったね……！」

「おまえらっ……、それにゴラウさんまでっ‼」

そこにはシーラ、メリダ、ライリー、ファラン、そしてロロアの伯父であるゴラウまでもがいた。

「い、いつからそこに……？」

「はっはー。まあ細かいことはいいじゃないか」

シーラが開き直ったように笑い飛ばす。

「〝だ、大事なお話があります……〟とか言いながらなかなか話が進まないから、いっそボクがフードを引き下げてあげようかと思ったぐらいだけどね」

「ほぼ最初っからじゃないか‼」

どうやらふたりの様子はずっと見られていたようである。

探知系スキルを多数保有している敏樹がそのことに気づけなかったということで、いかに彼が平静を失っていたかということがおわかりいただけるだろう。

「んじゃあ、明日も早いしあたしらは寝るわ。おふたりともごゆっくりぃー」

「はぁー、お腹いっぱいでいい夢を見られそうですわぁ」

「ん、遮音わすれちゃ駄目」

「お邪魔虫は消えるねー」

「いやうるさいよ、お前ら」

なんともお節介な言葉を残してシーラたちはケタケタと笑いながら自分たちのテントに戻っていた。

最後にゴラウだけが残る。

「ロロア」

「……はい」

「集落は僕が継ぐから、遠慮なくお嫁に――――」

「伯父さんっ⁉」

「ははっ。じゃ、おやすみー」

と、ゴラウもテントから離れていった。

「もぅ、なんなんですか、伯父さんまで……」

「まったく……」

ふたりは呆《あき》れたようにため息をついたが、不意に訪れた静寂のせいで互いに妙な緊張感を覚えることになった。

「ね、寝ようか？」

「そう、ですね。明日早いですし」

敏樹はテントの空きスペースに日本製のマットレスと布団一式を二つ置き、気まずさから逃げるように布団へと潜り込んだ。そしてロロアが照明を消したのか、フッとテント内が暗闇に包まれる。

「え……？」

何を思ったのか、マットレスを別に用意しているにもかかわらず、ロロアが布団をめくって敏樹の隣に潜り込んできた。

そして、ロロアの用のマットレスに背を向けるかたちで横になっていた敏樹は、後ろから抱きつかれたのだった。

「ロ、ロロア……？」

背中に当たる柔らかな感触にドギマギしていた敏樹だったが、ふとロロアが震えているのに気付いた。

それに気付いたことで少し落ち着いた敏樹は、後ろから回されたロロアの手に、自分の手を重ねた。

――この戦いで、ロロアは初めて人を殺す。

おそらくそのことを考えて、彼女は震えているのだろう。

「ロロア」

「……はい」

「なんで今日だったの？」

なので、敏樹はとりあえず普通の会話でロロアを落ち着けてやろうと思った。

「え……？　あ、あぁ。えっと」

考えが他に逸れたことで、少しロロアの震えが治まったように感じられた。

「あの、このあいだ私が連れて行かれたじゃないですか」

「うん」

「あのとき、山賊に顔を見られたんです」

「うん」

「なんか……嫌だなって思ったんです」

「そりゃ、山賊なんぞに顔見られちゃいい気分はしないよな」

「あ、そういう意味じゃなくて。トシキさんにも、まだ……見せてないのに……って」

「そ、そっか……うん」

「だから、ほんとはもっと早く見てもらおうと思ってたんですが、なかなか決心がつかなくて……」

敏樹に回されたロロアの腕に、ぎゅっと力が入る。

「作戦では……、別行動ですよね？」

「……そうだな」

「なにかあったら、やだなって……。だから、出発前にどうしても見てもらいたかったんです」

「そっか……」

「……終わってからのほうがよかったですか？」

そう言われ、敏樹はその様子を想像してみた。

『大事なお話があります。この戦いが全部終わってから聞いてもらってもいいですか？』

（うん、死亡フラグだな、これ）

「いや……」

敏樹は苦笑しながら、ロロアの手を取って緩めさせ、寝返りを打って彼女のほうに向き直った。

「今日でよかったよ。だから、もっとよく見せて」

「あぅ……、は、はい」

敏樹はロロアの頬を手で包み、じっと見つめた。

テント内は真っ暗だったが、敏樹には〈夜目〉がある。

そしてロロアも〈夜目〉が利くため、自分の顔をじっと見つめる敏樹の表情がはっきりと見えた。

それがなんともいえず照れくさくて、ロロアは顔を真っ赤にしていたのだが、さすがに顔色までは判別できないのだった。

敏樹はしばらくロロアの顔を見つめたあと、彼女の頭を胸に抱き、優しく撫《な》で始めた。

「最初は、一緒にいるから」

「……はい」

ロロアは改めて敏樹の背中に腕を回し、ぎゅっと抱きしめた。

そうやって互いの体温を感じながら、ふたりはほどなく眠りにつくのだった。


そして翌朝。

日の出とともに全員が起き出し、食事や着替えなどの準備が概ね終わったのを確認した敏樹は、これまでに調べ上げた情報を頭で整理しつつ、あらためて状況を説明していく。

森の野狼にとって集落を訪れた五人はともかく、敏樹が倒した斥候の男は非常に重要な存在であったらしい。

あの男に対する団の信頼は篤く、彼がなんの情報も伝えないということは、つつがなく事は運ばれているということになるようだった。

なので追加の偵察などは派遣されておらず、敏樹は今朝になって『情報閲覧』で山賊団の様子を確認したが、特に変わった動きはなかった。

斥候の男が情報を持ち帰るか、派遣された五人が戻らなければ、連中が動き出すことはないようである。ただし、本来五人が戻るであろう時間を過ぎれば、何かしらの動きはあるはずだが。

「というわけで、連中は明日の日没までとくに動きもなく、警戒も薄いと思われます」

朝食後、集まった住人たちに敏樹は状況を説明する。

「今夜中に敵のアジト近くの森に陣取り、休息を経て明け方前に襲撃をかけます。いいですね？」

今回襲撃のために集落を出るのは、長であるグロウの息子ゴラウを中心とした水精人が五〇名に、シーラ、メリダ、ライリー、そして敏樹とロロアの五名を加えた計五五名。

熊獣人のベアトリーチェは万が一に備えて集落に残り、その他腕に覚えのある者も一〇名ほどは集落防衛のために残ることになっている。

森の野狼に別働隊のようなものは存在しない。

なので、集落の防衛は本来不要なのだが、いくら安全とわかっていても力のない者だけを集落に残せば出撃したメンバーにとってはどうしても不安の種になってしまうだろう。

そもそも二〇〇人規模の山賊に五〇名の水精人というのは過剰戦力なのだ。

一〇名ほどを防衛に回したところでどうということはないのである。

「では、いってきます」

「うむ、まかせたぞ、トシキよ」

ロロア、シーラ、メリダ、ライリーと、念のための護衛として水精人一〇名ほどを自分に触れさせた敏樹は、一日に一度無条件で使える〈拠点転移〉で、アジト近くの森に転移した。

前回ロロアとともにアジトへ忍び込んだ際に設定しておいた拠点である。

「じゃあ、他のみなさんを迎えに行くので、みんなはここで待機ね」

半日ほど時間を潰《つぶ》した後、必要な物は〈格納庫《ハンガー》〉の共有スペースから出せるようにして、敏樹は旧交易路を目指してひとり森を歩いた。

二時間ほどで森を抜けた敏樹は、その場を新たな拠点に追加しておく。

午前中のかなり早い時間に出発した残りメンバーだったが、旧交易路のアジトに近い位置へたどり着いた時点でもう日が暮れかかっていた。

特に行軍用の訓練を積んでいない五〇人超の集団が足並みをそろえて移動するとなると、どうしても移動速度は遅くなってしまうのだが、それでも日のある内にここまで来られたのは、水精人の身体能力と、ゴラウの指揮能力のおかげだろう。

「トシキ殿、おまたせしました」

「いえいえ、おつかれさまでした」

本来であればここから森を抜けてアジトへ向かう必要がある。

前回忍び込んだときは敏樹とロロアの二人だけだったのでアジト近くまで三時間ほどで行けたが、数十人が一斉に移動するとなると遭難を危惧《きぐ》する必要もあるので、倍近い時間がかかるだろう。

本来ならば。

「はーい、じゃあここからは一〇人ずつ転移しますね――」

普通に移動すれば半日かかる行程だが、それはあくまで深い森を抜けるというのが前提である。直線距離にすればそれほどではなく、〈拠点転移〉の消費魔力はその直線距離によって消費魔力が増減するのだった。

「「「おおっ……」」」

突然景色が変わったことに、第一陣の水精人たちは驚きの声を上げた。

「しーっ……！　アジトはまぁまぁ近いですからね」

「おっと、すいませんね」

水精人部隊のリーダーであるゴラウに注意を促し、敏樹は残りのメンバーが待機している場所に戻った。

そうやって〈拠点転移〉を繰り返して全員をアジト近くまで転移させた。

そしてその後は交代で仮眠を取りながら、充分に体力を回復することができたのだった。

＊＊＊＊＊＊＊＊

アジト入り口の門は前回と違って閉じられていた。

女性たちがいなくなった件で侵入者の疑いがある以上、当たり前の措置と言えるだろう。

門の外側に二名の見張りが立っており、こちらも前回と違い、しっかりと立って周りを警戒しているようである。

そこから二〇〇メートルほど離れた森の中に、敏樹とロロア、メリダとライリー、そして二人の水精人がいた。

他のメンバーはよりアジトから近い位置に【結界】を張り、その中で息を潜めて待機している。

【結界】は、中にいる内の誰かひとりでも外に出れば解除されるようになっていた。

「……いきます」

胸を押さえて心を落ち着かせていたロロアが、そう宣言し、弓を構えた。

彼女はもう、フードをかぶってはいない。

「では、わたくしも」

ロロアの準備ができたのを確認し、メリダも弓を構えた。

そしてほぼ同時に弦が引かれる。

ヒュン！　ヒュン！　と風を切る音が続けて鳴り響いた。

まずロロアが放ち、それを確認したメリダが一瞬遅れて矢を放つ。

二本の矢はそれぞれ見張りの男の頭に命中し、ふたりの男は力なく倒れた。

「突撃ぃー‼」

見張りが倒れたのを合図に、ゴラウの号令で潜んでいたメンバーがアジトの入り口に向かって突進した。

太い丸太で作られた頑丈な門は、斧《おの》を持った数名の水精人によってあえなく破壊され、突撃メンバーはその勢いをほとんど失うことなくアジト敷地内になだれ込んでいく。

その水精人のかたまりを飛び越えるように、二本のミリタリーマチェットを手にしたシーラが敷地内へ躍り込んでいくのが見えた。

「はぁっ、はぁっ、はぁっ……」

ロロアの呼吸が荒くなっていく。

胸を押さえてなんとか落ち着けようとするがうまくいかず、さらに身体も震え始めたせいで持っていたコンパウンドボウを取り落とした。

「あ……う……」

「あぅっ……」

落とした弓を拾おうとしたところで身体がふらつき、そのまま倒れそうになる。

しかし、ロロアは倒れる直前で敏樹に抱きとめられた。

敏樹はそのままロロアをしっかりと胸に抱きしめた。

「う……うぅ……」

「大丈夫。大丈夫だ、俺がいるからな」

ロロアの荒い息を胸に受けながら、彼女の震えを押さえ込むように、敏樹は腕に力を込めた。

「もう……大丈夫、です……」

敏樹は抱擁を解き、ロロアの肩を掴《つか》んで彼女を見下ろした。

「ありがとうございます。もう大丈夫ですから」

ロロアの力強い視線を受けた敏樹は、彼女に対してゆっくりとうなずいた。

「わかった。じゃあ、あとはいけるな」

「はい」

「メリダ、ライリー、頼んだぞ」

「この身に代えましても」

「ん、まかせて」

敏樹がふたりにそう言うと、メリダはうやうやしく一礼し、ライリーは軽くうなずいた。

「おふたりも、よろしくお願いします」

続けてふたりの水精人のほうを見ると、ふたつの蜥蜴頭《とかげ》が力強く頷《うなず》いてくれた。

敏樹はそれにうなずき返したあと、再びロロアのほうに向き直り、彼女の頬に触れた。

「じゃ、いってくる」

「いってらっしゃい。お気をつけて」

敏樹はふっとほほ笑んだあと、その場から消えた。

＊＊＊＊＊＊＊

「お待たせしました」

「おお、トシキ殿か。待ちわびたぞ！」

敏樹は〈拠点転移〉で洞窟《どうくつ》内の牢《ろう》に転移していた。

ゲレウたちをはじめ、囚われていた水精人は相変わらず片方の牢屋《ろうや》に集められたままだったので、狭い範囲に隠密効果を付与した【結界】を張った。

「ふん、こっちは無人なのに、狭いほうに閉じ込めて……。嫌がらせのつもりかな？　逆にありがたいけど」

元々女性たちが閉じ込められていた、いまは誰もいない牢屋を見ながら、敏樹は少し馬鹿にするような言葉を吐きつつ、〈格納庫〉からバッテリー式のディスクグラインダーを取り出した。

いわゆる〝サンダー〟の通称で知られる電動工具であり、すでに鉄工用切断砥石《といし》を装着している。

「トシキ殿、外が騒がしいようだが……」

「ええ、すでに襲撃が始まっています」

「そうか！　ではもうここから出てもいいのだな？」

「はい。鉄格子を切りますんで、少し離れてもらえますか？　あと、結構うるさいんでご注意を。五分か一〇分もあれば切断できると思いますから」

そう言って敏樹はディスクグラインダーのスイッチを入れようとしたのだが、鉄格子の向こうから手を伸ばしたゲレウにトントンと肩をたたかれた。

「ちょ、作業中は危険なので――」

「トシキ殿、お心遣いはありがたいが時間が惜しいので少し下がっていて欲しい」

「は……？」

ゲレウは近くにいた別の男に目で合図し、ふたりは向かい合うように立った。

ゲレウが一本の鉄格子に両手をかけると、向かい合った男は隣の鉄格子に同じく両手をかける。

「せーのっ……」

「「ふんっ!!」」

かけ声とともに引っ張られた鉄格子は、ゴガッッと鈍い音を立て、ぐにゃりと歪《ゆが》んだ。

「へ……？」

呆然《ぼうぜん》とする敏樹をよそに、ゲレウたちは歪んだ鉄格子の間を通って悠然と牢の外に出るのだった。

「いや……えぇ!?」

「ふふ、驚かせてすまんな。だがこの程度の牢など、出ようと思えばいつでも出られたのだよ」

「は、はぁ……」

「まぁ、我々が逃げてしまっては集落に迷惑がかかるのでおとなしくしていたがな。出てもいいというなら出させてもらうさ」

「なんとまぁ……」

「トシキ殿、呆《ほう》けている場合ではないぞ？　武器は用意してくれたのだろうな？」

「あ、はいはい。あ、いや、その前に……」

敏樹はタブレットPCを取り出し、ゲレウたちをパーティに加えたうえでスキルを習得させていった。

この場では適性でなく環境に合ったものを、ということで、長柄の武器は除外したうえでより適性に近いものを習得させ、〈格納庫《ハンガー》〉から取り出した装備を渡していく。

「ふむう、透明な盾とは珍しい」

防具としてライオットシールドと呼ばれるポリカーボネート製の円盾《まるたて》と、革製の胸甲を全員に身につけてもらった。

それに加え各人のスキルに合わせた片手持ちの武器を渡している。

ちなみにゲレウには〈小剣術〉を習得させ、ミリタリーマチェットを装備してもらっていた。

（おお、いかにもリザードマンって感じだな）

革の胸甲と円盾を装備し、ミリタリーマチェットを構えたゲレウは、昔のゲームに登場しそうな姿であった。

「さて、そこの入り口もついでに壊そうか？」

この部屋の入り口には外側から閂《かんぬき》がかけられている。

扉の一部が格子になっており、そこから手を伸ばせば内側からでも外せなくはないのだが、外には見張りがいるだろう。

ならば蹴破《けやぶ》って一気に躍り出るという方法も悪くはないのだが……。

「いや、せっかくなんで開けてもらいましょうか」

敏樹はいつの間に取り出したのか、コイン型の魔道具を手に不敵な笑みを浮かべるのだった。

＊＊＊＊＊＊＊＊

「しゅ、襲撃です‼」

頭目の部屋に伝令が駆け込んできた。部屋では幹部十数名が集まり、先日の集団失踪《しっそう》のことや、今後の対策について答えのない議論が繰り返されていた。

「襲撃だとぉ？　馬鹿な！」

「まさか、アジトの場所が軍に？」

「いや、やはりこの間のあれは侵入者がいたのだ」

幹部たちがどよめき、口々に推論を述べ始める。

「静まれぃ‼」

それを一喝するように、野太い声が室内に響いた。それは部屋の奥に鎮座する頭目の傍らに立つ、大男が発したものだった。

「で、襲撃ってのはなんだ。どこの命知らずがここにきたってんだ？」

一同が静まりかえったところで頭目が口を開いた。

大きな口に鋭い犬歯、切れ長の目、茶色がかったグレーの髪の間から、獣の耳が見え隠れしている。

「そ、それが、どうやら数十名の水精人のようでして……」

頭目の眼光に怯《おび》えながら伝令の男が答える。

「なんだと……？　連中正気か？」

頭目は眉《まゆ》をひそめた。

そしてそこにもわずかな怯えが見え隠れする。

「あと、水精人に混じってひとり女の犬獣人がいるとかなんとか」

「犬獣人？」

「は、はい。なんでも、シーラに似てるとか似てないとか……」

「ばかなっ‼　あのメス犬は手足を砕いて動けなくしたはずだぞ」

幹部のひとりが叫ぶ。

「ふん、それが何者かはしらんが、メス犬風情が粋がってオレ様に楯突《たてつ》いたことは後悔させてやらんとなぁ」

頭目はわざとらしい笑みを浮かべながらゆっくりと立ち上がる。

「魔術士を迎撃に出せ。水精人は殺してもかまわん。ただし、ひとり混じっているメス犬は生かしたまま連れてこい。全部終わってからじっくり可愛がってやる」

嗜虐的な笑みを浮かべる頭目の姿に、幹部たちはようやく落ち着きを取り戻したようだった。

部下を率いるためか、部屋にいた者の内半数が駆け出していった。

「しかし斥候はどうした？　なぜあれに気付かれずここまでこれた？」

頭目の疑問に残った幹部たちが首をかしげる。

そんな中、部屋に残っていた幹部のひとりが驚いたように立ち上がった。

「どうした？」

「……斥候から通知が」

「なんだと？　あの役立たずめ！　いまどこにいる⁉」

「そ、それが……」

その幹部は青ざめた顔を頭目に向けた。

「城内の牢にいるようで」

「はぁっ⁉　アホ抜かせぇっ」

「し、しかし、発信元は確かにそこになってるんです！」

「くそっ‼　女どもの失踪といい今回の襲撃といい、わけがわからんぞ」

頭目が吐き捨てながら机をたたくと、傍らの大男以外、その場にいた者たちがビクッと震えた。

「とにかく牢に人をやれ。あと城門を閉じて城内の警戒レベルを最大級に引き上げだ。外から入れるな、中から出すな。いいな？　わかったら、全員さっと持ち場に着きやがれっ!!」

残った幹部たちや伝令が、慌てて部屋を出る。

そうして残ったのは頭目と大男だけ。

頭目は不機嫌そうに鼻を鳴らすと、どっかりと椅子に座り直した。

＊＊＊＊＊＊＊

「お、きたきた。みなさん、俺から離れないでくださいね」

敏樹はタブレットPCを片手に、牢のある部屋で待機していた。

ゲレウたちは手を伸ばして敏樹に触れており、〈影の王〉を使って全員に隠密効果を付与している。

敏樹は斥候の男から奪った通知の魔道具を持っていた。

あれが男の死とともに作動するのはもちろん知っていたが、男が生きている間に〈格納庫〉に入れておけば、庫内は時が止まっているので魔道具が作動することはない。

そして〈格納庫〉から取り出されて時が動き始めた魔道具は、所有者の魔力を感知できずに作動したというわけである。

そしてその通知に釣られて、三名の山賊が様子見に派遣され、いままさにその連中がこちらに向かってきているのを、敏樹はタブレットPCの『情報閲覧』機能を使ってリアルタイムに監視しているのである。

「おい、どうした？　なんか城内がやたら騒がしいみたいだが」

様子見の男たちが到着したようで、見張りの男が彼らに話しかけたようだった。

敏樹はこの男の言葉に、思わず吹き出しそうになる。

「ゲレウさん聞きました？　城内ですってよ」

「それが？」

「いやだって、こんなちょっと改装しただけのちんけな洞窟を〝城〟呼ばわりですよ？」

「ふふ、そう言われれば確かに滑稽《こっけい》ではあるな」

「滑稽どころか可哀想になってきますよねぇ」

付与された〈音遮断〉の効果により、多少の会話は周りに聞こえないのである。

「どうやら襲撃があったらしい」

「襲撃!?　じゃあ俺も出撃か？」

「いや、牢の様子を見るように言われたんだが……、何か異常はないか？」

「異常と言われてもとくに…………あっ！」

見張りの男が扉の格子から室内を覗《のぞ》き、大声を上げる。

「どうした？」

「わからん。ただ、水精人どもの姿が見えん！」

見張りの男は慌てて閂を外し、扉を開けた。

「ばかなっ!!」

鉄格子が無残にゆがめられた、誰もいない牢の姿が、部屋に踏み込んだ男の目に飛び込んできた。

「いつの間に?」

唖然《あぜん》とする見張りの男に続いて、様子見の男たちも部屋に入ってくる。

「お、おい、もぬけの殻じゃないか……」

「気付かなかったのか?」

「いや、気付くも何も、なんの物音もしなかったんだよ！　それに、扉が開いた様子もなかったし」

「と、とにかく俺はお頭に報告を——ぎゃっ‼」

ひとり部屋を出てかけだした男が悲鳴を上げて倒れた。頭が陥没し、そこからじわりと血がしみ出していく。

「おい、どうし——たっ?」

見張りの男が振り返ると、見慣れぬ男——すなわち敏樹がいた。

「よう」

敏樹は短く声をかけると、逆手に持ったサバイバルナイフを見張りの男の首に突き立てた。

「あ……が……」

「山賊になったことを地獄で悔やめよ」

いまだ事態を飲み込めず驚きのあまり目を見開き、短くうめく男の首から敏樹がナイフを引き抜くと、勢いよく血が吹き出した。

そして見張りの男はそのまま白目をむいて仰向けに倒れた。

それとほぼ同時に、残りのふたりもドサリと倒れる。

ひとりはゲレウのマチェットで首を断ち切られ、ひとりは斧《おの》で頭をかち割られていた。

最初に部屋を出ようとした男は、砕石用のハンマーで頭を殴られており、四人とも即死だった。

敏樹の胸にモヤモヤとしたものが渦巻き始めた。

しかし、この連中がシーラたちをあのような状態に追い込んだのだと、そして一歩間違えればロアも酷い目に遭っていたかもしれないと考えたとき、胸に渦巻く不快感は、すぐに怒りへと塗り替えられるのだった。


「ではみなさん、せいぜい派手に暴れてください」

「おう、ではまた後で」

牢《ろう》を出るときに再び〈影の王〉を使って六人で移動し、城内（笑）の中心部辺りでスキルを解除した。

「うわあぁっ‼」

「なんだ？　急に現れたぞ！」

「す、水精人⁉」

「なにをしているっ、水精人は殺せぇ‼」

城内を警戒していた山賊たちが、突然現われたゲレウたちに混乱する。

「おおおおっ‼」

「いままでの屈辱、晴らさせてもらうぞぉっ‼」

ゲレウたち五人の水精人は、雄叫びをあげながら分かれて突進していった。

さすが獣人を上回る膂力《りょりょく》の持ち主である。

彼らが武器を一振りするたびに、山賊の死体が積まれていった。

「ひいいぃぃっ‼」

「ば、ばけもんだぁっ！」

「助けっ……ごはぁっ‼」

最初は抵抗しようとした山賊たちだったが、圧倒的な能力差を前に逃げ惑うしかなくなっていた。

人の身で精人に対抗したければそれなりの魔術士が必要だが、城内にいた魔術士は、迎撃のため出払っている。

そのことを知っていたからこそ、敏樹はゲレウたちに暴れてもらったのだった。

「さーて、俺は俺の仕事をやりますか」

ゲレウたちが派手に暴れ回っている隙に、敏樹は〈影の王〉で身を潜めつつ城門（笑）を目指した。


城内の地図は頭にたたき込んでいるので、すぐに到着できた。

「ぎゃっ」「ぐえっ」

門の内側を警戒していたふたりの山賊が突然倒れた。

「お、おいどうした？」

突然聞こえた悲鳴に門の外側に立っていた山賊が慌てて振り返ると、門の格子越しに倒れた仲間の姿が見えた。

一人は頭を割られて血を流し、もう一人は首を後ろ側から半ばまで断ち切られ、どちらも息絶えているのは明らかだった。

「なんだってんだ？」

閉じられた門のすぐ外には三名の山賊が配置されていた。そのうちのひとりが、倒れた仲間の様子を見るべく門に近づいていく。

「まて、不用意に近づくなっ」

「がはっ」

別の山賊が注意を促したが時既に遅く、門に近づいた男は喉《のど》から血を流して倒れた。

「くそっ、なにかいる……のか……？」

何かがいると思って倒れた仲間のほうを凝視すると、そこに丸い兜《かぶと》をかぶった男が立っているのが見えた。

両手には変わったかたちの手斧《ちょうな》が持たれ、その先端から血がしたたり落ちていた。

「なんだお前っ、いつからっ⁉」

「え？　どこ――うわぁっ、いつの間に？」

「おおっと、見つかったか」

〈影の王〉を使っていても、その存在を疑われ、注意深く観察されれば見つかってしまう場合があり、一度認識されてしまえばその効果は激減してしまう。

そもそもゲレウと別れてからは体力と魔力温存のため効果を少し下げていたのだ。

「しっかし門の警備にたったの五人とは……ねっ‼　っとぉ」

「ごふっ……！」

片手斧槍《ハンドハルバード》の間合いを警戒した二人の山賊だったが、ひとりは敏樹が持ち替えたトンガ戟の穂先で喉を貫かれて絶命した。

「うわぁあ‼　何で？　いつのまに武器を持ち替――ごっ‼」

仲間が長柄の武器に突かれ、わけも分からぬ様子で怯えながら後ずさった最後の一人は、後頭部を矢に貫かれて死亡した。

「そっち側は戦場なんだから、油断しちゃだめだわな」

矢の飛んできたほうを見ると二〇〇メートルほど先にロロアの姿が見えた。

「さて、じゃあ門を開けますか」

内側から閂《かんぬき》を外した敏樹は、そのままぐぐっと門を押しあけた。

城門などと大層な呼び方をされているくせに、滑車による開閉装置もなく、敏樹は普通に門を開けることができた。

「おーい！　門が開いたぞー‼」

敏樹が知らせるまでもなく何名かはこちらに向かっていた。

「いえーい、いっちばーん！　よ、おっさん」

そして最初に駆け込んできたのはシーラだった。

彼女の手にしたミリタリーマチェットには大量の血が付着し、刃こぼれやゆがみが生じていた。

彼女自身も全身に返り血を浴びている。

「おう、元気そうで。とりあえずこれ」

敏樹は予備のミリタリーマチェットを〈格納庫《ハンガー》〉から取り出し、代わりにシーラの持っていたものを受け取った。

「お、ありがとね」

「おう。ついでに、ほいっと」

続けて敏樹はシーラに【浄化】をかけてやる。

血まみれだった髪の毛や装備、露わになっていた肌から、血糊《ちのり》が洗い流された。

「おー、おっさんありがとー！　ベッタベタでちょっと気持ち悪かったんだよねぇ」

そうこうしているうちに、数名の水精人が門にたどり着いた。先頭に立っていたのはゴラウである。

「おお、トシキ殿！　うまくいったのですね？」

「ええ。いまはゲレウさんたちが中で大暴れ中ですよ」

「そうか、ゲレウ……。この門は僕たちが死守しますので、トシキさんたちは中へ」

「あいよー。じゃあ行こうかおっさん」

「おう。じゃ、ゴラウさん、あとはよろしく」

シーラが駆けだしたので、敏樹もそれについて走り出した。


「なぁ、おっさん」

「ん？」

敏樹とシーラは城内を走りながら会話をしていた。

どうやら城内の山賊はゲレウたちのほうに回されているらしく、門から中心部辺りまでは無人だった。

「頭目はあたしに譲って欲しいんだけど」

「いいよ」

「いや、意外とあっさり？」

「だって、これは君たちの戦いだからな」

「おっさん……」

「まぁ、露払いは任せてもらおうか」

頭目の部屋までシーラを先導しながら、敏樹はときおり遭遇する山賊どもを屠《ほふ》っていった。

「戦況はどうだった？」

「おっさんのおかげで楽勝！」

頭目の部屋を目指しながら、敏樹はシーラから戦況の報告を受けていた。

敏樹は事前に『情報閲覧』を使って山賊たちの中から注意すべき者をピックアップしていた。

単純に戦闘能力に優れた者はもちろん、フルプレートメイルを着ているくせに魔術が得意な者や、魔術士に見せかけて暗器を使うような少しトリッキーな者、そしてそこそこ強力な魔術を習得している魔術士。

そういった者を洗い出して外見的な特徴や普段の配置場所などを覚えてもらい、優先的に倒していくよう指示を出していた。

また、敷地内にはいくつかトラップもあったが、それらもすべて看破し、襲撃メンバーには教えていたのだった。

「事前にあれだけわかってるってのは、ちょっと反則っぽいけどね」

「まず勝ちて後に戦う、ってね」

「何それ？」

「戦いの基本だな。仲間に犠牲が出るのは嫌だろ？」

「そりゃ、まぁ」

「だったら卑怯《ひきょう》だろうが反則だろうが、味方の犠牲を減らすための算段はできるだけしておいたほうがいいのさ。それに、山賊どもに気を遣ってやる義理はないだろ」

「たしかに」

「さて、着いたぞ」

ゲレウたちが頑張ってくれたおかげで、ここまでそれほど戦うことなく到着できた。

「よーし、じゃあ――」

「待て待て、まずは勝つための準備からだ」

そう言って敏樹はシーラを制止し、タブレットPCを取り出した。

「中には、ふたりだけだな。じゃあまずはシーラのスキルを……」

頭目の部屋の中にふたりしかいないことや、トラップのないことを確認した敏樹は、〈双剣術〉をはじめとするシーラのスキルレベルを上げていく。

「お、なんかいい感じかも」

「よしよし、さらに倍率ドン」

アラフォー世代以上の日本人にしかわからないようなネタを交えつつ、敏樹は【身体強化】【感覚強化】【斬撃軽減】【刺突軽減】【打撃軽減】などの強化系魔術をシーラにかけていった。

「おおー、なんか力がわいてきた」

「んじゃ、最後のダメ押し」

そう言いながら敏樹は部屋の入り口に近づき、ドアをノックした。ただし、普通にコンコンと叩《たた》くのではなく、不規則なリズムを刻むように叩いた。

「おい」

「……はい」

何かを促す声とその返事のあと、中からドアに近づいてくる足音が聞こえてきた。

足音がドアの前で止まったあと、ガチャリと鍵《かぎ》の外れる音が聞こえ、続けてギィと音を立ててドアが開く。

「ハラショオオォォッ!!」

敏樹はドアが開いた瞬間、向こう側の人物に対し、片手斧槍を両手で構えて穂先を突き出すかたちで体当たりをかました。

繰り出した片手斧槍の穂は相手の腹に深々と刺さり、さらに敏樹は勢いをつけて敵を押し倒した。

「シーラぁ、いけぇっ!!」

「あいよっ!!」

敏樹が空けた隙間を縫うように、シーラは室内へと身体を滑り込ませるのだった。

＊＊＊＊＊＊＊＊

「てめぇは……やっぱウチにいたメス犬じゃねぇか」

シーラの姿を見た頭目が、ゆっくりと椅子から立ち上がった。

頭目は金属製の軽鎧を身につけており、左手には小型の円盾、右手には刃渡り七〇センチ程度の片手剣が握られている。

頭には前頭部を保護する鉢金を巻いており、頭頂あたりから獣の耳が見えていた。

鎧といい盾といい、かなり使い込まれているようである。

「どいつもこいつもあたしをメス犬呼ばわりかい。気分が悪いねぇ」

「……どうやってそこまで回復した？」

「アンタにゃ関係ないね」

「ふん、まぁいい。さっさと終わらせて、全員の前でたっぷりと可愛がってやるからなぁ」

頭目はシーラに揺さぶりをかけようとわざと嗜虐的な笑みや口調で訴えたが、シーラのほうは冷めた視線を返すだけであった。高レベルの〈精神耐性〉を有するシーラに、そんな手は通用しないのだ。

「はん、せいぜい頑張りな。ま、手下っつってももう何人も残ってないと思うけどねぇ」

今度はシーラがニタリと笑う。

「ふ、ふんっ！　強がりを言っていられるのも今のうちだけだ」

頭目はシーラの言葉を鼻で笑おうとしたが、数十人の水精人が攻め込んで来たこと、なによりこの場に侵入者を許してしまったこともあり、狼狽《ろうばい》を隠せない様子であった。

「おやおやぁ、森の野狼の頭目ともあろうお方が、メス犬一匹にびびってんのかい？」

「なめやがってぇっ‼」

頭目が素早く踏み込み、剣を振るう。それに合わせるようにシーラもその間合いに飛び込んでいった。

「お、あっちは始まったか。じゃあこっちも始めるか？」

突入と同時に突き倒した大男はすでに起き上がり、メイスを構えて敏樹を警戒していた。

二メートルをゆうに超えるその大男は革の軽鎧を装備し、スキンヘッドの頭はむき出しにしている。

メイスは一メートルほどもある大きな物で、柄頭にフランジと呼ばれる突起が四方についているタイプの物だ。

敏樹の初撃はみごとに決まったのだが、厚手の革鎧と見るからに分厚そうな脂肪と筋肉に阻まれ、致命傷には至らなかった。

「しっかし、おたくのボスも随分小物臭がするよね」

シーラと頭目のやりとりを見た敏樹は呆《あき》れたようにつぶやきながら、軽くため息をついた。

「お、お頭を悪く言うんじゃねぇっ‼」

「はっ！　山賊の頭目なんざクズみたいなもんだろ？　褒めるほうが難しいと思うけど」

「だまれえぇぇっ!!」

大男がメイスを振り下ろす。

ドガッ！　という鈍い音とともに岩をならして作られた床が無残にえぐれた。

この頭目の部屋は広さもさることながら高さもかなりあるので、二メートル超の大男が一メートルのメイスを振りまわすことができるのである。

「お頭は、戦に負けて行き場を失った俺たちを救ってくれた英雄なんだぁ！」

大男は喚きながらメイスを振り回すが、敏樹はその間合いに入らないよう余裕を持ってかわしていた。

「か細い女性相手にムキになって剣を振り回すとは、ご立派な英雄だこって」

頭目とシーラの戦闘も白熱し始めていた。

シーラのラッシュは頭目の盾と片手剣でうまく防がれ、隙を縫うように繰り出される頭目の攻撃もひらりとかわされる。

戦いは拮抗《きっこう》しており、互いに決め手を欠くといった状況だろうか。

「そもそも傭兵《ようへい》に敗戦はつきものだろうに。傭兵が負けるたびにいじけて山賊になられたんじゃあ世の中山賊で埋め尽くされてしまうな」

「お前に何がわかるかぁ！」

あいかわらず大男は喚きながらメイスをブンブン振り回しているが、そもそも敏樹を間合いにすら捉《とら》えていないのだから、当たるはずもない。

敏樹に挑発されて冷静さを欠いているようである。

「たしかに、平和を愛する日本人には理解できん話だね」

「ワケのわからんことを‼」

「負けて可哀想なボクちゃんたちは山賊になるしかなかったんですぅってか？　情けない話だな」

「だまれぇ！　俺たちは誇り高き森の野狼だぞっ‼」

「なーにが誇り高きだこら。弱いものいじめしか能がないくせに」

「うるさいっ、死ねぇっ‼」

「ひょいっとな。当たるかよ」

「くそう、ちょこまかとっ‼」

大男が暴れ回るせいで、室内の調度類はかなり破壊されていた。

「商人を襲い、精人をさらい、女性を拐かす行為のどこに誇りがある？　ただのクズの集団じゃないか」

「だまれだまれ！　奪われる奴が悪い！　弱い奴が悪いんだぁ‼」

「ははっ！　戦に負けた奴が言っていいセリフじゃないよ、それ」

「うがあっ‼」

大男は顔を真っ赤にしながら喚き散らし、より激しくメイスを振り回したが、それでも敏樹を捉えることができなかった。

ただ、大男の攻撃自体は相当激しく、敏樹のほうも攻めあぐねてはいたのだが。

「グオオオオォォォォッ‼」

そんな中、室内に獣の咆哮《ほうこう》が響き渡る。

それはシーラと戦っている頭目が発したものだった。

「は、はは……、終わりだ、お前らぁ」

大男は攻撃をやめてだらんと腕を垂らし、敏樹を馬鹿にするような笑みを浮かべた。

「お頭のあれがでたら、もう女に勝ち目はねぇ」

「ったく、お前んとこのボスは人としても終わってるが戦士としても三流だな。そんなんだから戦に負けるんだよ」

「な、なんだとぅ！」

「戦力投入は迅速に、かつ最大限に。戦力の逐次投入は下策の筆頭ってことぐらい、素人の俺でも知ってるけどな」

「な、なにを……」

「こういうことだよ」

言うが早いか敏樹の目の前に【雷槍《らいそう》】が現れ、大男のみぞおちを貫く。

「ぐががっ……あ……」

さらに、同時に放っておいた【風刃】が大男の首を切断した。

「戦闘中に構えをとく奴があるか」

大男が油断したところで派手な【雷槍】を放ち、そちらに気を取られている隙に【風刃】で首を落とすという作戦だったのだが、敵は敏樹の予想以上に間抜けだったようである。

「本気モードがあるんなら出し惜しみしてる場合じゃないぞ、って話だよ」

敏樹は足下に転がる大男の頭に話しかけたが、当然のことながら反応はなかった。

頭目の咆哮には威圧効果があった。

対象を精神的に萎縮《いしゅく》させ、一時的に動きを封じるのである。

そしてこの咆哮にはそれ以外の効果があった。

正確にはこの咆哮が、別の能力の副次的な効果なのである。

頭目の身体が徐々に変化していく。筋肉が膨張し、顔が獣のように――狼のように変化していった。

――獣化。

これは人狼が持つ特殊能力であった。

頭目は一見すれば狼獣人のように見えるが、彼には人狼の血も流れていた。

人狼は獣人ではなく魔族に分類される。

狼獣人と人狼ではそもそも基本的な能力に大きな差があるのだが、最も大きな違いはこの獣化にあるといっていいだろう。

獣化することで人狼の能力は数倍になるといわれている。

そして先ほどの咆哮には獣化に必要な時間を稼ぐという目的があるのだが――、

「ぐあああっ‼」

獣化の最中で無防備になったところにシーラが踏み込み、装甲に覆われていない太ももを切りつけたのだった。

高いレベルの〈精神耐性〉を持つシーラに対し、残念ながら頭目の咆哮は効果を発揮しなかったようである。

「ちぃっ、浅い‼」

切り裂かれたズボンからは血が噴き出したのだが、その傷は獣化によって体表を覆い始めた体毛でほとんど塞《ふさ》がれてしまった。

「きさまぁ、なぜ動ける？」

「ふん、半端もんの咆哮なんて怖くもないね」

シーラの言葉に狼風になった頭目の顔が歪《ゆが》む。

頭目には人狼の血が流れているものの、純粋な人狼というわけではない。

純粋な人狼は人の姿をしているときに獣の耳はなく、獣化すれば顔は狼そのものになるのだが、獣化を終えた頭目の顔はどこか人の雰囲気を残したままであった。

仮に頭目が真の人狼であるなら、その咆哮を受けたシーラが即座に動き出すことは困難だっただろう。

「馬鹿にしやがってぇっ‼」

頭目にとって、自分が純血の人狼でないということはかなりのコンプレックスであった。

激昂《げきこう》した頭目が、剣と盾を捨ててシーラに飛びかかる。

獣化した彼にとって、両手の爪は鋼鉄の剣に勝る武器となるのである。

「ちぃっ……‼」

獣化前の段階で拮抗していた力のバランスが一気に頭目のほうへ傾いた。

両腕から繰り出される凶悪な爪撃を双剣でなんとかいなしていたシーラだったが、純粋な膂力《りょりょく》に押され、弾かれてしまい、がら空きになったシーラの腹を頭目の爪が切り裂いた。

「くっ……‼」

しかしシーラの腹には数本の赤い線が入っただけで血が吹き出るようなこともなかった。

「……魔術か」

決定打を加えたと確信した頭目だったが、予想外にダメージが小さかったことに歯噛《はが》みした。

そして一瞬頭目が油断してくれたおかげでシーラは後ろに飛んで間合いを取ることができた。

（おっさんのおかげだな）

敏樹のかけた【斬撃軽減】がなければ、シーラは無残に内臓をまき散らしていただろう。

「死ねぇっ‼」

頭目が肩から突っ込んでくる。

斬撃の効果が薄いと悟った彼は、素早く踏み込んでタックルをかましてきた。

「ぐぅっ‼」

シーラは後ろに飛んで衝撃を殺したが、それでもかなりのダメージを受けた。

これも【打撃軽減】の魔術がなければ数本の骨が砕かれていただろう。

「ぐぬぬ……、打撃までとは」

いくら魔術で防御力が上がっているといっても、完全に無効化できるわけではない。

現時点でそれなりのダメージをシーラは受けており、このまま力押しの攻撃を受け続ければ魔術の効果を超えて致命傷を負うこともあるだろう。

しかし頭目は用心深いのか、シーラの隙をうかがうべく、一時様子見に入った。

「はぁ、はぁ……ん？」

痛みをこらえつつ肩で息をしていたシーラだったが、ふと身体が楽になるのを感じた。

（おっさん……）

敏樹が回復術をかけてくれたのだろうと悟ったシーラは、頭目を見据えたままフッとほほ笑んだ。

「なにがおかしいっ⁉」

「別に……。今度はこっちから行かせてもらうよっ‼」

しゃべり終わるが早いか、シーラは素早く踏み込み、上段から右手のマチェットを振り下ろした。

「こしゃくなっ」

マチェットを振り払い、反撃に出ようとした頭目だったが、シーラの一撃が予想外に重く、はじき返すことができなかった。

さらにシーラの左手が頭目の首を薙《な》ごうとする。頭目は初撃を左手で受けたまま、二撃目を右手で受けた。

（こっちも重い……‼）

「ほらほらどんどんいくよっ」

シーラのラッシュが始まる。その一撃一撃が重く、頭目はなんとか防ぐのがやっとだった。

（なぜ急に……？　しかも、速いっ‼）

頭目はシーラの一撃ごとの重さに押されつつ、その速度にも徐々について行けなくなっていく。

なんとか手甲でシーラの攻撃を受け続けてはいるが、防御が追いつかずに装甲のない部分にダメージを受け始めた。その頻度が徐々に増え、顔や首筋にまで軽い傷を受けるようになってくる。

（なぜ急に強く………違う、俺が弱くっ⁉）

そのとき、不意に頭目が視線を動かすと、視界に入った敏樹がひらひらと手を振るのが見えた。

敏樹はシーラを魔術で強化したのとは逆に、頭目を弱体化させていたのだった。

【筋力低下】というその名の通りの効果を持つ魔術を受けた頭目は、身体機能が全体的に低下していたのだった。

「くそっ……はっ!?」

頭目が敏樹に視線をやったのはほんの一瞬である。

そして一瞬視線だけを逸らす程度ならどうということもなかったのだが、憎らしげに手を振る敏樹の姿に、意識もそちらに逸れてしまった。

そのままでもいずれシーラに追い込まれていたであろう頭目だが、一瞬とはいえ意識を相手から逸らしてしまったことで、敗北までの時間が大幅に短縮されることになった。

「ぐうぅっ……!!」

頭目の隙を突き脳天をたたき割ろうとするシーラ渾身《こんしん》の一撃を、彼は斜め後ろに飛び下がることでなんとかかわそうとした。

しかし敏樹に気を奪われた一瞬が明暗を分ける。

「ぎゃあああっ!!」

シーラの斬撃は鉢金の一部を叩《たた》き割り、頭目の右目を通るように、彼の顔を切り裂いたのだった。

「ぐおおっ……、ま、待ってくれぇっ!!」

ドクドクと血が流れる顔を押さえながら、頭目は空いたほうの手をシーラに向けた。

徐々に獣化が解けていくのを確認したシーラは、警戒しつつも追撃の手を一旦《いったん》止める。

「もうやめてくれっ！　負けを認めるっ……、認めるからこれ以上は勘弁してくれっ‼」

頭目の残った瞳《ひとみ》に恐怖が浮かぶ。

シーラは冷たい笑みを浮かべたまま、ゆっくりと頭目との距離を詰めていった。

「〝待って〟、〝もうやめて〟、〝勘弁して〟……。あたしたちは一体アンタたちに何回同じようなことを訴えたかねぇ？」

「う……あぁ……」

「必死で許しを請うあたしたちに、アンタらはどんな顔で何を言いながら、どれほどのことをしてくれたのか、忘れちまったのかい？」

「ひぃぃ……ぎゃあぁぁぁっ‼」

シーラがヒュンとマチェットを振ると、出されていた腕の肘《ひじ》から先がコロリと落ちた。

「ひぎぃぃぃぃっ……、俺の腕がぁ……」

ちょうど手甲のない辺りから前腕が切断され、数秒遅れて血が吹き出始めた腕を、頭目は胸に抱えてうずくまった。

「受けた苦しみからすればもっといたぶってやりたいけどねぇ。趣味じゃないからひと思いにやったげるよ」

「ま、待ってくれぇぇ……。宝を……、奥の扉の向こうが宝物庫になってる！　全部もっていっていいから命だけはっ……‼」

「そんなもん、アンタを殺した後にゆっくりいただくさ」

「へ、へへ、それじゃあ駄目だぁ……。開け方は、俺しか…………へ？」

恐怖と痛みで泣きじゃくり、涙と鼻水でぼろぼろになっている頭目が、勝ち誇ったような笑みを浮かべたのだが、その直後にガチャリと鍵《かぎ》の開く音が聞こえ、彼はそちらに目をやり間抜けな声を上げてしまった。

開け放たれた扉の前にはタブレットPCを手にした敏樹がにこやかに手を振っていた。

「くっ、あはははっ‼　ウチのおっさんに不可能はないからねぇっ‼」

とんだ買いかぶりではあるが、まともに生きていくことすら困難だったあの酷い状態から、こうして山賊団の頭目を圧倒できるだけの力を与えてくれた敏樹に対するシーラの評価が多少過大になるのは仕方あるまい。

「じゃあ晴れて用済みになったことだし、死になっ」

「待てぇっ！　いいのか⁉　ただじゃ済まんぞ‼」

「ふん、往生際の悪い」

「俺らのバックになにがいるのか知ってるのか⁉」

「おう、大体知ってるよ」

敏樹がふたりの元に近づきながら話に割って入る。頭目は弾かれたように敏樹のほうを振り返ったが、シーラは頭目から目を離さず、警戒を続けていた。

敏樹はふたりの元へ歩きながら、『情報閲覧』で調べた森の野狼とつながりのある組織や人物名を淡々と述べていく。

この国に住む者なら誰もが知るような名前がいくつも出てきたため、油断なく警戒を続けていたシーラも最終的には呆然《ぼうぜん》と敏樹を見つめることになった。

「へ、へへ……、そこまで知ってんなら話は早ぇ。今ならまだ間に合う。頭ぁ下げるってんなら口きいてやってもいいんだぜ？」

シーラが呆然とする様子を見て自信を取り戻したのか、頭目は痛みに耐えながら勝ち誇ったような笑みを浮かべた。

「アホか。ここで引くんなら最初っから攻めてないっての」

特に気負うでもなく淡々と述べる敏樹の様子に、頭目の笑顔が引きつる。

「わ、わかってんのか？　何を敵に回すかわかってんのかよぉ⁉」

「もちろん。まぁ、こんなチンケな山賊団なんぞは、さくっと切り捨てられて終わりだと思うけど」

「甘いぜぇ……。あの連中は俺らなんぞよりよっぽど悪どくて、プライドが高くて、なによりしつこいからなぁ……。舐《な》められたと知ったら地獄の果てまで追い詰められるに決まってらぁ」

「だったらその都度撃退するさ」

「う……あ……、ま、待ってくれ、俺ならアンタの役に立つ！　何でもするから命だけは——ぶべらっ‼」

取り付く島もない様子の敏樹に縋《すが》り付こうとした頭目だったが、シーラに顔面を蹴飛《けと》ばされ無様に吹っ飛んだ。

「言っただろ、ウチのおっさんに不可能はないって。わかったらさっさと死にな」

「まっ、やめ……‼」

この期に及んで許しを請う頭目の脳天に、シーラはミリタリーマチェットを全力で振り下ろした。

＊＊＊＊＊＊＊＊

「どうしたんだい、おっさん。難しい顔をして？」

「ん？　あぁ、いや……」

敏樹はいま、シーラとともに城内を歩いていた。

そこかしこに山賊の死体が転がっており、敏樹はそれらを〈格納庫《ハンガー》〉内に収納していった。

中には敏樹が殺したものも数名含まれていた。

初めて人を殺したとき、ロロアのおかげで随分と救われたが、時間が経つにつれ不快感がよみがえってきた。

斥候の男の頭を砕いた感覚や、あのときの光景が思い出され、そのたびに気分が悪くなった。

そこで敏樹はその不快感から逃れるために、〈精神耐性〉のレベルを上げ、それ以降ずいぶん楽になった。

いましがたシーラに声をかけられたときは、頭目の部屋で殺した大男の事を思い出していた。魔術を使って腹を貫き、首を落とすというのは、かなり無残な殺し方だったと思う。

しかしそのことに敏樹の心はあまり動かなかった。

（スキルの影響で心の有り様まで変わってしまったのか）

そんなことを考えながら、敏樹は少し不安を感じていた。

「トシキさん‼」

洞窟《どうくつ》を出たところで、ロロアが駆け寄ってきた。

「おっとぉ……」

そしてロロアは駆け寄った勢いのまま敏樹に抱きついた。

「よかった、無事で……」

胸に顔をうずめるロロアの頭を、敏樹は優しく撫《な》でてやった。

「心配かけてごめんな。でも、もう大丈夫だから」

敏樹はロロアが落ち着くのを待ってから、ゴラウに状況を確認した。

「──じゃあ、何人かはここから逃げ出した、と」

「ああ。申し訳ないね」

「いやいや、この規模でひとり残らずというのは無理でしょう」

言いながら敏樹はタブレットPCを取り出し『情報閲覧』を立ち上げた。

「とはいえひとりも逃す気はないんですけどね」

森の野狼が討伐されたという事実はできるだけ長く秘匿しておきたいと、敏樹は考えていた。

彼らの後ろにはやっかいな連中がつながっており、場合によっては報復の類いもあるだろう。

それまでの時間は長ければ長いほどありがたいのだ。

(我ながら随分あっさりと決めたな、しかし)

ひとりも漏らさず殺し尽くす。そんなことをあっさりと決め、口に出したことに我が事ながら少し驚いてしまう。

（でも……）

改めて周りを見回すと、皆一様に強い意志のこもった視線を敏樹に向けていた。

その中にはゴラウやシーラ、メリダにライリー、そしてロロアの顔もあった。グロウ、ファランやベアトリーチェなど、この場にいない者たちの顔も同時に思い浮かぶ。

もしここでひとりでも山賊を逃がしてしまったら。その山賊がきっかけで仲間が害されるようなことがあれば……。そう考えると、わずかに抱いた不安などは、怒りに似た感情に塗りつぶされてしまう。

（何が大切なのか、間違えないようにしないとな）

大事な仲間の安全と、これまで悪逆の限りを尽くしてきた山賊の命と、そのどちらが大切かなどと考えるまでも無いことである。

そしてスキルを得たことで敏樹が失ったかもしれない倫理観もまた大切なものだとは思うが、それを重視しすぎた結果、自分や仲間たちが傷つくようなことがあっても困る。

（手を出してくる奴は容赦なく叩き潰《つぶ》す。とりあえずそれくらいの感覚でいいか）

少なくとも今回の措置は必要なものだと自分に言い聞かせながら、敏樹は『情報閲覧』を使って逃げた山賊の位置を正確に把握し、ひとり残らず討伐したのだった。

エピローグ

一同の帰還は歓声をもって迎え入れられた。

特にゲレウをはじめとする囚われていた者たちは家族との再会を喜んだ。

しかし、すでにアジトから別の場所へ連れ去られた住人の家族や友人たちは、より寂しい思いをすることになったのだが。

「トシキが気にすることではない」

祝勝会のさなか、今回家族が帰ってこないとわかった者たちが悲嘆に暮れる様子を眺める敏樹に、長のグロウが話しかけてきた。

「今回五人だけでも……、いや先日の二人を合わせて七人戻って来られただけでもありがたいのだ」

グロウは敏樹の杯にどぶろくを注ぎながら続けた。

「それに、これから先連中の被害もなくなるわけだからな。感謝してもしきれんよ。だからそんな顔をしないでくれ」

敏樹はしばらく無言で杯の面《おもて》をじっと見たあと、一気に飲み干し、姿勢を正してグロウに向き直った。

「グロウさん、お世話になりました」

そして深々と頭を下げた。

「……どうした、改まって？」

ゆっくりと頭を上げた敏樹は、まっすぐにグロウをみつめたまま口を開いた。

「俺はそろそろ集落を出ようと思います」

「……まぁ、そうなると思っておったよ」

「いろいろと旅をして回ろうと思うんです。もし旅先で縁があれば、精人のみなさんを助けて回ろうかなと思ってます」

「ぬ……、トシキ……」

この世界にはまだ奴隷制度が残っている。

人身売買が公的に認められているわけだが、精人を扱うのは固く禁じられていた。

にもかかわらず、多くの精人が不当にさらわれ、奴隷として、あるいは素材として取引の材料にされている。

それを解放するのは、悪いことではないはずだ。

「ま、無理をするつもりはありませんけどね。できる範囲でという感じなので、グロウさんのご期待に応えられるかどうかは微妙ですけど」

「ふん……。儂《わし》は今回の件だけで充分感謝しとる。期待も何もないわい……」

別に正義の味方を気取るつもりはないが、それでも何か大きな目標があったほうが、この先の冒険にも張り合いが出るだろう。

「……ロロアはどうする？」

「それは、まぁ、本人と話してみますよ」

その後、戦いの疲れや、あるいは飲《の》み潰れて脱落する者が増え、宴会は自然に終了していった。

ほんの少し前までのお祭り騒ぎが嘘のように静まりかえった集落を歩き、敏樹はロロアのテントへ帰ってきた。テントからはほのかに灯りが漏れていた。

「ただいま」

「あ、おかえりなさい」

こうやって当たり前のようにロロアが迎えてくれることに、敏樹は改めて胸が温かくなるのを感じていた。

ロロアにお茶を用意してもらい、特になんでもないような話をしばらく続けたあと、敏樹は意を決して切り出した。

「なぁ、ロロア」

「はい？」

「近いうちに集落を出ようと思う」

「あ、はい」

随分と軽いロロアの反応を敏樹は少し意外に感じたが、それを表に出さないよう努めて話を続けた。

「それで……その、ロロアは、どうする？」

「えーっと、そうですねぇ。必要な物はだいたい〈格納庫《ハンガー》〉に入ってますから、普段使いで持って行く物は前日にまとめればいいかなって。あ、お気に入りの食器とかあるんですけど、そういうのも入れていいです？」

「……ん？」

「えっと……、どうかしました？」

「いや……その……、じゃあ、一緒に来てくれるってことで、いいのかな？」

「え、だって、この間〝ずっと一緒にいますから〟って……。も、もしかして、迷惑でしたか？」

ロロアが不安げな視線を敏樹に向ける。

敏樹としては同行の意思を確認したつもりだったのだが、ロロアのほうでは同行を前提として、その準備やらなんやらの確認をされているのだと思っていたらしい。

「迷惑だなんてとんでもない‼　一緒に来てくれるならそんなに嬉《うれ》しいことはないよ、うん」

「ほっ……、よかった……」

ロロアが胸を押さえて安堵《あんど》の息を吐く。その様子を見て、敏樹は思わず笑みをこぼしてしまった。

「ロロア」

「はい？」

改めて名を呼ばれ、ロロアはきょとんとした表情で敏樹を見つめた。

「これからもよろしく」

自分に向けられた穏やかな笑顔に、ロロアは自然と頬が緩むのを感じていた。

「はいっ」

そしてとびきりの笑顔を敏樹に返すのだった。

あとがき

私がドラムを始めたのは中学二年生のときでした。同級生でそこそこ仲のよかった連中がバンドを始めると言ったので「だったら俺も交ぜろ！　でもってドラムをやらせろぃ‼」と志願したのがきっかけでした。ここで〝なぜドラムを選んだのか？〟というのを語り始めるとページが足りないので割愛しますが、とにかく私は中二のときにドラムを始めたのです。

そして高校に上がってからは部活もせずバンド三昧《ざんまい》の日々。

それでも高三の頭ぐらいまでは、大学に行くつもりだったのですが、とある定期テストの勉強中に「あ、これがあと四年以上続くの無理やわ」と思ってしまったことで、進学先はバンド学校になりました。

「俺もいつかメジャーデビューして、ロックスターになったるでぇ‼」

と意気込んで郷里の香川県を離れ、夢一杯で大阪に降り立った平尾《ひらお》少年に、

「ええこと教えたるわ。お前のメジャーデビューな、ライトノベルやぞ」

なんてことを伝えれば、彼は一体どんな顔をするのでしょうか？

みなさま、はじめまして。もしくはいつもお世話になっております。平尾正和《まさかず》です。

このたびは『アラフォーおっさん異世界へ‼　でも時々実家に帰ります』を手に取っていただ

きありがとうございます。

本作はもともと、「小説家になろう」にて連載していた別作品のスピンオフとして生まれたのですが、書籍化にあたって単独で成り立つように初期設定を変えたところ、バタフライ効果でも発生したのか全く別物になってしまい、「小説家になろう」の作品ページも作り直すという、無駄に手間のかかった作品でございます。

いやほんと、完成まで辛抱強くお待ちいただいたカドカワBOOKSさんと、設定やらシーンやらがコロコロ変わるせいでいろいろと苦労をかけたイラストレーターの吉武《よしたけ》さまには感謝しかございません。本当に最後までお付き合いいただきありがとうございました。


さて、ロックスターを目指した平尾少年がなぜ小説を書くようになったのかは次巻以降に語ることにして、本日はこの辺で失礼いたします。

これからもアラフォーおっさん大下敏樹をよろしくお願いします。

執筆活動など平尾の動向については左記サイトにて。

http://hilao.com/

あ、そうそう。最初の〝メジャーデビューがライトノベルと知った平尾少年がどんな顔をするか？〟という疑問ですが、「えへぇ、そうなん……？」と、まんざらでもないという風にニヤニヤすると思います。

では失礼。

お便りはこちらまで

〒102－8078
カドカワBOOKS編集部　気付
平尾正和（様）宛
吉武（様）宛

カドカワBOOKS

アラフォーおっさん異世界《いせかい》へ!!　でも時々《ときどき》実家《じつか》に帰《かえ》ります

2017年10月10日　初版発行

著者／平尾正和《ひらおまさかず》

発行者／三坂泰二

発行／株式会社KADOKAWA

〒102-8177
東京都千代田区富士見2-13-3
電話／0570-002-301（ナビダイヤル）

編集／カドカワBOOKS編集部

印刷所／大日本印刷

製本所／大日本印刷

Printed in Japan
ISBN 978-4-04-072481-2 C0093

新文芸宣言

かつて「知」と「美」は特権階級の所有物でした。

15世紀、グーテンベルクが発明した活版印刷技術は、特権階級から「知」と「美」を解放し、ルネサンスや宗教改革を導きました。市民革命や産業革命も、大衆に「知」と「美」が広まらなければ起こりえませんでした。人間は、本を読むことにより、自由と平等を獲得していったのです。

21世紀、インターネット技術により、第二の「知」と「美」の解放が起こりました。一部の選ばれた才能を持つ者だけが文章や絵、映像を発表できる時代は終わり、誰もがネット上で自己表現を出来る時代がやってきました。

UGC（ユーザージェネレイテッドコンテンツ）の波は、今世界を席巻しています。UGCから生まれた小説は、一般大衆からの批評を取り込みながら内容を充実させて行きます。受け手と送り手の情報の交換によって、UGCは量的な評価を獲得し、爆発的にその数を増やしているのです。

こうしたUGCから生まれた小説群を、私たちは「新文芸」と名付けました。

新文芸は、インターネットによる新しい「知」と「美」の形です。

2015年10月10日
井上伸一郎